U0083623

中國語言文字研究輯刊

二六編

第 **7** 冊

上古及中古漢語應然、必然類
情態詞研究

徐 鋕 銀 著

花木蘭文化事業有限公司

國家圖書館出版品預行編目資料

上古及中古漢語應然、必然類情態詞研究／徐銧銀 著 -- 初
版 -- 新北市：花木蘭文化事業有限公司，2024〔民 113〕
目 2+178 面；21×29.7 公分
（中國語言文字研究輯刊 二六編；第 7 冊）
ISBN 978-626-344-603-8（精裝）
1.CST：漢語 2.CST：詞彙學 3.CST：古代
802.08   112022486

ISBN-978-626-344-603-8

中國語言文字研究輯刊
二六編　　第 七 冊　　　　ISBN：978-626-344-603-8

上古及中古漢語應然、必然類
情態詞研究

作　　　者	徐銧銀
總 編 輯	杜潔祥
副總編輯	楊嘉樂
編輯主任	許郁翎
編　　　輯	潘玟靜、蔡正宣　美術編輯　陳逸婷
出　　　版	花木蘭文化事業有限公司
發 行 人	高小娟
聯絡地址	235 新北市中和區中安街七二號十三樓
	電話：02-2923-1455／傳真：02-2923-1452
網　　　址	http://www.huamulan.tw 信箱 service@huamulans.com
印　　　刷	普羅文化出版廣告事業
初　　　版	2024 年 3 月
定　　　價	二六編 16 冊（精裝）新台幣 55,000 元

版權所有・請勿翻印

上古及中古漢語應然、必然類情態詞研究

徐銍銀 著

作者簡介

徐銍銀，1989 年 12 月出生，韓國人。2014 年韓國外國語大學中國語言文學專業碩士畢業，2019 年北京大學漢語史專業博士畢業。2019 年至今，在韓國外國語大學中國語通譯翻譯學科任教，主要從事漢語語法史和現代漢語語法研究，先後在韓國核心期刊上發表論文 10 餘篇，如《中國語言研究》、《中語中文學》、《中國教育與研究》等。2019 年獲北京大學優秀博士學位論文獎。

提　要

　　本書在全面借鑒吸收當前國內外情態研究成果的基礎上，以先秦至六朝的五個有代表性的應然、必然類情態詞為研究對象，從共時和歷時兩個方面比較全面地描寫了它們的使用面貌和歷史演變。將應然、必然類情態詞置於跨語言背景下做出比較，揭示了漢語所反映的語言共性和個性，並比較了同類型情態詞在語義、語用上的異同。

　　結果發現，同類型情態詞的異同源於產生背景的異同。以應然類情態詞為例，「當」「宜」的義務情態都來源於「合宜」義，但合宜標準卻不同。合宜標準的不同導致了情態源（source of modality）的不同——合宜標準／義務源為「普遍規則」的「當」表達合法性事件，合宜標準／義務源為「普遍信念」的「宜」表達合理性事件。我們還發現，情態不僅與主觀性有關，也與交互主觀性有關。如「當」用來傳達強硬的態度，以體現說話人的權威性，「宜」用來傳達委婉的態度，以維護聽話人的面子。

　　跨語言研究顯示，很多語言中都有「義務情態→認識情態」和「義務情態→將來時」這樣的演變路徑。漢語裏應然類情態詞也經歷了這兩條路徑，而義務情態變為認識情態還是將來時，取決於義務情態是否具有主觀性。通常認為，「動力情態→義務／認識情態」是可能類情態詞的演變路徑。本書的考察顯示，漢語必然類情態詞「必」的演變也同樣經過了這條路徑。

目次

第一章　緒　論

1.1　研究背景和目的

　　情態有豐富的表達手段，同一種情態義不僅有多種表達手段，同一個情態詞也往往用來表達不同類型的情態義。這一現象在跨語言中存在共性，漢語也不例外。

　　在古漢語中，有這樣三組情態詞：（1）應然類情態詞「當、宜」；（2）必然類情態詞「必、須」；（3）必然類情態詞「必、定」。第一組情態詞表達義務情態和認識情態（例1～2），第二組情態詞表達義務情態（例3），第三組情態詞表達認識情態（例4）。如：

（1）a. 琅邪王劉澤既見欺，不得反國，乃說齊王曰：「齊悼惠王高
　　　　皇帝長子，推本言之，而大王高皇帝適長孫也，<u>當</u>立。」《史
　　　　記·齊悼惠王世家》

　　　b. 堯曰：「陛下獨<u>宜</u>為趙王置貴彊相，及呂后、太子、群臣素
　　　　所敬憚乃可。」《史記·張丞相列傳》

（2）a. 臣意告永巷長曰：「豎傷脾，不可勞，法<u>當</u>春嘔血死。」《史
　　　　記·扁鵲倉公列傳》

　　　b. 文帝不樂，從容問通曰：「天下誰最愛我者乎？」通曰：

「<u>宜</u>莫如太子。」《史記・佞倖列傳》

（3）a. 誠須所師，<u>必</u>深<u>必</u>博，猶涉滄海而挹水，造長州而伐木，獨
以力劣為患，豈以物少為憂哉？《抱朴子・內篇・袪惑》

b. 桓宣武北征，會<u>須</u>露布文，喚袁倚馬前令作。《世說新語・
文學》

（4）a. 人問之，答曰：「樹在道邊而多子，此<u>必</u>苦李。」《世說新語・
雅量》

b. 齊朝有一兩士族文學之人，謂此實曰：「今日天下大同，須
為百代典式，豈得尚作關中舊意？明公<u>定</u>是陶朱公大兒
耳！」《顏氏家訓・風操》

例（1）中的「當、宜」表達義務情態；例（2）中的「當、宜」表達認識情態；
例（3）中的「必、須」表達義務情態；例（4）中的「必、定」表達認識情態。

　　雖然各組情態詞表達同一種情態類型，但是我們相信，各組內部情態詞之
間會有一些語義或用法上的差別。因為，各個情態詞的來源和演變過程都不盡
相同。既然產生背景不同，它們在共時層面上也會呈現出一些差異。而且我們
相信，任何一個詞必須有區別於其他詞的語義和用法，才有其存在價值，因此，
語義或用法完全相同的詞幾乎不可能存在。

　　古漢語情態詞的研究方法大致可以分為兩種，一種是對情態詞的共時描
寫，另一種是對情態詞的歷時考察。前者已成為研究古漢語情態詞的基本方
法，但相當數量的研究僅限於此，採取後者的方法研究情態詞的比較少見。在
描寫的方法上，大部分的研究集中在對個體情態詞的語義和句法描寫上，把屬
於相同語義類別的情態詞歸納而比較分析的方法卻十分罕見。雖然對個體情
態詞的研究也十分重要，但對同類情態詞的比較研究，不僅能夠更深入地瞭解
個體情態詞的特徵，而且對漢語情態系統的面貌也能夠瞭解得更清楚。而這種
比較研究又要以對個情態詞的歷時考察為基礎，因為有了歷時研究才能對共
時上的異同現象做出合理的解釋。

　　本文的研究目的是，以應然類情態詞「當、宜」和必然類情態詞「必、須、
定」為研究對象，全面描寫它們的使用面貌及其歷時變化，據此揭示漢語情態
詞在演變路徑上所具有的語言共性和特性，從而為語言類型研究提供素材。通

過應然類、必然類情態詞的語義用法對比，找出彼此的異同，解釋存在這種異同的原因，由此深化對應然、必然類情態詞的整體認識。

1.2 研究對象

漢語中有這麼一類詞，如「當、宜、必、須、定」等，前人對這類詞賦予了不同的名稱，有些學者稱為助動詞，有些學者稱為副詞。現代漢語學界一般根據形式標準區分助動詞和副詞，最有鑒別力的是：助動詞能用於「X 不 X」或「不 X 不」形式，副詞則不可以，助動詞能受程度副詞「很」修飾，副詞則不可以。不過，這些標準很難適用於古漢語，因而無法作為區分古漢語助動詞和副詞的標準。事實上，助動詞和副詞並非截然可分，因為同一個詞往往兼具副詞和助動詞的句法特徵。以「必」為例，「必」能受否定詞修飾（例 5），這是助動詞所具有的句法特徵，有些學者據此認為它是助動詞（如朱冠明 2008：90～91）；「必」除了後接動詞性成分以外，還接形容詞和名詞性成分（例 6～7），這是副詞所具有的句法特徵，有些學者據此認為它是副詞（如楊伯峻、何樂士 1992 / 2001：348～352）。例如：

> （5）子曰：「有德者必有言，有言者不必有德；仁者必有勇，勇
> 者不必有仁。」《論語・憲問》
>
> （6）君子三年不為禮，禮必壞；三年不為樂，樂必崩。《論語・陽
> 貨》
>
> （7）亡鄧國者，必此人也。《左傳・莊公 6 年》

現代漢語學界不少學者已經注意到，助動詞是處於動詞與副詞的過渡地帶的一類詞（彭利貞 2007：98～100；徐晶凝 2008：252），我們認為，古漢語的情況也是如此。

如何確定助動詞和副詞的範圍，一直是漢語學界的難題之一。本文的研究目的不是要提出解決這個問題的辦法，而是想提出「當、宜、必、須、定」這類詞的演變路徑並找出彼此在語義或用法上的異同。無論說它們是助動詞或是副詞，這類詞都有一個共同點，就是在句法上後接謂詞性成分，在語義上表達情態。鑒於此，本文將包括這類詞在內的後接謂詞性成分且表達情態的詞統稱為「情態詞」。不過，在討論情態詞「必、定」的來源及其非情態義時，就必然

涉及確定詞類的問題。「必、定」一般都認為是副詞，本文採取從眾從俗原則，將二者定為副詞。

漢語情態詞的情態語義可以分為四類：動力情態（dynamic modality）、義務情態（deontic modality）、估價情態（evaluative modality）、認識情態（epistemic modality）。情態還有強弱之分，根據情態詞的語義強度可以分為三類：可能性（possibility）、應然性（probability）、必然性（necessity）。本文將表達可能性的情態詞稱為「可能類」（如「可」「能」等），表達應然性的情態詞稱為「應然類」（如「當」「宜」等），表達必然性的情態詞稱為「必然類」（如「必」「須」等）。

在可能類、應然類和必然類之中，可能類情態詞作為漢語情態詞的核心成員一直為學界所關注，相關的研究成果也相當豐富，古漢語學界也不例外。相比之下，專門討論應然類和必然類情態詞的研究較為薄弱。從時代方面，相對於上古漢語的情態詞研究，中古漢語的情態詞研究更為少見，代表性的研究有段業輝（2002）、朱冠明（2008）等少數幾個。儘管中古漢語的情態詞對上古漢語的情態詞有較強的繼承性，但上古到中古這段時間情態詞的變化也是比較明顯的。因此，考察上古及中古漢語的應然、必然類情態詞應是一個較有意義的嘗試。

應然類情態詞在上古漢語有「當、宜」，在中古漢語還有「應、合」。情態詞「合」始見於西漢，在東漢六朝時期常有用例，但用法有一定的局限（多用於司法場合），出現頻率也低；情態詞「應」產生於東漢，其大量使用最早是在東漢佛經裏（汪維輝 2000：315～323）。在「應、合」中更常用的是「應」。然與「當、宜」相比，「應」的使用頻率不算高（詳見 2.2.2）。即，在「當、宜、應、合」四類中，「當、宜」的產生時間早於「應、合」，使用頻率也高於「應、合」。鑒於此，本文以「當、宜」作為應然類情態詞的研究對象。

必然類情態詞在上古漢語有「必」，在中古漢語還有「定、須、要」。情態詞「必」表達動力情態、道義情態和認識情態，這三種語義早在先秦就已產生。情態詞「須」和「定」分別表達道義情態和認識情態，二者產生於東漢。而情態詞「要」在六朝時期才出現，而且用例也不多見（詳見 2.2.2）。鑒於此，本文以「必、定、須」作為必然類情態詞的研究對象。

1.3　研究方法和語料

本文的研究方法如下：

一、討論應然類情態詞「當、宜」和必然類情態詞「必、須、定」的產生及發展過程。

二、對比應然類情態詞「當」與「宜」的情態用法。（1）討論義務情態「當」「宜」間的異同；（2）討論認識情態「當」「宜」間的異同，進而解釋造成這些異同的原因。

三、對比必然類情態詞「必」與「須」「定」的情態用法。（1）討論義務情態「必」「須」間的異同；（2）討論認識情態「必」「定」間的異同，進而解釋造成這些異同的原因。

四、將應然、必然類情態詞的語義演變路徑與 van der Auwera & Plungian（1998）的語義地圖進行比較。

本研究所考察的先秦語料主要包括《詩經》、《左傳》、《論語》、《墨子》、《孟子》、《莊子》（刪去《外篇》）、《荀子》、《韓非子》；兩漢語料主要包括《史記》、《論衡》；六朝語料主要包括《抱朴子》、《世說新語》、《百喻經》、《顏氏家訓》。

1.4　研究狀況

情態（modality）作為一個研究課題在西方已經有很長的歷史。近年來，情態研究在漢語學界也逐漸受到重視，情態詞研究也隨之成為漢語研究的熱點。不僅在現代漢語學界，在古漢語學界也引起眾多學者的關注。不過，相較於現代漢語的情態詞研究，古漢語的情態詞研究目前還顯得比較薄弱。本節介紹西方學者有代表性的研究成果，然後介紹漢語情態詞的研究現狀。

1.4.1　西方的情態研究

從研究方法上看，西方的情態研究主要有兩種：一種是以語言事實為基礎對情態的概念進行討論的研究。討論的內容主要有，（1）情態的定義；（2）情態的分類；（3）情態類型之間的關係；（4）情態與語氣、主觀性等其他概念之間的關係等。對於這些研究，我們將在第二章加以介紹。另一種是用情態的概念對具體語言進行分析的研究。這種研究根據研究目的還可以分為如下三種：

　　第一種是對英語的情態詞進行句法和語義描寫。代表研究有 Palmer（1979／1990）和 Coates（1983）。Palmer（1979／1990）較早對英語情態詞的語義和形式特徵進行了系統的分析。他把情態分為動力情態、義務情態和認識情態三類，並對同類情態詞的語義和句法表現做了比較粗略的對比。Coates（1983）以在語料庫中出現的英語情態詞為研究對象，也對它們的語義和形式特徵進行了分析。與 Palmer 的研究不同的是：一、Coates 把情態分為認識情態與非認識情態（根情態）兩類，並認為無論是在這兩類情態之間還是在同一類情態內的語義之間，都存在著語義的不確定性（indeterminacy）。為了說明這種不確定性，她採用模糊集合理論（fuzzy set theory）作為情態詞分析的語義模型，指出某些集合內的成員不是二分的，而是連續的。這種不確定性還表現為三種情形，即「漸變」（gradience）、「兩可」（ambiguity）和「融合」（merger）。其中「漸變」是指一個情態詞的語義處在由「核心」（core）到「邊緣」（skirt）再到「外圍」（periphery）的連續統之中。「兩可」和「融合」都是指情態詞的語義有兩種不同的情態解讀。不同的是，「兩可」在語境中可以取消歧義，「融合」本身具有兩種語義，因而在語境中也不能取消。如下圖所示：

圖 2.1　Coates（1983）的模糊集合（fuzzy set）

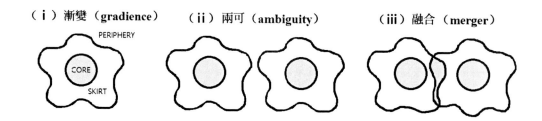

　　二、Coates 認為情態詞出現的一些句法環境對消除這種不確定性具有一定的作用。如主語的性質、主要動詞的自主性（volitional）、命題的事實性、否定的類型、情態詞的過去時形式、提問形式、體標記、語態，等等。這些環境正好也是在 Palmer 對同類情態詞進行對比時所關注的句法環境。Coates 的研究不但揭示了情態的語義之間具有密切的內在聯繫，而且揭示了句法形式對多義情態詞的解讀有一定的幫助。Coates 的語義模型和用形式特徵區分多義情態詞的研究方法都對後來的研究產生了廣泛的影響。

　　第二種是依據跨語言材料對情態的演變路徑加以總結，以 Bybee et al.（1994）的研究為代表。Bybee et al.（1994）以世界上約一百種語言為基礎，將不同來源的情態演變總結為三條路徑。van der Auwera & Plungian（1998）在 Bybee et al.研究的基礎上還構建了情態語義地圖（modality's semantic map）。另外，Bernd Heine & Tania Kuteva（2007）在 500 多種語言材料的基礎上，收錄了 400 多條語法範疇的演變路徑，其中也包括有關情態的演變路徑。這些研究不但為尋找語言的共性和個性提供事實材料，而且為情態演變的構擬提供重要的證據。

　　第三種是利用特定的框架結構對情態詞的不同語義作出統一的解釋。其框架結構主要有兩種，一種是邏輯學派設立的，另一種是認知學派設立的。邏輯學派的研究以 Kratzer（1981、1991）為代表；認知學派的研究以 Talmy（1988）、Sweetser（1990）和 Langacker（1990、1991）為代表。

　　邏輯學派的 Kratzer（1981、1991）以形式語義學為基礎，用量化可能世界（possible world）的方式解釋情態詞。Kratzer 認為，情態詞的語義解釋由兩種言談背景（conversational backgrounds）來決定，一種是「模態基準」（modal base），另一種是「排序來源」（an ordering source）。模態基準可以是知識性的（epistemic），也可以是環境性的（circumstantial），自然語言中有「據我所知」、「按照慣例」、「根據規定」等相應的表達。模態基準帶來可及世界（accessible world）的集合，可及世界是指有資格成為現實世界的世界，這種可及世界又被決定可能性等級（grade）的排序來源加以排序，從而產生最理想的可能世界（參見蔣嚴、潘海華 1998 / 2005：356～358；蔡維天 2010）。

　　認知學派基本把情態看作是一種力量（force）。它們用以動力為核心的意象圖式來解釋情態詞。如據 Talmy（1988）的分析，「You may go out to the playground」表示動力體（agonist）（「you」）有實行動詞所表達的行為的趨勢（「go out to the playground」），反抗體（antagonist）的障礙缺位，因而動力體有條件實行這一行為。Sweetser（1990）和 Langacker（1990、1991）還利用這一意象圖式解釋情態詞的歷時演變。如 *may* 有非認識情態（根情態）和認識情態兩種語義，Sweetser（1990）認為，*may* 的非認識情態義演變為認識情態義的過程，就相當於動力意向圖式由比較具體的行域（content domain）投射到比較抽象的知域（epistemic domain）的過程，整個過程通過隱喻實現。

Langacker（1990、1991）則將這種過程看作是一個「主觀化」過程。[註1]

　　無論是邏輯學派的研究還是認知學派的研究，它們所構建的理論框架都可以對情態詞的不同語義做出一致的分析和比較精確的解釋。不過，用邏輯形式或認知結構分析自然語言，解釋似乎難免過於抽象、過於簡單化。它們把情態當做是一個自主的系統，通常忽略情態和其他時態或否定等語法成分的互動關係。而且，它們不考慮同類情態詞之間的關係，如義務情態義的 *must* 和 *need to*（強義務）、*should* 和 *ought to*（弱義務）、*can* 和 *may*（許可）的關係等等。在它們的體系內，這些不同的表達式都只是同一個類。因此對於同類情態詞的比較研究而言，它們的理論框架倒是很難適用的。

1.4.2　漢語情態詞研究

　　漢語情態詞研究分為兩部分，第一部分是古漢語情態詞研究，第二部分是現代漢語情態詞研究。

1.4.2.1　古漢語情態詞研究

　　古漢語情態詞研究可以分為情態詞系統研究和情態詞個案研究。情態詞系統研究主要有劉利（2000）、段業輝（2002）、朱冠明（2008）、谷峰（2010）、李明（2016）、巫雪如（2018）等。其中劉利（2000）和段業輝（2002）雖然沒有從情態角度入手，但從句法和語義兩個方面分別對先秦漢語和中古漢語情態詞做了全面的描寫，為古漢語情態詞研究打下了堅實的基礎。

　　谷峰（2010）、巫雪如（2018）的研究對象都是先秦漢語情態詞。谷峰（2010）的情態分類與傳統的情態分類有些出入，他將情態分成「評價（evaluative）」、「認識（epistemic）」、「說話者取向（speaker-oriented）」、「社交直指（social deictic）」四類，考察了這四類情態詞的句法分布和話語功能，並以「曾、誠、果、其」等情態詞的多義性為切口，構擬了它們的演變路線。值得注意的是，谷文根據情態詞的話語功能解釋了近義情態詞的細微差別。如「固、信、誠、果」等都表確認，但「固」重在表達「所述內容合情合理但聽話者有所不知」的傳信態度，再如同為請求類情態詞，「其」尊敬、莊重的

[註1] Langacker 所說的「主觀化」與一般認為的 Traugott 所說的「主觀化」側重點不同。Traugott 的主觀化關注的是語言中的主觀性成分形成並得到加強的歷史過程，Langacker 的主觀化關注的是說話人對客觀情境的識解（construe）的變化。

意味更明顯，「姑」則表現親密、隨意、怠慢的態度。話語功能包括交互主觀性，谷文注意到了情態詞在交互主觀性上的不同表現。

　　巫雪如（2018）將先秦情態詞分成典型情態詞和非典型情態詞，前者包括傳統歸為助動詞的「可」「能」「欲」「願」等，後者包括實義動詞，如「知」「信」「命」「禁」等。巫文構擬了每個情態詞的演變路徑，並與跨語言的研究成果做比較，指出先秦情態詞的共性與特性。巫文的主要結論是，先秦情態詞的形成方式主要有兩種，第一是從「主語指向動詞」而來，如「能」「克」「得」「獲」，第二是從「說話者指向動詞」（包括形容詞）而來，如「可」「宜」「當」「必」，這兩種情態詞的引申方式也不同，前一種的方式是「鏈狀引申」（A→B→C），後一種的方式是「輻射狀引申」（A→B、A→C）。在西方情態研究中，許多情態詞都從主語指向動詞發展而來，而先秦許多重要的情態詞都從說話者指向動詞發展而來，這是先秦情態詞系統有別於西方情態詞系統的一大特色。

　　說話者指向動詞是指表達「說話者對事物評估態度」的動詞。巫文提出了一個新觀點，認為「可」「宜」「當」「必」所表達的動力、義務、認識等情態義都來源於這個評估義，即（引自巫雪如2018：530）：

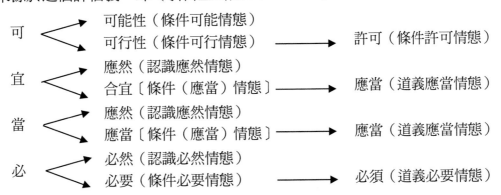

　　巫文所提出的演變路徑基本上是共時的構擬，因此有一些路徑仍有待其他相關的語言現象或證據來驗證。比如，巫文認為應然類情態詞「當」「宜」所表示的義務情態和認識情態都來源於評估義，這不同於類型學的觀點。跨語言研究顯示，很多語言中都有由義務情態（弱義務／強義務）演變為認識情態（蓋然／必然）的情況。與應然類情態詞「當」「宜」來源義相似的情態詞還有「應」「合」，二者也都表示義務情態和認識情態，但這兩種情態義的產生時間不同：前者早於後者。「應」的義務情態產生於東漢，認識情態產生

於六朝（李明 2016：50～51、68～69）；「合」的義務情態產生於西漢，認識情態產生於六朝（汪維輝 2000：315；李明 2016：69～70）。據此，我們認為「當」「宜」仍然存在從義務情態演變為認識情態的可能性。

朱冠明（2008）以中古佛典《摩訶僧祇律》中的情態詞為研究對象，考察了每個情態詞的意義和用法，據此分析了中古時期情態詞的連用情況，探討其中的規律。朱文從歷時方面，分析了現代漢語常用的幾個雙音節情態詞的形成過程，包括「可以」「必須」「能夠」「可能」「應當／應該」「一定」等。朱文雖然沒有具體討論單音節情態詞的語義演變，但對雙音節情態詞（尤其是「可以」「必須」）的詞彙化過程做了比較細緻的探討。

李明（2016）的研究對象是從先秦到清代的情態詞。李文考察了情態詞在各個歷史時期的意義和用法，說明了情態詞在不同歷史時期意義、用法的變化。在此基礎上，展示了情態詞系統演變的概貌，指出情態詞系統在春秋戰國基本成型，經過漢代的發展，到六朝變得複雜，到清代開始簡化，現代漢語進一步簡化。最後，總結出情態詞語義演變的六條路線：「條件可能→認識可能」、「條件可能→道義許可」、「條件可能→估價」、「條件必要→道義必要」、「條件必要→認識必然」、「應當→蓋然」。李文的研究範圍貫穿古今，因而他提出的六條路線有較大的可靠性，為漢語個體情態詞的演變構擬提供了旁證。

情態詞系統研究除了上述代表性的研究以外，還有很多專書研究，如姚振武（2003）、李傑（2004）、王淑怡（2006）、覃湘庸（2008）等等，研究方法都是描寫在書中出現的每個情態詞的意義和用法。

情態詞的個案研究可以分為兩種，一種是情態詞的語義演變研究，另一種是情態詞的語法化研究。前一種研究著重於語義方面，旨在描寫情態詞的語義演變過程，尋找漢語情態義的演變規律，主要有張定（2013）的《語義圖模型與漢語幾個情態詞的語義演變》、穆湧（2016）的《近代漢語四組情態動詞演變研究》等。後一種研究著重於句法方面，旨在描寫從動詞／形容詞向情態詞語法化的過程，主要有丁海燕、張定（2014）的《漢語形源助動詞形成的句法機制》、姜夢、崔宰榮（2017）的《助動詞「好」的語法化過程》等。

縱觀已有研究成果，古漢語的情態詞研究主要集中在兩個方面：一、對情態詞體系的斷代描寫；二、對個體情態詞的歷時考察。目前以情態詞的斷代描寫為主。就情態詞的歷時研究而言，很多研究只停留在描寫情態詞的演變過程

上（即某個詞由 A 義變為 B 義），很少有研究進一步解釋其演變過程（即如何或為何由 A 義變為 B 義）。另外，對同類或近義情態詞進行比較的研究比較薄弱。這方面的研究在現代漢語研究中更為多見。

1.4.2.2　現代漢語情態詞研究

現代漢語情態詞研究可以分為情態詞系統研究和情態詞個案研究。情態詞系統研究主要有彭利貞（2007）和徐晶凝（2008）。彭利貞（2007）把「動詞情狀、體、否定」等語法範疇當作多義情態詞的解釋成分，考察了這些語法範疇對多義情態詞的分化作用。並分析了情態詞連續同現規則，構建了情態詞的語義系統（如下文表 1.1）。彭文較早注重情態與語法範疇的聯繫，其研究思路和方法都為後來的現代漢語情態詞研究提供了一個基礎。

表 1.1　現代漢語情態動詞表達的情態語義系統（引自彭利貞 2007：160）

情態	語義	語用及用詞	語義	語用及用詞	語義	語用及用詞
認識情態	〔必然〕	〔推定〕必然、肯定、一定、準、得、要 〔假定〕要	〔蓋然〕	〔推定〕會、應該（應當、應、該、當）	〔可能〕	〔推測〕可能、能（能夠）
道義情態	〔必要〕	〔命令〕必須、得 〔保證〕肯定、一定、準	〔義務〕	〔指令〕應該、要 〔承諾〕會	〔許可〕	〔允許〕能、可以、准、許 〔允諾〕可以
動力情態	〔能力〕（無障礙）可以 〔意願〕（強）要 〔勇氣〕敢		〔能力〕（恆定）會 〔意願〕（被動）肯		〔能力〕能 〔意願〕（一般）想、願意	

徐晶凝（2008）的情態研究是話語情態（discourse modality）研究，包括情態和意態兩部分。情態是指說話人對語句內容的主觀態度，與主觀性有關，意態是指說話人對聽話人的態度，與交互主觀性有關。徐文構建了由四個分系統組成的漢語話語情態系統：（1）由直陳—祈使句類表達的言語行為語氣系統；（2）由語氣助詞表達的傳遞說話人態度的語氣系統；（3）由情態助動詞和核心情態副詞表達的可能／應然／將然三維向的情態梯度系統；（4）由邊緣情態副詞表達的評價情態系統。其中，徐文主要對語氣助詞做了比較詳

細的分析，指出語氣助詞表達說話人基於聽話人的態度而將語句帶到交際語境中的方式，是一種交互主觀性的語法化範疇。徐文雖然只著重討論語氣助詞的交互主觀性，但已關注到情態表達與語用關係密切，為後人研究情態詞的交互主觀性提供了寶貴的線索。

　　情態詞的個案研究可以分為兩種，一種是多義情態詞的情態解讀研究，另一種是同類或近義情態詞的比較研究。前一種研究旨在考察多義情態詞所處的句法環境對情態解讀的影響，主要有郭昭軍（2011）的《「該」類助動詞的兩種模態類型及其選擇因素》、張則順、肖君（2015）的《副詞「一定」的情態意義和相關功能研究》等。這些研究所提出的影響情態義解讀的句法因素主要有：能否與動態助詞共現、能否用「不」否定、能否進入從句、能否帶從句賓語、後接動詞是否有可控性等等。後一種研究旨在考察幾個近義情態詞的用法差異，主要有郭昭軍、尹美子（2008）的《現代漢語必要類動詞比較研究》、李命定（2018）的《「應該」與「該」的語義及用法比較》等。這些研究主要關注不同情態詞在句法上的差異。如郭、尹文將必要類動詞分為兩類，A 類包括「應」「該」「應該」「應當」，B 類包括「要」「得」「須得」「必得」，指出兩類情態詞的區別表現在否定特徵、提問方式、獨立性、時間特徵和語體分布等方面。再如李文通過「應該」與「該」的對比，指出當表達道義情態時，「該」可以以內嵌的形式出現，「應該」則不可以；「應該」可以與虛化的「說」搭配，形成「應該說」的固定用法，「該」則不可以。當表達認識情態時，「應該」可以與具有時體標記的賓語搭配，「該」則不可以；「該」可以出現在反問句和感歎句中，「應該」則不可以。

　　縱觀已有研究成果，現代漢語的情態詞研究傾向於把情態義和情態詞的句法特徵聯繫起來，這不僅深化了情態本身的研究，也有助於我們釐清多義情態詞以及近義情態詞在句法特徵上的差異。此外，與古漢語的情態詞研究相比，現代漢語的研究針對近義情態詞進行比較的研究較多。但從整體上看，大多數研究只停留在找出不同的句法環境分布上，從語義或語用方面進行比較的研究甚少。

第二章　情態及相關概念說明

2.1　情態的定義

　　關於情態的定義，很多學者以主觀性為標準來界定（如 Lyons 1977：452、787；Palmer 1979／1990：7；彭利貞 2007：40；谷峰 2010 等）。據此，情態是指說話人對命題所持的觀點或主觀態度。也有一些學者以非現實性為標準來界定（如 Perkins 1983：8；Halliday 1994：88；Narrog 2012：6；張楚楚 2012 等）。據此，情態是指使所在的命題成為或真或假的成分。

　　「主觀性」（subjectivity）是指說話人在說出一段話的同時表明自己對這段話的立場、態度和感情，從而在話語中留下「自我」的印記（imprint）。（Lyons 1977：739）情態表示說話人對命題的態度和看法，它具有主觀性不言而喻。但嚴格來講，主觀性雖然是情態的重要特徵，但並不能單獨成為情態的本質特徵。換言之，主觀性不等於情態。因為正如張楚楚（2013）所說，人類語言不可避免地或多或少烙上了說話人的「自我」印記，僅從主觀性來定義情態就會無限擴大情態範圍，從而使其陷入無法有效界定的困境。

　　情態的另一個重要特徵是「非現實」（irrealis）。非現實是與「現實」（realis）相對的概念。現實是指那些已經發生了的或正在發生的情境。而非現實是指那些沒有發生的或不能確定是否發生的情境，換言之，是指只有實際發生的「可

能性」的情境（參見郭銳 1997；王曉凌 2007：2）。與此相應，表達現實的句子就是現實句，表達非現實的句子就是非現實句。一個句子一旦添入了情態標記便成為非現實句。正因為情態具有非現實的特徵，所以情態詞還常出現在假設條件句中。因為假設條件句是以非現實作為條件來表達的一個形式。用於條件從句的如例（1），用於在條件主句的如例（2）（Saeed 2016：137）：

（1）**Should** you meet Christy, there's something I would like you to
　　 ask him.（如果你去見他，我有一件事想讓你問問他。）（Saeed
　　 2016：137）

（2）If I were rich, I **would** be living somewhere hotter.（如果我有錢，
　　 我會住在更熱的地方）（Saeed 2016：137）

　　總之，情態可以界定為：使所在的命題具有非現實性的主觀性成分，即〔＋主觀性〕、〔－現實性〕這兩者都是情態的本質特徵。如果其中缺少一個，就很難視為典型的情態。

2.2　情態類型體系

　　Palmer（1979／1990）採用 Von Wright（1951：1～2）的術語把情態分為動力情態、義務情態和認識情態三類。其中動力情態還有兩個小類，一類是「主語指向」（subject-oriented），表示主語的能力或意願，另一類是「中性／條件」（neutral／circumstantial），表示客觀條件下的可能性或必然性（1990：36～37）。前者是主語的內在條件決定事態的實現，後者是外在於主語的客觀環境決定事態的實現。Palmer（2001）立足於類型學的考察，增加了證據情態，並把認識情態和證據情態歸為命題情態（propositional modality），把道義情態和動力情態歸為事件情態（event modality）。命題情態表達說話人對命題真值的態度，事件情態表達未實現的潛在性事件（2001：8）。在漢語情態研究中，許多學者借鑒 Palmer（1979／1990）的分類，將情態分為動力情態、義務情態和認識情態三類。

　　在現代漢語研究中，採取 Palmer（1979／1990）的三分法的有彭利貞（2007）、徐晶凝（2008）、范曉蕾（2009）等。其中范曉蕾（2009）的分類很值得參考。范曉蕾（2009）雖借鑒了 Palmer（1979／1990）的分類，但在情

態類型的範圍界定上有所不同：（1）Palmer（1979／1990：37〜38）認為，動力情態和義務情態的差異在於促成條件的性質，前者的促成條件是客觀條件，後者的促成條件是說話人。而范曉蕾（2009：11）認為，兩者本質區別是：動力情態表達動作行為實現的可能性，義務情態表達動作行為實現的合適性。基於此，范文把義務情態分為兩個小類：「條件許可／必要」和「道義許可／義務」，前一類的促成條件是客觀現實條件（physical conditions），後一類的促成條件是說話人的命令、權威、社會準則和道德標準，即「社會條件」（social conditions）；（2）范曉蕾（2009：11）還列出了與動力情態的「條件可能」相對應的「條件必然」。條件必然是指客觀條件致使的必然發生、不可避免的事件，是客觀必然，如自然規律或慣常行為，如「水在零度以下會結冰」；或某條件下必然存在的事件，如「牌子不同的衣服，價格會有差異」。

范曉蕾（2009）的情態體系如下表：

表 2.1　范曉蕾（2009）的情態體系

類型　　　強度	事件情態				命題情態
	動力情態		義務情態		認識情態
	內在性	外在性	非道義	道　義	
可能 Possibility	能力 （Ability）	條件 可能	條件許可 （Non-deontic possibility）	道義許可 （Permission）	認識可能 （Epistemic possibility）
必然 Necessity	意願 （Volitive）／ 需要（Need）	條件 必然	條件必要 （Non-deontic necessity）	義務 （Obligation）	認識必然 （Epistemic necessity）

在古漢語研究中，借鑒 Palmer（1979／1990）分類法的有朱冠明（2008）、李明（2016）。不過，兩家的分類與 Palmer（1979／1990）的有所不同：1）兩家都另外分出「估價類」，朱冠明（2008：28）把它歸入義務情態，李明（2016：9）把它獨立出來，主要是因為，在古漢語中「可、足」等情態詞具有「值得」一類的估價義。2）李明（2016：9）把動力情態的「主語指向」排除在情態範疇之外，從而把「中性／條件」獨立出來，稱為「條件類」。李文這樣處理的原因是，主語指向的情態詞（A 類詞）與條件類情態詞（B 類詞）在語義和句法功能上有差別。從語義上，A 類詞不摻雜說話人的意見，B 類詞摻雜說話人的意見；從句法上，含 A 類詞的句子「NP 情態詞 VP」的深層結構是「NPVP

＋情態詞」，但含 B 類詞的句子不適用於這種分析。另外，兩類詞在表層結構上也有一些差別（2016：3～5）。

朱冠明（2008）的情態體系如下表：

表 2.2　朱冠明（2008）的情態體系

類型 程度	動力情態		道義情態		認識情態
	主語指向	中性（條件）	該允	估價	
可能性	I 能／可／堪 II 欲／願／樂／肯／敢	能／得／可／足／堪／容／中	可／得／足	I 堪 II 可／足	能
蓋然性			應／當／宜		應／當
必然性		必／須	必／須／要		必

李明（2016）的情態體系如下表：

表 2.3　李明（2016）的情態體系

	條件類	道義類	估價類	認識類
強	必要	必要		必然
中		應當		蓋然
弱	可能	許可		可能

本文結合前人的研究，將情態分為四類：動力情態、義務情態、估價情態和認識情態。下面討論這四類情態類型的界定。

2.2.1　各類情態類型的界定

2.2.1.1　動力情態

動力情態表達客觀上的內在／外在條件決定動作行為的可實現性。動力情態的可能性概念是「條件可能」，必然性概念是「條件必然」，此外還有「意願」。無論是哪一種概念，它們都與說話人的主觀態度無關，也就是說，它不具有〔＋主觀性〕特徵。因此，嚴格來說，動力情態不是真正意義上的情態。即便如此，動力情態還是被很多學者歸為情態，因為在很多情況下，表達義務情態或認識情態的詞兼表動力情態，而且動力情態在歷時演變中往往與認識情態或義務情態互有糾葛。

更關鍵的原因是，動力情態陳述未實現的潛在性事件（Palmer 2012：70），因而具有〔－現實性〕特徵。對此，張楚楚（2012）作了較為詳細的論證：以

「John can speak Italian」（約翰會說意大利語）為例，此句表達說人對「約翰說意大利語」這一命題所描述的事件成真可能性的判定，而並未對事件本身的真實性作出承諾。因此，假如約翰在現實生活中不說意大利語，句子仍然成立：「John can speak Italian but he doesn't」（約翰會說意大利語，但是他不說）。然而，直陳句「John speaks Italian」（約翰說意大利語）表達說話人對該事件屬實的認定與現實世界吻合，因此，如果約翰不說意大利語，句子就不能成立：「*John speaks Italian but he doesn't」（*約翰說意大利語，但是他不說）。再如，「我本來要回家去，但沒回」的情態詞「要」表示句子主語的意願，「要」的所述的事件「回家去」也屬於非現實事件。

總之，動力情態具有〔－現實性〕的特徵，它在句法、歷時方面都與其他情態類型存在聯繫。基於這兩種原因，本文也將動力情態視為情態的一類。

2.2.1.2　義務情態

義務情態表達執行動作行為的強制性。義務情態包含說話人使施事完成行為的意圖，即其具有意願性。比如「你要吃飯」可以轉換為「我要你吃飯」。本文所說的意願性相當於 Jesperson（1924：8）所提出的「意願成分」（element of will）。〔註1〕正因為義務情態具有意願性，所以它還具有「施為性」（performativity）。施為性是指「指令」這一言外之力〔註2〕，是可以促成事件發生變化的一種力量。也正因為如此，在句法上，義務情態的句子主語一般是有生名詞，主要動詞一般是行為動詞，即其句子一般是具有可變性的動態事件。如根據 Coates（1983：37～44），當英語情態詞 *must* 的句子主語為第一、二人稱主語時，*must* 傾向於解讀為義務情態，當句子主語為無生名詞時，*must* 傾向

〔註1〕Jesperson 根據意願成分的包含與否把情態（notional moods）分為兩大類，一類主要包括祈使（jussive）、義務（obligative）、許可（permissive）等語義類，這些都大致相當於義務情態，另一類主要包括決然（apodictive）、必然（necessitative）、懷疑（dubitative）等語義類，這些都大致相當於認識情態。

〔註2〕在言語行為理論（speech act theory）中有三個核心概念：「言內行為」（locutionary act）、「言外行為」（illocutionary act）和本文所提到的「言外之力」（illocutionary force）。言內行為是「說話行為」（act of saying something），而言外行為（illocutionary act）是「通過說話完成的行為」（act in saying something），也就是說話人意圖的行為。「言外之力」指的正是說話人的「意圖」，或者說，是在聽話人理解言外行為時所獲得的意思（Austin 1961）。言外行為有五種類型：斷言（assertives）、承諾（commissives）、表情（expressives）、宣告（declarations）和指令（directives）（Searle 1969）。例如，「飯做好了」的言內行為是斷言（即「飯做好了」），言外行為是指令（即「吃飯吧」），言外之力是指令意義。

於解讀為認識情態;根據彭利貞(2008:176),情態與動詞的情狀類型存在著同現限制關係,動態動詞與多義的情態詞同現時,情態詞得出義務情態解讀,而靜態動詞與多義情態詞同現時,情態詞一般獲得認識情態解釋。這些研究都表明,義務情態傾向於與動態事件結合。

Palmer(1979 / 1990)把動力、義務和認識情態每一類做出必然性(necessity)和可能性(possibility)梯度的區分。認識情態的必然性指「必然推斷義」,動力情態和義務情態的必然性都指「必要義」。這樣,必要義表示兩種情態:動力情態和義務情態。按照 Palmer(1979 / 1990)對這兩種情態的分類標準,動力情態的必要義是指客觀條件(如物質條件或社會條件)決定事件必然發生,義務情態的必要義是指說話人決定事件必然發生。請比較看 Palmer(1979 / 1990)所舉的例句:

（1）You **must** keep everything to yourself, be discreet.（你所有的事情都必須保密,謹言慎行）(Palmer 1979 / 1990:32)

（2）I **must** have an immigrant's visa. Otherwise they're likely to kick me out, you see.（我必須有移民簽證,否則他們會把我跳出去的,你知道嗎）(Palmer 1979 / 1990:32)

以上例句中的 *must* 都表示必要義。但根據 Palmer(1979 / 1990:32,115),例(1)是說話人對主語施加義務的,因而此處的 *must* 表示義務情態的必要義,例(2)的 *must* 後面出現「otherwise」(不然),這表明 *must* 所述事件的必要性是由不實現該事件時所產生的不良結果導致的,這裡沒有說話人的介入,因而此處的 *must* 表示動力情態的必要義。不過,Palmer(1979 / 1990:37、113)承認,動力情態的必要義和義務情態的必要義沒有清晰的分界線。

在借鑒 Palmer(1979 / 1990)分類法的國內學者之中,有的學者也把必要義分別歸為義務情態和動力(條件)情態兩類,如朱冠明(2008)、李明(2016)等(見上文表 2.2、2.3),有的學者則把必要義歸為義務情態一類,如彭利貞(2007)(見上文表 1.1)。

如朱冠明(2008:28)認為,「總統必須對選民負責」的「必須」表示動力情態的必要義,「你必須進來」的「必須」表示道義情態的必要義。再如,李明(2016:7)認為,在古漢語中,表示不必要的「不要、不用、不須」的「要、用、須」表示「條件必要」,表示說話人指令的「不要、不用、不須」的「要、

用、須」表示「道義必要」。不過，李明（2016：8）承認，「條件必要」與「道義必要」有時難以區分，如下面例句中的「須」很難判定到底是何種必要：

（3）凡事，須子細體察，思量到人所思量不到處，防備到人所防備不到處，方得無事。《朱子語類卷一百六·外任》

從朱冠明（2008）、李明（2016）所舉的例句可以看出，他們也跟 Palmer（1979／1990）一樣把促成條件的性質（是客觀條件還是說話人）作為兩種必要義的區分標準。

那麼，必要義應歸為義務情態一類，還是應歸為義務情態和動力情態兩類？下面對此做一下討論。

Palmer（1979／1990）之所以把促成條件的性質（是客觀條件還是說話人）作為動力情態和義務情態的區分標準，主要是他認為促成條件的性質決定情態的主觀性，促成條件為說話人的是主觀的，促成條件為客觀條件的是客觀的；義務情態的主觀性高於動力情態，所以義務情態的促成條件是說話人，動力情態的促成條件是客觀條件。

范曉蕾（2014）則認為，動力情態和義務情態的本質差異是「動作的實現／強制性」，而不是「促成條件之性質」。「動作行為是否強制」要依靠說話人的知識內容或價值取向來判斷——這正是義務情態異於動力情態的主觀性（2014：31）。證據是，動力情態和義務情態具有不同的衍推義（entailments），衍推義的差異是區分二者的顯著標誌之一。義務情態的衍推義是「如果不執行該動作（而執行其他動作），可能／必然有消極性結果」，而動力情態不能建立這樣的邏輯推理（2014：30）。所舉例句如下：

（4）坐 331 路公車，你<u>可以</u>到香山。→*如果你不去香山，則可能有消極性結果。

（5）a. 從中國去美國，你<u>可以</u>坐輪船去。→由中美地理位置決定：如果你不坐輪船（如坐火車）去，則可能到不了美國。

　　b. 要乘地鐵去北京大學，你<u>得</u>坐地鐵 4 號線。→由北京大學的地鐵路線決定：如果不乘地鐵 4 號線（如乘地鐵 1 號線），則必然到不了北京大學。

例（4）的「可以」表示動力情態，例（5）的「可以」「得」都表示義務情態。

我們同意范曉蕾（2014）的觀點，動力情態和義務情態的差異在於動作行為的強制性，而不在於促成條件的性質。正因為如此，不僅動力情態有促成條件是客觀條件的情況，如例（4），義務情態也有促成條件是客觀條件的情況，如例（5）。

必要義的句子（如「總統必須對選民負責」、「你必須進來」）有如下衍推義：「如果不執行該動作，必然有消極性結果。」也就是說，無論必要義的促成條件是什麼，它都有動作行為的強制性。必要義的促成條件是什麼，一般由語境決定。這就是李明（2006：8）所言，「條件必要」與「道義必要」不總是清晰可分的原因。比如，朱冠明（2008：28）認為「總統必須對選民負責」中的「必須」表示動力情態，不過，此句的說話人作為「選民」之一，對「總統」有一定的權威性，因此從另一個角度看，此處的促成條件也可以看作是說話人。所以，如果把必要義根據促成條件的性質分別歸為動力情態和動力情態，反而會導致動力情態和義務情態的界線模糊不清，因為必要義的強制性在任何語境中都不變，而促成條件的性質因語境的變化而變化。由於上述原因，我們認為必要義應屬義務情態，而不屬動力情態。

最後，需要提到的一點是，義務情態的判斷主體（即義務主體）不一定是說話人。它還可以是說話人以外的外部環境。也就是說，義務情態可以不具有〔＋主觀性〕，這種義務情態是非典型情態。如據 Palmer（1979 / 1990：32，113～116），英語情態詞 *have (got) to* 主要表示外在必要義（external necessity），外在必要義是指義務主體為外部環境，而非說話人的義務情態。這是其他義務情態詞如 *must*、*should* 等不會表達，只有 *have (got) to* 才表達的意義。例如：

（6）They're obliged to pass in various ways; they' **ve got to** pass our section of it.（他們要以各種方式通過；他們要通過我們的部門）（Palmer 1979 / 1990：115）

Palmer 指出，此例中的 *have (got) to* 可以變換為 *obliged to*，二者都表示有一個外力（external compulsion）強迫所述事件發生。

在古漢語中，也有一些情態詞表示非主觀義務情態，如「當」和「須」。關於非主觀義務情態，本文將在 2.3.2 節詳細討論。

2.2.1.3　估價情態

有一些學者稱對命題作評價判斷的語義為估價情態，如 Rescher（1968：24～26）、徐晶凝（2008：89～90）、朱冠明（2008：28～29）、李明（2016：9）等。主要理由是，評價涉及說話人的主觀態度，即具有〔＋主觀性〕特徵。不過 Perkins（1983：12）、Palmer（1986：12～13、97）、張楚楚（2013）等學者則指出，由於評價預設了命題的真實性，並非嚴格意義上的情態。Van linden（2012：41～43、52～68）則認為，有一些評價義總涉及現實性，因而不是情態，如英語的形容詞「ironic」（「奇怪、好笑」）、「surprising」（「出人意料」）、「significant」（「有意義的」）等，但有一些評價義還可不涉及現實性，因而還可看作是情態，如英語的形容詞「appropriate」（「適當」）、「convenient」（「方便」）、「important」（「重要」）等。本文認為漢語的情況也與此類似。如徐晶凝（2008：89）所舉的評價詞「畢竟、反正、幸好」等都使所在的命題具有現實性，因而不可以視為情態。比如「中國畢竟邁出了第一步」預設「中國」已經「邁出第一步」。但如朱冠明（2008：28）所舉的評價詞「配、值得」等都可使所在的命題具有非現實性，因而可以視為情態。比如「這種觀點值得進一步研究」預設「這種觀點」尚未被「進一步研究」。

在可劃為估價情態的語義類型中，表示合適性或者可取性（desirability）的語義與義務情態尤為密切相關，如現代漢語的「配、值得」，古代漢語的「可、足、好」等。因為義務情態也重在表達所實現的動作在情理評價中如何。即，可取性估價情態和義務情態都判斷動作行為的合理性。二者的區別在於以下幾個方面：

一、估價情態比義務情態意思更實。如「配、值得」等比「應該、必須」等語義更實在。

二、估價情態單純陳述某種行為的合理性，說話人並沒有使施事完成其行為的意圖。也就是說，估價情態有沒有施為性，義務情態則有施為性。〔註3〕指令這一言外行為越明顯，施為性這一言外之力就越強。根據言語行為理論，

〔註3〕　本文所提出的這種區別標準與 Nuyts et al.（2010）的觀點大致相同。Nuyts et al.（2010）認為對道德上的接受程度做出評價的情態（如「Such statements are (in) acceptable / (un) desirable / intolerable」）與義務和許可應區分開來，因為只有後者含有指令義，亦即包括「行為」（action）的計劃（有促使或阻止行為發生的意圖）。因此與前者不同，後者是個言語行為（speech act）的概念。

任何語句都履行某種言外行為。我們說估價情態沒有施為性，是指估價情態雖然也履行某種言外行為，但這個言外行為的種類不可能或很少可能是指令。例如，一般而言「本店收費是合理的」（估價情態）的言外行為是斷言，不可能或很少可能是指令。

值得一提的是，除了估價情態和義務情態在施為性方面有區別以外，義務情態和祈使語氣在這一方面也有區別。義務情態和祈使語氣都具有施為性，因為義務情態和祈使語氣一般都履行指令這一言外行為。例如，「你不能在這裡抽煙」（義務情態）的言外行為一般是指令，然而也有可能是斷言；「你不要在這裡抽煙」（祈使句）的言外行為一定是指令，不可能是斷言。由於義務情態的言外行為一般是指令，而祈使語氣的言外行為一定是指令，所以可以說祈使語氣比義務情態具有「更強」的施為性。

總之，估價情態沒有施為性，義務情態和祈使語氣都有施為性，但是兩者有強度之別。

另外，估價情態、義務情態和祈使語氣這三者還可以從「說話人指向」（speaker-oriented）的角度去區分。說話人指向的情態是說話人現時現地的表達，說話人在說話的同時還關注聽話人或言語情境。對於典型的義務情態而言，說話人不是報導條件的存在，而是對事件參與者（施事）直接施加條件。與說話人指向相對的是「事件指向」（event-oriented）或「施事指向」（agent-oriented）。事件／施事指向的情態獨立於說話人和現時現地的言語情境，它主要描述事件參與者（施事）的狀況（Bybee et al. 1994：177～179；Narrog 2012：49～55）。〔註4〕估價情態傾向於事件／施事指向情態，祈使語氣傾向於說話

〔註4〕「說話人指向」這一術語由 Bybee et al. 首先提出，是 Bybee et al. 分出的情態類型中的一類。後來 Narrog 在建立情態系統時也使用了這一術語。兩家對「說話人指向」給出的定義大致相同，但外延卻不同。在動力情態、義務情態和認識情態三類中，Bybee et al. 的「說話人指向」只包括義務情態，如「You must play this ten times over」（你要演奏這個十次以上）（Coates 1983：34）中的 must（1994：179）。而 Narrog 的「說話人指向」不僅包括義務情態，還包括認識情態，如「I'm sure I'll hate myself tomorrow」（我相信我明天會恨自己）中的 I'm sure（2012：52）；「施事指向」是 Bybee et al. 提出的術語，「事件指向」是 Narrog 提出的術語。兩家對這些概念給出的定義大致相同，但外延卻不同。Narrog 的「事件指向」只包括動力情態（2012：54）。而 Bybee et al. 的「施事指向」除了包括動力情態以外，還包括義務情態，如「All students must obtain the consent of the Dean of the faculty concernted before entering for examination」（所有學生在參加考試前必須得到系主任的同意）（Coates 1983：35）中的 must（1994：177）。本文認為，認識情態始終離不開說話人，因為認識情態表

人指向情態，義務情態則處於兩者之間。

2.2.1.4　認識情態

認識情態表示對命題真實性的判斷，是情態的典型類型，具有〔＋主觀性〕、〔－現實性〕兩種特徵。

有一些學者將「的確、確實、實在、真的」等表示確認的語義，即「確認類」劃入認識情態，如谷峰（2010）、張則順（2012）等。這主要是因為確認涉及說話人的主觀態度，亦即具有〔＋主觀性〕特徵。正如張則順（2012）所說，「確信是指說話人相信他人或承諾自己所表達命題的真實性，是語言的一種主觀性表達。」確認類表達對命題的肯定態度。在這一點上，確認類和認識情態的必然類如「一定、肯定、必定」等確有相通之處。兩者都表明了說話人對命題的信心，說話人對命題都確信無疑。但是，確認類已經預設了命題的真實性，不具有〔－現實性〕特徵。相反，必然類的命題可能與事實相符，也可能不相符，因而具有〔－現實性〕特徵。例如，在「他的確交了作業」和「他肯定交了作業」中，前者是確定性斷言，後者是確定性推測。就認識情態而言，最強烈的認識情態判斷也是非現實的。因此，確認類不應劃入認識情態。

2.2.2　古漢語情態詞體系

本文結合前人的研究，將情態分為四類：動力情態、義務情態、估價情態和認識情態。本文的情態體系如下表：

表 2.4　本文的情態體系

強度 ＼ 類型	動力情態	義務情態	認識情態	估價情態
可能	條件可能	許可	認識可能	
應然		弱義務	蓋然	
必然	條件必然	強義務	認識必然	
	意願			

Palmer（1979 / 1990：37）對於情態強度採取的是二分法，即「可能性」

示對命題的推斷，而做出推斷的總是說話人，因此正如 Narrog 所分析的，認識情態是屬「說話人指向」；義務情態表示對事件成真的要求或許可，說話人既可以「要求」或「許可」施事做某事，也可以「報導」施事需要或可以做某事。因此正如 Bybee et al.所分析的，義務情態既屬「說話人指向」，也屬「施事指向」。

為一級，「必然性」為一級。本文採用了情態強度的三分法，在「可能性」和「必然性」中間劃出「應然性」。可能性、應然性和必然性的強度差異表現在否定方面。可能性和必然性可以通過否定來相互定義：必然性的否定在強度上等於可能性，可能性的否定在強度上等於必然性。如（「≡」表示基本語義相似）：

義務情態（許可／強義務）　　認識情態（認識可能／認識必然）

a. 必須 p ≡ 不可以不 p　　　　a. 一定 p ≡ 不可能不 p

b. 可以 p ≡ 不必不 p　　　　　b. 可能 p ≡ 不一定不 p

c. 不必 p ≡ 可以不 p　　　　　c. 不一定 p ≡ 可能不 p

d. 不可以 p ≡ 必須不 p　　　　d. 不可能 p ≡ 一定不 p

應然性介於可能性和必然性之間，與可能性／必然性不同，應然性的否定在強度上仍於應然性。如：

義務情態（弱義務）　　　　認識情態（蓋然）

a. 應當 p ≡ 不應當不 p　　　a. 會 p ≡ 不會不 p

b. 不應當 p ≡ 應當不 p　　　b. 不會 p ≡ 會不 p

根據前人的研究和本文的調查，先秦至六朝時期情態詞體系如下〔註5〕：

表 2.5　古漢語情態詞體系

情態類型　時期	動力情態			義務情態			認識情態			估價情態
	條件可能	條件必然	意願	許可	弱義務	強義務	認識可能	蓋然	認識必然	
先秦	能／堪／得／獲／可／足／克	必	欲／肯／敢／願	可／得	當／宜	必	能／得	當／宜	必	足／可
西漢	能／堪／得／可／足	必	欲／肯／敢／願	可／得	當／宜／合	必	能／得	當／宜	必	足／可
東漢	能／堪／任／得／可／足／肯	必	欲／肯／敢／願	可／得	當／宜／合／應	必／須	能／得	當／宜	必／定	足／可

〔註5〕參見柳市鎮（1992：124～128、228～230）、劉利（2000）、汪維輝（2000：315～323）、段業輝（2002）、李明（2016）、巫雪如（2018）。

六朝	能／堪／任／可／肯／好／辦／容	必	欲／肯／敢／願	可／得／容	當／宜／合／應	必／須／要／欲	能／得／容	當／宜／應／合	必／定	足／可／堪

由上表可見，從先秦到六朝，情態詞的範圍趨於逐漸擴大。這是因為從西漢以後一直產生新詞，而且在先秦產生的大多數情態詞一直沿用到六朝。西漢產生的新詞有「合」；東漢產生的有「任」「肯」「應」「須」「定」，六朝時期產生的有「中」「好」「辦」「容」「要」。在動力、義務、認識和估價四類情態詞中，動力情態詞數量最多（有 17 個），義務情態詞次之（有 11 個），認識情態詞又次之（有 9 個），估價情態詞最少（有 3 個）。在可能、應然和必然三類情態詞中，可能類情態詞數量較多（有 13 個），應然、必然類情態詞數量較少（分別有 5 個）。

這裡，我們著重看應然、必然類情態詞：

先秦時期，應然類情態詞有「當」「宜」。漢代以後，應然類情態詞除了「當」「宜」以外，還有「合」「應」。「合」產生於西漢，「應」產生於東漢。從東漢開始一直到六朝，在二者中更常用的是「應」，「合」也時有用例，但它的使用頻率遠不及「應」（汪維輝 2000：321～323；張海媚 2015）。但與「當」「宜」相比，「應」的使用頻率不算高。據段業輝（2002：19～22）的統計〔註6〕，「當」和「宜」的出現次數分別是 821 次和 495 次，「應」的出現次數是 91 次。

先秦時期，必然類情態詞有「必」。到了東漢，除了「必」以外，還有「定」「須」，六朝時期，還有「要」「欲」。據李明（2016：41、52、70），「欲」在先秦已經有強義務義（例 7），兩漢時期，《史記》中有 1 例強義務義「欲」（例 8），六朝時期，強義務義「欲」在《齊民要術》中多見（例 9）。如：

（7）子曰：「君子<u>欲</u>訥於言而敏於行。」《論語・里仁》

（8）章曰：「深耕概種，立苗<u>欲</u>疏，非其種者，鉏而去之。」《史記・齊悼惠王世家》

〔註6〕統計的文獻包括《論衡》、《三國志》、《南齊書》、《世說新語》、《六度集經》、《百喻經》等。

（9）以相著為限，大都<u>欲</u>小剛，勿令太澤。《齊民要術·造神曲並
　　酒》

由於強義務義「欲」在漢代以前只有少數幾例，我們將其產生時間界定為六朝時期。不過，它在六朝也只在一部分文獻中才多見，所以強義務義「欲」不算是常用詞。

2.3　情態和主觀性

情態表示說話人對命題的態度和看法，即情態具有主觀性，義務情態和認識情態也都不例外。不過很多研究已指出，嚴格來講，義務情態和認識情態內部存在主觀和客觀之分（Lyons 1977；Coates 1983；Palmer 1986；Huddleston 2002；Narrog 2012），從而構成一個主觀性漸變連續體。〔註7〕那麼，什麼是主觀情態？什麼是客觀情態？二者的劃分標準是什麼？下面先介紹一下以往研究的相關討論，然後對這些問題提出本文的看法。

2.3.1　認識情態的主客觀性

很多研究指出，在動力、義務和認識情態三類中認識情態主觀性最強〔註8〕，但這種認識情態也因語境不同既可以是主觀認識情態，也可以是客觀認識情態。在已有研究中試圖區分主觀和客觀認識情態的主要有 Lyons（1977）、Coates（1983）、Nuyts（2001）和 Traugott & Dasher（2002）。

Lyons（1977：797～807）通過下面的例子解釋主觀和客觀認識情態的區別：

（1）Alfred may be unmarried.（Alfred 可能未婚）（Lyons 1977：797）

假如說話人根據自己的不確定性限定對 Alfred 未婚的可能性的表達，此時的 *may* 就表示主觀認識情態，整句後面還可以加上「but I doubt it」（但我對此表示懷疑）或「and I'm inclined to think that he is」（而且我傾向於認為他是這樣

〔註 7〕Traugott & Dasher（2002：114）還稱情態詞的主觀和客觀連續統為主觀性漸變群（a cline of subjectivity）。

〔註 8〕如 Verstraete（2001）、Celle（2009）等學者認為，認識情態和動力情態構成主客觀性的兩極，義務情態形成中間的模糊地帶。又如 Traugott & Dasher（2002：111～149）指出，認識情態由動力情態或義務情態演變而來，在演變過程中主觀性逐漸增強，因而認識情態的主觀性最強。

的）等明確表達說話人的主觀態度的成分。它表達的意思大致相當於「perhaps Alfred may be unmarried」（也許 Alfred 未婚）；假如說話人知道 Alfred 屬於 90 個人的社區，其中有 30 個人未婚，但不知道在這 90 個人裏誰是已婚或未婚的，那麼說話人就可以有理由說，他不僅認為而且知道存在 Alfred 未婚的可能性，此時的 *may* 就表示客觀認識情態。〔註9〕

Coates（1983：41～42）把命題表達個別性事件的看做是主觀認識情態，把命題表達普遍性事件的看做是客觀認識情態。例如：

（2）There **must** be a lot more to it than that, I'm sure it wasn't just that, because they appear to get on very well.（一定還有比這個更多的東西，我肯定不是僅僅如此的，因為它們似乎相處得很好。）（Coates 1983：41）

（3）The simple truth is that if you're going to boil eggs communally, they **must** be hard.（一個簡單的事實是，如果你要一起煮雞蛋，它們一定很硬。）（Coates 1983：42）

據 Coates，例（2）的 *must* 表示主觀認識情態，整句可理解為「I confidently infer that x」（我自信地推斷 x）；例（3）的 *must* 表示客觀認識情態，整句可理解為「In the light of what is known, it is necessarily the case that x」（根據已知信息，x 是必然的情況）。

Nuyts（2001：34）用「證據」（evidentiality）的概念區分主觀和客觀認識情態。證據大致是指說話人的判斷證據或來源。Nuyts 認為，如果判斷的證據只有說話人自己知道，說話人就自己承擔對命題的責任，此時的認識情態則是主觀

〔註9〕Lyons 基於 Hare 的研究指出，句子由「命題內容成分」（phrastic）、「式標記成分」（tropic）和「承認成分」（neustic）三部分組成。其中，陳述（statements）的式標記成分可表現為「it-is-so」（是這樣的），命令（mands）的式標記成分可表現為「so-be-it」（就這樣吧），承認成分陳述和命令都可表現為「I-say-so」（我這樣說）（1977：749～751）。由此三者組成的句子的邏輯式是「. . p」（前兩個「.」分別表示未限定的「I-say-so」和「it-is-so」，p 表示命題）或「. ! p」（「.」表示未限定的「I-say-so」；「!」表示「so-be-it」）（1977：802～803）。Lyons 認為，主觀和客觀認識情態的區別在於，只有客觀認識情態的句子包含一個未加限定或直言的「I-say-so」成分。即，說話人保證信息的事實性，也就是說，說話人正施行「告訴」的言外行為（act of telling）。換個角度說，主觀認識情態表示說話人對於未加限定或直言的「I-say-so」有所保留（1977：799）。客觀認識情態句子用邏輯式可表現為「. poss p」（「poss」表示可能算子），主觀認識情態句子用邏輯式可表現為「poss. p」（1977：803～804）。

的；如果判斷的證據為一個群體所共知，說話人即共同分享對命題的責任，此時的認識情態則是客觀的。

Traugott & Dasher（2002）的劃分標準與 Nuyts 的大致相同。Traugott & Dasher（2002：114）認為，基於說話人判斷的是主觀認識情態，基於普遍真理的是客觀認識情態。Traugott & Dasher（2002：111～112）稱客觀認識情態為「普遍性」（generalized）認識情態。

綜上所述，Lyons（1977）認為主觀認識情態表示純粹主觀的猜測，客觀認識情態表示客觀上可測量的概率。也就是說，二者的劃分標準是說話人是否具有數量上的證據——客觀認識情態的說話人有數量上的證據，因而對命題可以進行客觀推算，作出較有把握的推斷；主觀認識情態的說話人沒有數量上的證據，因而對命題只能作出純主觀猜測；Coates（1983）的劃分標準是命題所表達的事件是否被人們普遍接受；Nuyts（2001）、Traugott & Dasher（2002）的劃分標準都是證據是否被人們普遍接受。

四家的劃分標準似乎各不相干，但在本質上是相同的——都依據情態源（source of modality）的普遍性程度來區分。情態源是指在情態表達的事件背後發出的驅動力，它不僅決定情態的類型，也決定情態的主客觀性。本文將認識情態的情態源稱為「認識源」。

我們再從認識源的角度看 Lyons（1977）和 Coates（1983）的分析。Lyons（1977）提出的數量證據是「在九十人的社區裏未婚的有三十個人」，其認識源大致可以表示為「如果在九十個人中三十個人是 x，各人則有概率為三分之一的 x 的可能性」。如果沒有數量證據，說話人就只能根據基於自己經驗的認識源去推斷，如「如果 x 很年輕，那麼 x 是未婚的」、「如果 x 和父母住在一起，那麼 x 是未婚的」等等。顯然，以數據為基礎的認識源比基於個人經驗的認識源更具有普遍性；Coates（1983）認為認識情態的主客觀性取決於命題的普遍性。實際上，命題的普遍性取決於認識源的普遍性，前者是結果，後者是原因。如果命題是基於說話人信念做出的表達，這一命題就自然表達較為主觀的內容。比如「現在地面一定潮濕，因為昨晚下了雨」的認識源大致是「如果下雨，地面就濕」，該認識源表示一種自然規律，即具有普遍性，因而判斷命題也具有普遍性。又如「他今天一定來，因為我昨天叫他來」的認識源大致是「如果我讓 x 做什麼，x 就做什麼」，該認識源是個體的，即不具有普遍性，

因而判斷命題也不具有普遍性。

以上我們看到，前人研究判定認識情態的主客觀性的依據都是認識源的普遍性程度。那麼具體來講，它是怎樣作用到認識情態的主客觀性的呢？它和判斷命題之間的關係又如何？下面主要圍繞這些問題做一下討論。

認識情態表示說話人對命題的推斷，推斷包含推理這一思維過程，因為我們一般根據已知信息作出推斷，而推理正是由已知判斷推出新判斷的過程。即，推斷是推理的結論，推理是推斷的過程。所以，認識情態與推理密不可分。

推理主要有三種，一是演繹推理（deduction），二是歸納推理（induction），三是類比推理（analogy）。其中我們通常通過演繹推理進行認識推斷。〔註10〕

演繹推理包括大前提，小前提和結論三個部分。其中，大前提和小前提都是已知信息，大前提是一般性結論（即表類事件），如「如果下雨，地面就濕」「如果我讓 x 做什麼，x 就做什麼」，小前提是與大前提的內容相關的，已認定為真的個體事件（即表例事件），如「現在下雨」「我昨天叫他來」，結論是由這兩種前提推導出的結論，如「明天地面會濕」「他今天一定來」。其推理形式如下：

大前提：i. 如果下雨（P），地面就濕（Q）。

ii. 如果我讓 x 做什麼（P），x 就做什麼（Q）。

小前提：i. 現在下雨（p）。

ii. 我昨天叫他來（p）。

結　論：i. 明天地面會濕（q）。

ii. 他今天一定來（q）。

在情態判斷活動中，大前提（P→Q）是判斷事件的起始點，結論（q）是終結點。大前提在句法層面上一般不顯現，但始終存在〔註11〕，小前提（p）可顯現也可隱現，顯現的如「（因為／如果）現在下雨，明天地面會濕」（p→q），

〔註10〕當然，也有通過類比推理或歸納推理做出認識推斷的情況。涉及類比推理的認識情態句如「案禹母吞薏苡，母咽燕卵，與兔吮毫同實也。禹、卨之母生，宜皆從口，不當闓背。」（《論衡・奇怪篇》）；涉及歸納推理的認識情態句如「上有好者，下必有甚焉者矣。」（《孟子・滕文公上》）認識情態詞「必」與歸納推理的關係尤為密切。對此，我們將在 4.1.4.1 節詳細討論。

〔註11〕顯現的例子如「答曰：公豬，好縛人士，會當被縛，手不能堪芒也。」（《世說新語・規箴》），其中「公豬，好縛人士」相當於大前提。

隱現的如「明天地面會濕」（q）。就情態而言，大前提就相當於情態來源，即認識源。

大前提（認識源）是由因果關係構成的命題（P→Q），它既可以是常識或事物的發展規律（如 i），也可以是由親身經驗得到的知識、信仰、觀念等（如 ii）。前者普遍性高，後者普遍性低。無論是哪一種，它們都直接影響結論（推斷句）的主觀性程度：前者的結論更有客觀性，後者的結論更有主觀性。

需要指出的是，除了認識源（大前提）的普遍性程度決定認識情態的主客觀性以外，認識源和推斷句（結論）之間的差距也決定認識情態的主客觀性。請比較：

（4）因為昨晚了下雨，現在地面<u>一定</u>潮濕。（自擬）

（5）因為昨晚了下雨，現在<u>一定</u>到處都是泥濘，一步三滑，很難
　　　行走。（自擬）

上面兩例的認識源都是「如果下雨，地面就濕」，但例（5）的「一定」句與認識源的差距比例（4）的「一定」句與認識源的差距更大。例（4）與認識源不同的地方只有「現在」，而例（5）除了有「現在」以外，還有「到處都是泥濘」、「一步三滑」和「很難行走」等。認識源和推斷句之間的差距越大，該推斷句所表達的事件必然與現實世界的距離越遠。如例（4）比例（5）更接近事實，它在現實世界中發生的可能性顯然比後一例更高。在這種情況下，可以說例（5）的「一定」比例（4）的「一定」更帶有主觀性。

總之，就認識情態而言，(1) 認識源的普遍性程度，(2) 推斷句與認識源之間的差距這兩點決定著認識情態的主客觀性。

2.3.2　義務情態的主客觀性

在已有研究中，區分主觀和客觀義務情態的主要有 Lyons（1977）、Coates（1983）、Palmer（1979／1990）和 Traugott & Dasher（2002）。

Lyons（1977：789～793）通過下面的例子解釋主觀和客觀義務情態的區別：

（6）Alfred **must** be unmarried.（Alfred 一定要未婚）（Lyons 1977：
　　　797）

上一例可以得到兩種解釋，一種是「I (hereby) oblige Alfred to be unmarried」
（我（特此）要求 Alfred 未婚），說話人對 Alfred 強加義務，它是施為性的，
此時的 *must* 就表示主觀義務情態；另一種是「Alfred is obliged to be unmarried」
（Alfred 有義務未婚），說話人只是報導 Alfred 的義務，此時的 *must* 就表示
客觀義務情態。〔註12〕

　　Coates（1983：34～36）認為，當義務情態句的主語是第二人稱的，動詞
是自主性的，此句就傾向於表示主觀義務情態（例 7）；當義務情態句的主語
是無生的，動詞是非自主性的，此句就傾向於表示客觀義務情態（例 8）。可
見，Coates 根據施為性來區分主觀和客觀義務情態。例如：

（7）You **must** play this ten times over.（你要演奏這個十次以上）

　　　（Coates 1983：34）

（8）Clay pots **must** have protection from severe weather.（陶瓷必須

　　　免受惡劣天氣的影響）（Coates 1983：34）

例（7）的說話人直接向聽話人發出命令，前面可加「我命令」；例（8）的說話
人只在陳述「陶瓷」為保持原有狀態必有的條件，前面可加「我知道」，但不可
加「我命令」。

　　Palmer（2001：75）認為，當某個情態詞不涉及說話人的允許或義務時，該
情態詞表示客觀義務義。不過，該情態詞暗示了說話人對允許或義務的認同。
所舉例句如下：

（9）You **can** smoke in here（你可以在這裡吸煙）（Palmer 2001：

　　　75）

（10）You **must** take your shoes off when you enter the temple（你進

　　　寺廟要脫鞋）（Palmer 2001：75）

〔註12〕Lyons 還指出，當把「You must open the door」（你必須把門打開）這樣的句子理解
　　　　為指令句（directives）時，此句就等同於表示命令（mands）的「open the door」（把
　　　　門打開）。但 Lyons 認為這兩句都有「告訴」的言外行為（act of telling），因此這兩
　　　　句都包含未限定的「I-say-so」成分。所以，兩句的區別不在於承認成分（neustic），
　　　　而在於式標記成分（tropic）（1977：832～833）。在這一點上，義務情態句（包括祈
　　　　使句）與客觀認識情態句是一致的，因為如上所述，在客觀和主觀認識情態句中只
　　　　有前者包含未限定的「I-say-so」成分。由此可以看到，Lyons 是認為即使是主觀道
　　　　義情態其主觀性程度還是不如主觀認識情態高的。

還有一種情況，就是當說話人對義務不承擔責任時，該情態詞也表示客觀義務義。在英語情態詞中，*have to* 一般都用來表示這種義務義。所舉例句如下：

（11）You **must** come and see me tomorrow（你明天要來看我）
（Palmer 2001：75）

（12）You **have to** come and see me tomorrow（你明天要來看我）
（Palmer 2001：75）

以上例句中的情態詞 *must* 和 *have to* 都表示義務情態。但例（11）是一個說話人的建議或邀請，而例（12）表示它有一些獨立於說話人的強迫性理由。

Traugott & Dasher（2002：114）認為，「義務的來源」（the source of obligation）為說話人的是主觀義務情態，義務的來源具有普遍性的是客觀義務情態。所以，Traugott & Dasher（2002：111～112）稱客觀義務情態為「普遍性」（generalized）義務情態。

綜上所述，Lyons（1977）和 Coates（1983）兩家對主觀和客觀義務情態的劃分標準都是施為性。Traugott & Dasher（2002）的劃分標準是「義務的來源」。Traugott & Dasher 所說的「義務的來源」大致相當於義務情態的情態源。本文將義務情態的情態源稱為「義務源」。與前三家不同，Palmer（2001）的劃分標準有兩條，一是是否涉及說話人。上例（9）～（10）是 Palmer 所舉的不涉及說話人的例子，其中的 *can* 和 *must* 都表示客觀義務義。這兩個例子有一個共同點，就是其義務源表示社會規範，即屬普遍性規則。據此，Palmer 所說的「是否涉及說話人」可以理解為「義務源是否具有普遍性」；二是說話人是否承擔責任。說話人不承擔責任，就表明說話人不是對事件的可取性做出判斷的主體，換言之，說話人不是對主語強加義務的主體。本文將義務情態的判斷主體稱為「義務主體」。

從以上所述可以看出，前人研究所提出的區分義務情態的主客觀性的標準共有三條：一是是否具有施為性，二是義務源是否具有普遍性，三是義務主體是否為說話人。那麼，其中哪一條才是區分義務情態的主客觀性的標準呢？這三條標準之間的關係又如何？下面主要圍繞這些問題做一下討論。

義務情態有一個與認識情態不同的地方，就是認識情態的判斷主體總是說

話人，而義務情態的判斷主體（即義務主體）既可以是說話人，也可以是說話人以外的另外一個主體。也就是說，主語的義務既可能是「說話人」給予的，如例（11）的 *must*，也可能是外在於說話人的「外部環境」給予的，如（12）的 *have to*。〔註13〕說話人不是義務主體，就說明說話人未對事件的可取性進行判斷。這種義務情態不具有〔＋主觀性〕的特徵，是非典型義務情態。本文將此稱為「非主觀義務情態」或者「非主觀義務義」。

　　說話人不是義務主體，就說明主語所接受的義務在說話時刻之前就已存在，說話人只是傳達已經存在的主語的義務而已。所以，非主觀義務情態不具有施為性。前文（2.2.1.2）指出，在古漢語中，有一些義務情態詞表示非主觀義務義，如「當」和「須」。這裡以「當」為例：

（13）既去，頃之，襄子當出，豫讓伏於所當過之橋下。《史記・刺客列傳》

（14）扁鵲曰：「越人非能生死人也，此自當生者，越人能使之起耳。」《史記・扁鵲倉公列傳》

（15）臣意對曰：「……脈法曰：『年二十脈氣當趨，年三十當疾步，年四十當安坐，年五十當安臥，年六十已上氣當大董。』」《史記・扁鵲倉公列傳》

以上例句中的「當」都表示非主觀義務義。例（13）表示過去「襄子」有要實現「出、過橋」的義務，這個義務顯然不是說話人施加的，而是當時「襄子」所處的外部環境施加的；例（14）表示「此（人）」本應「生」，所以越人只能「使之起」（使他恢復健康），而不能「生死人」（使死人復活），其中使之「生」的義務主體是「此（人）」的命運，而不是說話人；例（15）中與「脈法」有關的知識在說話時刻之前就已存在，說話人只是傳達已有知識而已。以上這些句子的主語都不是第二人稱主語，句子的前面都不可加「我命令」。可見，這些句子都沒有施為性。

　　總之，義務主體為說話人的情態是主觀義務情態，義務主體為外部環境的

―――――――――――――――

〔註13〕但也應該承認，有時很難區分義務主體是說話人還是外部環境，如「Clay pots must have protection from severe weather」（陶瓷必須免受惡劣天氣的影響）既可以看作是說話人在傳達一條與「陶瓷」相關的自然條件，也可以看作是說話人根據自己的經驗或知識去判斷「陶瓷」所必要的條件。

情態是非主觀義務情態。義務主體是區別主觀和非主觀義務情態的標準。另外，義務主體決定施為性之有無：義務主體為說話人的情態可具有施為性，義務主體為外部環境的情態不具有施為性。這就說明，在義務主體和施為性二者之中，前者才是區分義務情態的是否具有主觀性的標準。即：

義務主體：說話人 → 主觀（典型）義務情態

╲ 可具有施為性

義務主體：外部環境 → 非主觀（非典型）義務情態

╲ 不具有施為性

與義務情態不同，認識情態的判斷主體總是說話人，因而認識情態總有主觀性。不過我們在前一節中看到，認識情態在主觀性程度上也有差異。那麼，判斷主體為說話人的義務情態是否也在主觀性程度上有差異呢？我們認為是有的。下面討論一下區別其差異的標準及其具體表現。

典型義務情態表示說話人對事件的可取性判斷。在說話人判斷事件的可取性時，他根據與事件相關的已知信息去判斷，這個已知信息既可以是個體事件（即表例事件），也可以是由大量個體的事件中歸納出的一般性事件（即表類事件）。其中在我們進行可取性判斷時依據的更多的是一般性事件。所以，我們通常通過演繹推理的過程進行可取性判斷。〔註14〕其推理形式如下：

大前提：i. 如果違背規律（P），就受懲罰（Q）。

ii. 如果缺乏應有的條件（P），就努力克服條件之不足（Q）。

小前提：i. 你逃避稅款（p）。

ii. 你缺乏當研究生的基本知識（p）。

結　論：i. 你應該繳納罰款（q）。

ii. 你應該更加努力以彌補知識上的不足（q）。

在情態判斷活動中，大前提（P→Q）是判斷事件的起始點，結論（q）是終結點。大前提在句法層面上不會顯現，但始終存在，小前提（p）可顯現也可隱

〔註14〕當然，也有通過類比推理或歸納推理做出可取性判斷的情況。涉及類比推理的義務情態句如「趙王送璧時，齋戒五日，今大王亦宜齋戒五日，設九賓於廷，臣乃敢上璧。」（《史記·廉頗藺相如列傳》）；涉及歸納推理的義務情態句如「夫秦為無道，故沛公得至此。夫為天下除殘賊，宜縞素為資。」（《史記·留侯世家》）

現，顯現的如「（因為／如果）你逃避稅款，你要繳納罰款」（p→q），隱現的如「你要繳納罰款」（q）。就情態而言，大前提就相當於情態來源，即義務源。

　　大前提（義務源）是由條件關係構成的命題（P→Q），它既可以是法律、醫學、情理等（如 i）；也可以是根據說話人自己的經驗總結而成的原則或價值觀等（如 ii）。重要的是，無論是哪一種，它們都直接影響結論（義務判斷句）的主觀性程度。前者具有普遍性，說話人根據這種普遍性原則去做判斷，這個判斷就必然有一定的客觀性（如「你應該繳納罰款」或下例 16）；後者沒有普遍性，說話人根據這種沒有普遍性的原則去做判斷，這個判斷就必然帶有一定的主觀性（如「你應該更加努力以彌補知識上的不足」或下例 17）。如：

（16）趙王彭祖、列侯臣讓等四十三人議，皆曰：「淮南王安甚大逆
　　　無道，謀反明白，當伏誅。」《史記·淮南衡山列傳》

（17）弘病甚，自以為無功而封，位至丞相，宜佐明主鎮撫國家，
　　　使人由臣子之道。《史記·平津侯主父列傳》

以上例句中的「當、宜」都表示義務情態。例（16）的「淮南王安甚大逆無道，謀反明白」是小前提，大前提（義務源）大致是上面（i）的「如果違背規律，就受懲罰」，由此得出的結論（義務判斷句）是「伏誅」，這個結論就比較客觀。例（17）的「無功而封，位至丞相」是小前提，大前提大致是上面（ii）的「如果缺乏應有的條件，就努力克服條件之不足」，由此得出的結論是「佐明主填撫國家，使人由臣子之道」，這個結論就比較主觀。

　　除了義務源（大前提）的普遍性程度決定義務情態的主客觀性以外，義務源和義務判斷句（結論）之間的差距也決定認識情態的主客觀性。請比較：

（18）因為你逃避稅款，你應該繳納罰款。（自擬）

（19）因為你逃避稅款，你應該繳納高額罰款。（自擬）

上面兩例的義務源都是「如果違背規律，就受懲罰」，但例（19）的「應該」句與義務源的差距比例（18）的「應該」句與認識源的差距更大。例（18）是「繳納罰款」，例（19）是「繳納高額罰款」，後一例比前一例內容更具體，這樣，後一例所表達的事件與現實世界的距離比前一例相對較遠。在這種情況下，可以說例（19）的「應該」比例（18）的「應該」更帶有主觀性。

　　義務主體的類型（是說話人還是外部條件）決定其所述事件的施為性之有

無。那麼義務源的普遍性如何？一般而言，如果義務判斷句所述的事件具有施為性，則義務源的普遍性程度較低，如果義務判斷句所述的事件不具有施為性，則義務源的普遍性程度較高。但是，普遍性程度高的義務源也可以表達具有施為性的事件，普遍性程度低的義務源也可以表達不具有施為性的事件。因此嚴格講，義務源的普遍性和事件的施為性之間沒有絕對的對應關係。例如：

（20）毛遂奉銅槃而跪進之楚王曰：「王當歃血而定從，次者吾君，次者遂。」《史記·平原君虞卿列傳》

（21）趙人新垣平以望氣見，因說上設立渭陽五廟。欲出周鼎，當有玉英見。《史記·孝文本紀》

（22）韓御史良久謂丞相曰：「君何不自喜？夫魏其毀君，君當免冠解印綬歸，曰『臣以肺腑幸得待罪，固非其任，魏其言皆是。』如此，上必多君有讓，不廢君。」《史記·魏其武安侯列傳》

（23）去，曰：「後五日早會。」五日雞鳴，良往，父又先在，復怒曰：「後，何也？」去，曰：「後五日復早來。」五日，良夜未半往。有頃，父亦來，喜曰：「當如是。」《史記·留侯世家》

以上例句中的「當」都表示義務情態。先看例（20）～（21）。此例中的「當」表示客觀義務義，例（20）的義務源是禮法制度，例（21）的義務源是望氣之術，即其義務源具有較高的普遍性。例（20）中「王當歃血而定從」的「王」是聽話人，「歃、定」都是自主性動詞，整句具有施為性。而例（21）中「當有玉英見」的「玉英」（玉石的精華）不是聽話人，「見」（出現）也不是自主性動詞，整句不具有施為性。

再看例（22）～（23）。此例中的「當」表示主觀義務義，即其義務源不具有普遍性，其所述事件比較具體。例（22）中「君當免冠解印綬歸，曰……」的「君」是聽話人，「免、解、歸、曰」都是自主性動詞，整句具有施為性。而例（23）中「當如是」的「是」是指「良夜未半往」（張良不到半夜就去了），該事件在說話時刻之前就已發生，因而整句不具施為性。

總之，就義務情態而言，（1）義務源的普遍性程度，（2）義務判斷句與義務源之間的差距這兩點決定著義務情態的主客觀性。另外，義務源的普遍性和事件的施為性之間沒有絕對的對應關係。即：

義務源：具有普遍性　→　客觀義務情態

　　　　　　　　　　　↘　施為性可有也可無

義務源：不具有普遍性　→　主觀義務情態

　　　　　　　　　　　↘　施為性可有也可無

2.3.3　主觀化與交互主觀性

主觀化與語法化密切相關。隨著語法化的進展，語言形式的意義逐漸變為表示說話人對命題的態度。Traugott 把這樣的語義變化稱為「主觀化」（subjectification）。所謂主觀化，不是指所談的事態或狀況這一所謂「現實世界」（real-world）的性質，而是指通過發話這一交際過程，「說話人／作者的看法或態度」經由時間強制地編碼或外在化的過程（2003：126）。換個角度來說，主觀化是指意義變得越來越依賴於說話人對命題的主觀信念或態度（1995：31）。由主觀化反映出來的就是主觀性。

Benveniste（1958）率先提出「交互主觀性」的概念，還將其與主觀性進行區分。他認為，說話人與聽話人兩者之間的關係不僅是語言交際的基礎條件，而且是「交互主觀性」的一種體現。即在語言交際中，每個參與者都是言語主體，而他也同時意識到別的參與者也是言語主體（Traugott & Dasher 2002：20；Traugott 2003：128）。

Traugott 也對「主觀性」和「交互主觀性」作了區分，認為「交互主觀性」是一個相對「主觀性」的概念。交互主觀性明確表達了說話人／作者（SP／W's）對聽話人／讀者（addresse／reader）「自我」（self）的關注，這可以體現在認識意義上，即關注聽話人／讀者對命題內容的預設態度；但更多的是體現在社會意義上，即關注聽話人／讀者的與社會立場和身份相關的「面子」（face）或「形象需要」（image needs）（Traugott & Dasher 2002：22；Traugott 2003：128）。交互主觀性具有「人際功能」（interpersonal），它根源於說話人／作者和聽話人／讀者之間的相互作用。即，主觀性和交互主觀性的表達是語義—語用意義的焦點，主觀性表達了說話人的態度和觀點，而交互主觀性則滲透了說話人對聽話

人的自我關注。如委婉語（hedges）、禮貌標記語以及敬語（honorifics）都是交互主觀性的一種表現（Traugott & Dasher 2002：23）。Traugott（2003）以 *actually* 為例來說明交互主觀性的作用。所舉例句如下：

（24）a. I will drive you to the dentist.（我要開車送你去看牙醫。）

b. Actually, I will drive you to the dentist.（實際上，我要開車

送你去看牙醫。）（Traugott 2003：129）

例（24a）很少體現出對聽話人／讀者的形象或其他方面需要的關注。而（24b）體現出說話人對聽話人以及聽話人對命題態度的關注。*actually* 預設了兩種內容：一是聽話人認為看牙醫是沒有必要的；二是聽話人希望其他人帶他去。也就是說，*actually* 可以暗示並委婉回應聽話人可能或實際持有的異議。

又如，英語中情態詞的過去形式主要用於委婉表達（tentativeness）；在漢語中，情態表達形式也往往與禮貌策略有關，比如「你未免太任性了一些」中，情態詞「未免」使得說話人的口氣不那麼強硬，從而維護了聽話人的面子，因此，它們常用於委婉規勸或批評（徐晶凝 2008：23～24）。

從歷時角度看，主觀性先於交互主觀性，主觀性是交互主觀性產生的前提（Traugott & Dasher 2002：22、24；Traugott 2003：124、133）。交互主觀性是通過交互主觀化的過程產生的。所謂交互主觀化，是指「說話人／作者在認識和社會意義上對聽話人／讀者『自我』（self）的關注」這樣的隱含義經由時間編碼或外在化的過程（Traugott 2003：129～130）。主觀化和交互主觀化的差異是，主觀化是意義變得更加聚焦於說話人／作者，而交互主觀化是意義變得更加聚焦於聽話人（Traugott 2003：129）。可以看出，Traugott 認為，主觀性和交互主觀性之間存在單向性。Traugott & Dasher（2002：175～176）以話語標記 *well* 為例來證明「非主觀＞主觀＞交互主觀」的語義變化路徑。他們指出，*well* 在古代英語中用作方式副詞，意為「好」（in a good manner）。此後，*well* 用於句首，具有認識功能，表示「的確、確實」（certainly，definitely）之義。例如：

（25）Cwað he: <u>Wel</u> þæt swa mæʒ, forþon hi englice ansyne habbað.

Said he <u>well</u>   that so may, because they angelic faces have

"He said: 'Well that may be so, since they have the faces of

angels.'"

（「他說：『的確可能是這樣，因為他們有天使的面容』」）

（？900 Bede，ii.i. （Schipper）110〔Jucker 1997：100〕）

（Traugott 2002：175）

從方式副詞變為確認副詞，就相當於主語的態度變為說話人的態度，這體現了
well 的主觀化。在中古英語中，*well* 開始具有交互主觀性，即作為一個話語標
記來使用。如下面例句中的 *well* 用於說話人和聽話人雙方爭論的語境，此處
的 *well* 具有委婉的作用：

（26）Tom: Yes, you must keep a Maid, but it is not fit she should know

　　　of her Masters privacies. I say you must do these things your self.

　　　Ione: <u>Well</u> if it must be so, it must.

　　　（<u>算了吧</u>，如果一定是這樣，就一定是這樣。）

（1684 Tom the Taylor， 268 〔Jucker 1997： 102〕）

（Traugott 2002：176）

由確認副詞變為委婉語，就相當於說話人對命題的態度變為說話人對聽話人的
態度，這體現了 *well* 的交互主觀化。

　　基於此，Traugott & Dasher（2002：40）提出一個從語義到語用的單向演化
過程：

內容的 ＞ 內容的／程序的 ＞ 程序的

以命題內成分為轄域 ＞ 以命題內容為轄域 ＞ 以話語為轄域

非主觀 ＞ 主觀／交互主觀性 ＞ 交互主觀性

Traugott 的研究表明，說話人發話時的作用不僅僅是關注認識對象，還包括
關注把認識到的事件傳遞給聽話者這一社會意義上的作用（張興 2009）。

2.4　情態和語氣

　　情態詞是語言中情態的主要表達手段，最重要的特徵是一個情態詞往往表
達多種情態類型。值得注意的是，有些情態詞不僅表達情態，也表達語氣。如
古漢語情態詞「定」不僅表達認識情態義，還表達確認語氣（例 1）和追問語
氣（例 2）；「必」不僅表達動力、義務、認識情態義，也表達說話人堅決義，
即斷然語氣（例 3）。可見，情態與語氣密切相關。

（1）既覺，引臥具去體，謂覬曰：「綿<u>定</u>奇溫。」《宋書・列傳・第五十三》

（2）鄧艾口吃，語稱「艾艾」。晉文王戲之曰：「卿云：『艾艾』，<u>定</u>是幾艾？」《世說新語・言語》

（3）王曰：「吾欲以國累子，子<u>必</u>勿洩也。」《韓非子・外儲說右上》

很多學者所構建的語氣系統中，情態範疇也包括在內，如王力（1943 / 2014：194～195）的「不定語氣」中的「揣測語氣」（如「罷」）〔註15〕；呂叔湘（1982：259）的「廣義的語氣」中的「虛說（可能、必要等）」；賀陽（1992）的「模態語氣（或然和必然）」「履義語氣（允許和必要）」「能願語氣（能力和意願）」；齊滬揚（2002：17）的「可能語氣（或然和必然）」「允許語氣（允許和必要）」「能願語氣（能力和意願）」等等，這些語氣都相當於情態義。也有學者將除了陳述、感歎等功能語氣之外的其他語氣都歸為情態範疇，如魯川（2003：324）。

「語氣」一般用來譯英語的 Mood，它是在西方學界和有形態變化的語言（尤其是印歐語）中普遍使用的術語。為了區別於語氣，本文將 Mood 譯為「式」。

語氣與「式」是密切相關但不是完全相同的概念，語氣與情態也既有聯繫，又有區別。下面探討語氣和「式」以及語氣和情態之間的關係。

2.4.1　語氣與式的關係

「式」一般作為兩種概念使用，一種是表達情態的動詞形態範疇（Jespersen 1924：313、Bybee & Fleischman 1995：2）。從這個意義上說，它是一個像情態詞一樣表達情態的語法手段之一。即情態是語義範疇，而「式」是語法範疇。如，虛擬式（subjunctive）〔註16〕中的祈願式（jussive）、意願式

〔註15〕但王力（1943 / 2014：153）指出，「『可、能、配』等字都可認為可能性副詞，『必、一定、須得』等可認為必要性副詞。」可見王力不把情態詞歸為「語氣」副詞，而歸為「可能性、必要性」副詞。

〔註16〕虛擬式是與直陳式（indicative）相對的一個概念。它既可用於主句中，也可用於從句中。在現代印歐語中，虛擬式一般用於從句中。需要指出的是，不是所有的虛擬式都表示情態，只有用在主句中的一些虛擬式才可以表示情態。如主句中的虛擬式

（volitive）、義務式（obligative）和推測式（speculative）等都與情態義有關（Palmer 2001：108～109）。另一種是表達說話人的言語行為（speech act）功能的動詞形態範疇。人類語言中最普遍的言語行為有三種：陳述（statements）、提問（questions）和命令（commands）（Lyons 1995：251）。這些言語行為的表現形式在各個語言中很不一樣，可以包括動詞的形態變化、特定的詞類（特別是疑問詞）、詞序、語氣助詞、正反相疊句式等等（徐晶凝 2008：62～63），其中通過形態變化來表現的那些形態標記就被稱為「式」。與上述三種言語行為對應的「式」就是陳述式（declarative）、疑問式（interrogative）和命令式（imperative）。

　　漢語學界對語氣系統的建立還沒有統一的模式。但大致說來，就以下幾點基本達成共識：一、語氣是通過語法形式表達的語法意義；二、語氣所表達的語法意義主要有兩種：一種是表示說話人的言語行為功能，本文將這種語氣稱為「**功能語氣**」。功能語氣主要有四種，即陳述、疑問、祈使和感歎語氣；另一種是表示說話人的態度、評價、情感或情緒，本文將這種語氣稱為「**傳態語氣**」〔註17〕；三、語氣的語法形式主要有兩種：語氣助詞和語氣副詞。功能語氣主要由語氣助詞來表示，傳態語氣主要由語氣副詞來表示。〔註18〕

　　由此而言，漢語學界的語氣和西方學界的「式」既有共同之處，又有不同之處。共同點是，二者都與情態和言語行為有聯繫。不同點是：一、「式」是表

　　還有前提式（presupposed）或讓步式（concessive）（Palmer 2001：109），這顯然與情態義無關。一旦虛擬式用在從句中，它就與情態義無關了，因為在這個從句中表示情態的不再是虛擬式，而是主句中的動詞，這裡的虛擬式只用作一個非現實標記而已（Palmer 2001：107～144、185～190）。

〔註17〕「傳態語氣」這一術語首見於徐晶凝（2008），但與本文的傳態語氣的內涵有所不同。徐文所說的傳態語氣也是與「功能語氣」相對的一個概念（徐文將「功能語氣」稱為「言語行為語氣」），但徐文所說的傳態語氣「僅僅是指語氣助詞所表達的意義」（2008：81），也就是表示「說話人對聽話人的態度」，即「交互主觀性」（2008：80）。

〔註18〕但嚴格來講，語氣助詞與傳態語氣、語氣副詞與功能語氣也不無關係。正如王力（1943／2014：196）所言，除語氣副詞外，語氣助詞也用於「情緒」表達。比如據王力的語氣助詞分類，「呢」不僅表示疑問語氣，也表示誇張或責備語氣；「嗎」不僅表示疑問語氣，也表示不平語氣；「罷」不僅表示祈使語氣，也表示揣測語氣，等等（1943／2014：183～195）。另外，在語氣副詞中，有一部分是專門用於疑問句，表示疑問、反詰語氣的，如「豈、難道、莫非」等（王力 1943／2014：203；楊榮祥 1999；徐晶凝 2008：81），也有一部分是專門用於祈使句，表示祈使、請求語氣的，如「千萬、切、萬萬」等（楊榮祥 1999），這些語氣副詞所表達的語氣都應視為功能語氣。

示情態或言語行為的語法形式，而語氣是通過一些語法形式表示的意義。即，「式」相當於語法範疇，而語氣相當於語義範疇；二、「式」所表達的主觀意義僅涉及情態義，而語氣所表達的主觀意義不僅涉及情態義，還涉及情感或情緒等其他主觀意義。

2.4.2 語氣與情態的關係

功能語氣似乎與情態無關，但在一定程度上也有關聯。如，祈使語氣和義務情態的義務義都表示說話人要求主語／聽話人去實施某種行為，兩者都具有〔＋主觀性〕、〔－現實性〕。區別在於，祈使語氣的施為性強，義務情態的施為性弱（詳見 2.2.1.3）。再如，疑問語氣不具有〔＋主觀性〕，但具有〔－現實性〕，因為疑問語氣詞總使所在的命題具有非現實性。

傳態語氣和情態既有共同之處，又有不同之處。共同點是，二者都表達說話人的主觀態度、評價或判斷，是說話人在話語中留下的「主觀印記」。即，情態和語氣都具有〔＋主觀性〕。不同點是，情態具有〔－現實性〕，而傳態語氣不一定具有〔－現實性〕。以賀陽（1992）的語氣系統為例[註19]，在「功能語氣」「評判語氣」「情感語氣」三類之中，「情感語氣」不具有〔－現實性〕，如「詫異語氣」的「竟」、「料定語氣」的「果然」、「領悟語氣」的「難怪」、「僥倖語氣」的「幸虧」、「表情語氣」的「索性」等等。也就是說，傳態語氣既包括情態概念，也包括非情態概念。本文將包括情態在內的傳態語氣稱為「廣義語氣」，將不包括情態在內的傳態語氣稱為「狹義語氣」。基於此，我們大致可以把語氣系統作如下歸納：

$$
語氣
\begin{cases}
功能語氣（陳述、疑問、祈使和感歎語氣）\\
傳態（廣義）語氣
\begin{cases}
情態\\
傳態（狹義）語氣
\end{cases}
\end{cases}
$$

[註19] 賀陽（1992）將漢語的語氣系統分作三個子系統：「功能語氣」、「評判語氣」和「情感語氣」。（1）功能語氣，表示句子在言語交際中所具有的言語功能，表示說話人使用句子所要達到的某種交際目的，包括「陳述語氣」、「疑問語氣」、「祈使語氣」、「感歎語氣」；（2）評判語氣，表示說話人對說話人內容的態度、評價或判斷，包括「認知語氣」（如「吧」）、「模態語氣」（如「也許」）、「履義語氣」（如「應」）、「能願語氣」（如「能」）；（3）情感語氣，表示說話人由客觀環境或句中命題所引發的情緒或感情，包括「詫異語氣」（如「竟」）、「料定語氣」（如「果然」）、「領悟語氣」（如「難怪」）、「僥倖語氣」（如「幸虧」）、「表情語氣」（如「索性」）。

第三章　應然類情態詞的演變

3.1 「當」

《說文・田部》云：「當，田相值也。」段注曰：「值者，持也，田與田相持也，引申之，凡相持相抵皆曰當。」按照《說文》的看法，「田相值」是「當」的本義，「相持、相抵」是「田相值」的引申義。如下例所示「相持、相抵」義的「當」：

（1）軍相<u>當</u>，六月而不戰，齊令周最趣章子急戰，其辭甚刻。《呂氏春秋・處方》

由「相持、相抵」義還分別引申出「面臨、對著」義（例2）、「承當、承受」義（例3）和「相當、對應」義（例4）三種。〔註1〕由「相當、對應」義再引申為「適合、符合」義（例5）。表示這些語義的「當」都是動詞（都郎切，平聲）。其中「適合、符合」義進一步衍生出「適當、恰當」義（例6）。表示「適當、恰當」義的「當」是形容詞（丁浪切，去聲）。〔註2〕例如：

（2）乃遍以璧見於群望，曰：「<u>當</u>璧而拜者，神所立也，誰敢違之？」《左傳・昭公13年》

〔註1〕關於由「當」的本義到「相當、對應」、「面臨、對著」和「承當、承受」三義的具體引申過程可以參看巫雪如（2014）。

〔註2〕參見《王力古漢語字典》，第747頁。

（3）鄭人使子展當國，子西聽政，立子產為卿。《左傳‧襄公 19
年》

（4）小國之上卿，當大國之下卿，中當其上大夫，下當其下大夫。
《左傳‧成公 3 年》

（5）五曰：凡君子之說也，非苟辨也；士之議也，非苟語也。必
中理然後說，必當義然後議。《呂氏春秋‧懷寵》

（6）故明主之畜臣，臣不得越官而有功，不得陳言而不當。《韓非
子‧二柄》

先秦情態詞「當」表示義務情態和認識情態。此外，「當」還用作將來時標
記。下面討論義務情態、認識情態和將來時這三種用法「當」的來源和產生及
發展過程。

3.1.1　義務情態「當」的產生

學界對義務情態「當」的來源尚存分歧，大致有三種看法：一是認為源於
「面對、承當」義（白曉紅 1997；巫雪如 2014；李明 2016）；二是認為源於
「適合、符合」義（龍國富 2010；Meisterernst 2011；巫雪如 2014〔註3〕）；三
是認為源於「相當、對應」義（王雯、葉桂郴 2006；王繼紅、陳前瑞 2015）。
下面討論義務情態「當」的來源及產生過程。

3.1.1.1　甲類義務義「當」的產生

前面指出，「當」具有「承當、承受」義（以下統稱為「承當義」）。在「A
當 B」的「當」表示承當義時，充當主語 A 的總是有生名詞，充當賓語 B 的
成分主要有三種類型：一是外來的環境，如「日食、凶、患、祚」等等（如例
7）；二是官位或官職，如「公、仕、官、君、聖王、位」等等（如例 8）；三
是任職者所履行的各種社會行為，如「傳太子、殺戮誅罰、灑掃、應對、進
退」等等（如例 9～11）。例如：

（7）晉侯問於士文伯曰：「誰將當日食？」對曰：「魯、衛惡之，
衛大魯小。」《左傳‧昭公 7 年》

〔註3〕巫雪如（2014）認為義務情態「當」的來源有兩種，一種是「面對、承當」義，另
一種是「適合、符合」義。

（8）狐乃引弓送而射之，曰：「夫薦汝，公也，以汝能當之也。《韓非子·外儲說左下》

（9）齊王欲以淳于髡傅太子，髡辭曰：「臣不肖，不足以當此大任也，王不若擇國之長者而使之。」《呂氏春秋·壅塞》

（10）殺戮誅罰，民之所惡也，臣請當之。《韓非子·外儲說右下》

（11）子游曰：「子夏之門人小子，當灑掃、應對、進退，則可矣。」《論語·子張》

以上例句中的「當」都表示承當義。例（7）的「當」的賓語是「日食」，古人認為「日食」帶來災禍，此處的「日食」也含有災禍之義，因而屬於一種外來的環境，「誰將當日食」可以理解為「誰將要承當日食的災禍」；例（8）的「之」是指「公」，是一種爵位或身份；例（9）的「此大任」所指的「傅太子」、例（10）的「之」所指的「殺戮誅罰」和例（11）的「灑掃、應對、進退」都表示在社會中可以發生的具體行為動作。

　　從句法方面看，第一、二種 B 都是名詞性短語，第三種 B 是動詞性短語。從語義方面看，第一種 B 與某種自然現象有關，A 無法控制 B；第二、三種 B 都與某種社會任務有關。第二、三種的「A 承當 B」就都意味著「A 承擔做 B 的任務」，也就是說，A 負有做 B 的責任和義務，A 便相當於做 B 這一任務的責任者。

　　在「A 當 B」的「當」表示義務情態時，B 對 A 來說也是某種任務，A 相當於負有做 B 義務的責任者。承當義「當」與義務情態「當」在這一點上有相通之處。據此推測，在「A 當 B」的 B 為第三種，即為與社會任務有關的動詞性短語時，這個「當」進一步演變為義務情態「當」。例如：

（12）驅而之薛，使吏召諸民當償者，悉來合券。《戰國策·齊策四》

（13）籍奏，詔可，當行。竇姬涕泣，怨其宦者，不欲往，相彊，乃肯行。《史記·外戚世家》

（14）信呼曰：「天下已定，我固當烹！」《史記·陳丞相世家》

例（12）中「當償者」的「當」可說是處於引申過渡階段的兩可用法。它既可解釋為承當義，意為「承當『償』的人」，也可解釋為義務情態，意為「應當

『償』的人」；例（13）中「當行」的「當」和後面「肯行」的「肯」都是情態詞，其中「當」表示義務情態（「該啟程了」）；例（14）中「我固當烹」的「當」也表示義務情態（「我本該烹殺了」）。

值得注意的是，來源於承當義的義務情態「當」有一個特點，即其語義是非主觀情態。也就是說，「當」的義務主體〔註4〕不是說話人，而是外部環境。說話人不是對命題的可取性做出判斷，而只是傳達已具可取性的命題。換言之，說話人不是對主語強加義務，而是傳達已被外部環境賦予的義務。如例（12）的「當償者」可理解為「該『償』的人」，該「償」的義務不是說話人施加的，這個義務在「使吏召」發生之前就已存在；例（13）的「當行」的行為主體是「竇姬」，「竇姬」要「行」是因為「詔可」，既然「詔可」，「竇姬」就「不欲往」也要「行」，可見施加「行」的義務的並不是說話人，而是當時發布詔令的帝王。例（14）的說話人表示由於「天下已定」，自己就該被「烹」，自己被「烹」顯然不是說話人自己計劃的，而是自己的命運已經注定的。為了便於討論，本文將這種「當」的非主觀義務義稱為「甲類義務義」。

3.1.1.2　乙類義務義的來源分析

甲類義務義「當」是非主觀情態，而義務情態「當」除了表示非主觀情態以外，也表示主觀情態。也就是說，也有其義務主體不是外部環境，而是說話人的義務情態「當」。例如：

（15）項羽已救趙，<u>當</u>還報，而擅劫諸侯兵入關，罪三。《史記·高祖本紀》

（16）以為肥而蓄精，身體不得搖，骨肉不相任，故喘，不<u>當</u>醫治。《史記·扁鵲倉公列傳》

（17）始皇夢與海神戰，如人狀。問占夢，博士曰：「水神不可見，以大魚蛟龍為候。今上禱祠備謹，而有此惡神，<u>當</u>除去，而善神可致。」《史記·秦始皇本紀》

以上例句中的「當」都表示主觀情態，義務主體是說話人。如例（15）的說話人根據「項羽」的所做行為和有關軍法判斷他本該「還報」；例（16）的說話

〔註4〕前文（2.3.2）已指出，本文所說的「義務主體」是指對主語強加義務的主體或對事件的可取性做出判斷的主體。

人根據患者的病狀和有關醫學知識判斷不該「醫治」；例（17）的說話人根據「始皇」在夢中所見的現象和有關占夢知識判斷「惡神」應該「除去」。為了便於討論，本文將這種「當」的主觀義務義稱為「**乙類義務義**」。

甲類義務義「當」的來源是承當義。那麼乙類義務義「當」的來源是什麼呢？首先，承當義表示主語的某種動作或狀態，它沒有主觀性，所以由此直接演變為乙類義務義的可能性不大。就乙類義務義「當」具有主觀性而言，其來源主要有兩種可能性：一種可能性是來源於甲類義務義。前文（2.3.3）指出，Traugott 從歷時角度來看待主觀化，主觀化是指意義變得越來越依賴於說話人對命題的主觀信念或態度。據此而言，甲類和乙類義務義「當」的非主觀和主觀的差異有可能是主觀化歷程的表現，即由甲類義務義「當」演變為乙類義務義「當」；另一種可能性是來源於「相當、對應」或「適合、符合」等估價情態。無論是「相當、對應」還是「適合、符合」，它們都表示說話人的主觀評價，即都屬於主觀情態。既然乙類義務義是主觀情態義，乙類義務義就有可能來源於「相當、對應」或「適合、符合」等主觀情態義。

1. 假設一：來源於甲類義務義

假如乙類義務義「當」來源於甲類義務義「當」，那麼乙類義務義「當」的出現要晚於甲類義務義「當」，但實際情況並非如此。乙類義務義「當」大概在戰國中期就已出現（在《墨子》、《莊子》中共有 3 例），如例（18），在戰國晚期已經有了比較多的用例（在《韓非子》、《呂氏春秋》、《戰國策》中共有 22 例），如例（19），而甲類義務義「當」在戰國晚期才開始出現（在《戰國策》中有 4 例），如例（20）（見下文表 3.1）。例如：

（18）是故子墨子言曰：「今天下之士君子，忠實欲天下之富，而惡其貧，欲天下之治，而惡其亂，<u>當</u>兼相愛、交相利，此聖王之法，天下之治道也，不可不務為也。」《墨子・兼愛》

（19）平也者，皆<u>當</u>察其情，處其形。《呂氏春秋・有始》

（20）居頃之，襄子<u>當</u>出，豫讓伏所<u>當</u>過橋下。《戰國策・趙策一》

例（18）～（19）的「當」是乙類義務義，例（20）的「當」是甲類義務義。由此可以推知，乙類義務義「當」的出現應該不會晚於甲類義務義「當」。因此，乙類義務義「當」來源於甲類義務義的可能性不大。

2. 假設二：來源於相應義

乙類義務義「當」的來源應是主觀評價義。那麼，在「相當、對應」和「適合、符合」兩義中哪一種才是它的來源呢？在探討這一問題之前，先討論一下「相當、對應」（以下統稱為「相應義」）和「適合、符合」（以下統稱為「適合義」）兩義的聯繫和區別。

在「A 當 B」的「當」表示相應義時，A 和 B 具有彼此對等的，即「一對一」的對應關係。這個一對一關係既可以是數量或程度上的（例 21～22），也可以是所指內容上的（例 23）。例如：

> （21）齊有東國之地，方千里。楚苞九夷，又方千里，南有符離之塞，北有甘魚之口。權縣宋、衛，宋、衛乃<u>當</u>阿、甄耳。《戰國策·秦策三》

> （22）行爵出祿，必<u>當</u>其位。《呂氏春秋·孟夏》

> （23）功<u>當</u>其事，事<u>當</u>其言則賞；功不<u>當</u>其事，事不<u>當</u>其言則誅。《韓非子·主道》

例（21）中的「宋、衛乃當阿、甄耳」表示「宋、衛」（A）兩國的大小只相當於齊國的「阿、甄」（B）兩地。可見，此處的 A 和 B 從大小上有對應關係；例（22）表示「爵、祿」（A）的高低必與其「位」（B）相當。可見，此處的 A 和 B 從程度上有對應關係；例（23）中的「功當其事」表示功效（A）與事情（B）相對應，「事當其言」表示事情（A）與他們當初的主張（B）相對應。可見，此處的 A 和 B 從所指內容上有對應關係。

另外，A 和 B 具有彼此對等的一對一關係，這也意味著彼此是個相互對應的標準。即，A 和 B 間的關係是雙向的。正由於此，「A 當 B」還可以說成「B 當 A」，如例（21）的「宋、衛當阿、甄」也可換成「阿、甄當宋、衛」。另外，它還可以構成「AB／BA（相）當」這樣的形式。例如：

> （24）此形名不相<u>當</u>，聖人之所察也，葨弘則審矣。《呂氏春秋·精諭》

> （25）忍不制則下上，小不除則大誅，而名實<u>當</u>則徑之。《韓非子·八經》

例（24）的「形名相當」和例（25）的「名實當」都表示「實當名／名當實」

之義。

「當」的適合義由相應義引申而來。例如：

（26）晉公其霸乎！昔者聖王先德而後力，晉公其<u>當</u>之矣。《呂氏春秋・當賞》

（27）言必<u>當</u>理，事必<u>當</u>務，是然後君子之所長也。《荀子・儒效》

（28）辨而不<u>當</u>論，信而不<u>當</u>理，勇而不<u>當</u>義，法而不<u>當</u>務，惑而乘驥也，狂而操吳幹將也，大亂天下者，必此四者也。《呂氏春秋・當務》

例（26）的「當」還可以作相應義和適合義兩種解釋。如果把「當」後「之」看作是「先德而後力」，「晉公當之」可以解釋為「晉公」的做法與「先德而後力」相對應。而如果把「當」後「之」看作是「聖王」，「晉公當之」可以解釋為「晉公」在「先德而後力」這一點上適合「聖王」的標準。例（27）～（28）的「當」都應理解為適合義。

在「A當B」的「當」表示適合義時，A和B具有彼此不對等的，即「多對一」的關係。我們說它具有多對一的關係，是因為A適合B，這就說明A在其所具備的一系列特徵（條件）之中恰好也具有B這一特徵（條件）。以例（26）為例，假如「晉公當之」的「之」指「聖王」，「晉公當聖王」便表示「晉公」適合「聖王」的條件，此處所指的「聖王」的條件就是「先德而後力」。「晉公當聖王」就意味著「晉公」這一人在行事上還具有「先德而後力」這樣一個特徵。另外，A和B具有彼此不對等的多對一關係，這也意味著彼此不是相互對應的標準，因為B是A的符合標準，但A不是B的符合標準。即，A和B間的關係是單向的。正由於此，「A當B」不可以說成「B當A」，如例（27）的「言必當理」顯然不可換成「理必當言」。

總之，相應義「當」表示A和B兩者具有彼此對等的一對一關係，適合義「當」表示A和B兩者具有彼此不對等的多對一關係。

有一些學者指出，「當」的義務情態來源於相應義，其中王繼紅、陳前瑞（2015）對此做了比較全面和深入的研究。王、陳文選用《史記》中的用例分析了「當」由相應義演變到義務情態的臨界環境，分析要點如下：相應義動詞「當」大量用於禮制、法律等語境，禮與法本身的強制性強化了「當」的義務

情態義。如下例（29）的「臣罪當死」，A 為「罪」，B 為刑罰系列中的「死」，「當」表示「罪」與「死」相對應。但它語用上已經具有義務性，因為說話人的話語有可能產生「既然根據法律我的罪對應於死，那麼我就應該死」的涵義。下例（30）的「長當棄市」有兩種解釋，一方面可以理解為「罪當棄市」（「罪與棄市相對應」），另一方面由於 A 為行為人而非行為本身，B 為謂詞性成分，所以還可以理解為義務情態（「長應當棄市」）。下例（31）的「我固當死」只能理解為義務情態，因為前文的「我何罪於天而至此哉」和後文的「死而非其罪」都否定了「罪當死」這樣的相應義理解。

（29）殺人者，臣之父也。夫以父立政，不孝也；廢法縱罪，非忠也；臣罪<u>當</u>死。《史記‧循吏列傳》

（30）春又請長，願入見，長怒曰「女欲離我自附漢。」長<u>當</u>棄市，臣請論如法。《史記‧淮南衡山列傳》

（31）武安君引劍將自剄，曰：「我何罪於天而至此哉？」良久，曰：「我固<u>當</u>死。長平之戰，趙卒降者數十萬人，我詐而盡阬之，是足以死。」武安君之死也，以秦昭王五十年十一月。死而非其罪，秦人憐之，鄉邑皆祭祀焉。《史記‧白起王翦列傳》

王、陳文的看法具有一定的說服力。相應義「當」在先秦時期已經常用於禮制或法律等語境，如：

（32）荓申曰：「先王卜以臣為荓，吉。今王得茹黃之狗，宛路之矰，畋三月不反；得丹之姬，淫，期年不聽朝。王之罪<u>當</u>笞。」《呂氏春秋‧直諫》

（33）跀危曰：「吾斷足也，固吾罪<u>當</u>之，不可奈何。」《韓非子‧外儲說左下》

禮和法都具有強制性，這種強制性語境確實有可能促使「當」產生義務情態。而且，在先秦已有一些相應義「當」還可釋為乙類義務義「當」的用例（共 9 例），如：

（34）臣有大罪者，其行欺主也，其罪<u>當</u>死亡也。《韓非子‧孤憤》

（35）武安君至，使韓倉數之曰：「將軍戰勝，王觴將軍。將軍為壽於前而捍匕首，<u>當</u>死。」《戰國策‧秦策五》

這些相應義「當」還可解釋為乙類義務義，一方面是因為其所處語境與刑法有關，另一方面是因為「A當B」的B是「死亡、死」等動詞性成分。不過，這些「A當B」都僅屬於同一種語義類型，即A表示某種罪行，B表示與其對應的刑罰種類，整個結構表示：某種罪行與某種刑罰相對應。可見，相應義「當」只有在某個特定的環境中才能獲得乙類義務義。這就說明，「當」由相應義演變為乙類義務義的條件是相當有限的。而且，在先秦已有很多乙類義務義「當」的用例，其中有三分之二的用例則與相應義無關。此外，據 Bybee et al.（1994：181～186）的跨語言研究，義務情態的詞彙來源有以下幾種：「欠」（owe）、「需要」（need）、「適合、合宜」（be fitting，be proper）、「好」（good）、「在」（be）、「成為」（become）、「有」（have），其中有適合義，但沒有相應義。因此我們認為，乙類義務義「當」來源於相應義的可能性不大。

3.1.1.3　乙類義務義「當」的產生

在「A當B」的「當」表示適合義時，這個B既可以是體詞性成分，如上例（27）～（28），也可以是動詞性成分，如下例：

（36）先發聲出號曰：「兵之來也，以救民之死。子之在上無道，據傲荒怠，貪戾虐眾，恣睢自用也，……若此者，天之所誅也，人之所讎也，不當為君。」《呂氏春秋·懷寵》

（37）昭奚恤曰：「山陽君無功於楚國，不當封。」《戰國策·楚策一》

（38）豈吾相不當侯邪？且固命也？《史記·李將軍列傳》

以上例句的「A（不）當B」都表示，A（不）符合為實行B被人們要求或被社會規定的條件。如例（36）的A是「在上」之「子」，B是「為君」，「子不當為君」表示因為「子」是「天之所誅，人之所讎」的人，這樣的人不符合「為君」的條件。又如例（37）的「山陽君不當封」表示因為「山陽君」是對楚國「無功」的人，這樣的人不符合「封」的條件。例（38）的情況也與前兩例相同。

既然「A（不）當B」的B是動詞性成分，而且B所表達的行為動作還（不）符合某種條件或標準，說話人就可以進一步期望A（不）把B實現為真。在這種條件下，說話人的話語就有可能產生「A（不）應當實現B」的涵

義。據此而言，上例（36）～（38）的「當」也都可理解為乙類義務義，比如例（36）的「（子）不當為君」還可解釋為「（子）不應當為君」。

Bybee et al.（1994：181～183、258）和 Bavin（1995：115～117、118～119）的研究顯示，由適宜義演變為義務情態是一個比較普遍的演變路徑。〔註5〕就漢語而言，先秦義務情態「宜」的來源也與適宜義有關。此外，很多學者指出在西漢產生的義務情態「合」來源於適合義動詞（段業輝 2002：158；尹玉龍 2012；張海媚 2015；李明 2016：70），李明（2016：50～51）還指出在東漢產生的義務情態「應」也由適合義動詞而來。

總之，從適合義「當」的實際用例和跨語言角度看，乙類義務義「當」的來源應為適合義「當」。

先秦動詞和義務情態詞「當」的使用情況如下表：

表 3.1　先秦「當」的動詞及義務情態用法

	先秦文獻 用　法	左傳	論語	國語	孟子	墨子	莊子	荀子	韓非子	呂氏春秋	戰國策	合計
動詞	承當義	14	1	6	9	3	·	1	22	5	2	63
	相應義	6	·	1	4	15	·	6	22	15	3	72
	適合義	·	·	1	·	1	·	8	4	17	·	31
情態詞	甲類義務義	·	·	·	·	·	·	·	·	·	4	4
	乙類義務義	·	·	·	1	2	·	7	7	8		25

3.1.2　認識情態和將來時的辨析

蓋然義是認識情態的一類，是指說話人對一個命題的確定性所做的判斷。認識情態詞所表達的事件按其所指向的時間可以分為四類：以說話時間為標準，（1）此後將要發生的事件（如「他明天應該就迴學校」）；（2）此時發生的

〔註5〕據 Bybee et al.（1994：181～183、258），姆韋拉語（Mwera）和拉祜語（Lahu）的義務情態詞都源於「適宜、適當」（be fitting，be proper）義、布朗語（Palaung）的義務情態小品詞表示「好」（good），此義也「暗示著『好、適宜』（it is good，fitting to）的意義」、希臘語的 prepei 原表「適宜」（is fitting），後來還可以表示「應該、要」（ought，must）。另據 Bavin（1995：115～117、118～119），非洲語言的蘭格及阿喬利語（Lango and Acholi）、盧奧語（Dholuo）的義務情態標記都從「適宜、適合」（to be fitting，to be suitable）義而來。

事件（如「他現在應該在學校」）；（3）此前發生的事件（如「他昨天應該迴學校了」）；（4）泛時性事件（如「他應該是韓國人」、「你說的應該沒錯」）。其中，第一種蓋然義表示對將來事件的「預測」，本文將此蓋然義稱為「預測蓋然義」，其餘的蓋然義均稱為「非預測蓋然義」。下面是非預測蓋然義「當」的例子：

（39）渡河，船人見其美丈夫，獨行，疑其亡將，要中當有金玉寶器，目之，欲殺平。《史記·陳丞相世家》

（40）齊中御府長信病，臣意入診其脈，告曰：「熱病氣也。然暑汗，脈少衰，不死。」曰：「此病得之當浴流水而寒甚，已則熱。」《史記·扁鵲倉公列傳》

（41）天地之間，百神所食，聖人謂當與人等。《論衡·問時篇》

例（39）是「船人」正在推測在自己面前的「美丈夫」的「要中當有金玉寶器」，可見這是對當前事件的推測。例（40）是說話人根據「御府長信」的症狀推測過去在其身上會發生過的事件，那就是「浴流水而寒甚，已則熱」，可見這是對過去事件的推測。例（41）是「聖人」推測「百神所食當與人等」，其中「等」義為「等同」，是泛時性的狀態動詞，可見這是對泛時性事件的推測。

將來時是指某一事件發生在某個參照時間（reference time）之後。將來時可以按照參照時間的種類分為兩種：一種是參照時間為說話時間（speech time）的，這種將來時是「絕對時」（absolute tense）的將來時，如「我希望你不要對我將要做的事情生氣」中的「將要」。在說話人的角度看，自己所要做的「事情」是尚未發生的。此例的參照時間就是說話人「我」正在說話的那一時刻。另一種是參照時間為語境給出的某個時間，即某個事件發生的時間（event time）的，這種將來時是「相對時」（relative tense）的將來時，如「他在筆記本上記下了自己將要做的事情」的「將要」。從說話人的角度看，「他在筆記本上記下某事」是在過去已經發生的事件，在這個過去時間裏的主語「他」的角度看，他所記下的「事情」是尚未發生的。此例的參照時間就是「他在筆記本上記下某事」這一事件所發生的時間，即過去（以說話人時間為準）。本文將前一種將來時稱為「絕對將來時」，後一種將來時稱為「相對

將來時」。

　　將來時不是情態概念，而是時態概念。即便如此，其中絕對將來時與情態概念的預測具有密不可分的關係。因為兩者所述命題的真實性都取決於未來世界，而我們很難對未來發生的事件做到完全的肯定。基於這種原因，一些國外研究不把絕對將來時看作是時態，而看作是情態，如 Lyons（1977：677）、Palmer（2001：104）、Quirk et al.（1985：213）等。Lyons（1977：677）說，「將來時從來不是一個純粹的時間概念，它必然包含預測成分或其他與此相關的情態概念」。Bybee & Pagliuca（1987）、Bybee et al.（1994：244～280）等研究甚至把將來時定義為對將來事件的「預測」（prediction）。

　　在漢語「當」的歷時研究中，很多研究指出「當」除了表示認識情態以外，還表示將來時（王雯、葉桂郴 2006；龍國富 2010；巫雪如 2014；王繼紅、陳前瑞 2015；李明 2016）。不過，它們對於「當」的認識情態和將來時的界定又有不同意見。大致有三種意見：一、將來時只有絕對將來時，認識情態也只有預測蓋然義，如王雯、葉桂郴（2006）、龍國富（2010）；二、將來時有絕對將來時和相對將來時兩種，認識情態也有預測蓋然義和非預測蓋然義兩種，如巫雪如（2014）、李明（2016）；三、將來時有絕對將來時和相對將來時兩種，而認識情態只有非預測蓋然義，如王繼紅、陳前瑞（2015）。

　　其中第一、二種都是把絕對將來時「當」和預測蓋然義「當」區分開來，不過它們都沒有分析這兩種「當」的實質性區別。王雯、葉桂郴（2006）、巫雪如（2014）還指出，在實際用例中，絕對將來時「當」和預測蓋然義「當」是很難區分的。第三種是王繼紅、陳前瑞（2015）的看法，鑒於絕對將來時「當」和預測蓋然義「當」難以區分，它們把這兩者結合為一類，並歸為將來時範疇中。所以它們所界定的認識情態「當」只有非預測蓋然義，預測蓋然義就排除在情態範疇之外。王、陳文以《史記》的用例為基礎，把「當」的將來時用法分為四類：A 類是典型的占卜、相面、觀星，如例（42）；B 類是徑直對未來做出斷言，也看不出有什麼實際的證據，本身就有神秘的色彩，最接近於占卜之類預言用法，如例（43）；C 類是醫學斷言，這些斷言都有一定的實際依據，都是近期將要發生的事件，如例（44）；D 類表示既定的安排，如例（45）。所舉例句如下：

（42）少年，有客相之曰：「當刑而王。」《史記・黥布列傳》

（43）高皇帝曰：「待之，聖人當起東南間。」不一年，陳勝吳廣發
　　　矣。《史記・淮南衡山列傳》

（44）乃出其懷中藥予扁鵲：「飲是以上池之水，三十日當知物
　　　矣。」《史記・扁鵲倉公列傳》

（45）王夫人者，趙人也，與衛夫人並幸武帝，而生子閎。閎且立
　　　為王時，其母病，武帝自臨問之。曰：「子當為王，欲安所置
　　　之？」《史記・三王世家》

　　正如前輩學者所指出的，絕對將來時「當」和預測蓋然義「當」不總是清晰可分。不過我們認為，除了少數情況以外，根據「當」所處的語境的不同，這兩種用法還是可以辨別出來。據 Palmer（2001：1～2），時態和情態的主要差異在於，時態直接涉及事件本身的特徵，是現實的（realis）；情態僅僅涉及命題的狀態，是非現實的（irrealis）。〔註6〕Halliday（1994：88～89、356）指出，情態指的是位於是和否之間的意義，即肯定和否定兩極之間的中間地帶。因此，即使高量值的情態形式也不如極性形式的肯定程度高。〔註7〕Bybee et al.（1994：179）也指出，認識情態適用於斷言，是指說話人所認定的命題的真實性程度。此範疇內的無標記之例就是對命題真實性的完全肯定，認識情態的標記性是指說話人對命題真實性的不完全肯定。據此而言，屬於時態的絕對將來時不涉及說話人的主觀判斷，其語義沒有主觀性，也就是沒有懷疑成分；屬於情態的預測蓋然義涉及說話人的主觀判斷，其語義有主觀性，也就是含有懷疑成分。

　　在「當」所處的語境是不涉及說話人主觀判斷的語境時，這個「當」就可

〔註6〕Comrie（1985：44）指出，「It will rain tomorrow」（明天要下雨）是對一個將來時間的確定性陳述，該命題的真值可以在將來被檢驗。而「It may rain tomorrow」（明天可能下雨）只是聲稱在一個可能世界中明天有雨，該命題的真值無法通過觀察明天是否下雨來檢驗，因為無論明天下雨與否都與「may」（可能）相容。因此他認為，將來時與認識情態是有區別的。

〔註7〕例如，如果說話人下意識地承認瑪麗已經走了的事實，說話人就會直接說「Mary has left」（瑪麗走了），如果說話人使用了高量值的情態詞，如「Mary's certainly left」（瑪麗肯定走了）、「I'm certain Mary's left」（我肯定瑪麗走了）、「Mary must have left」（瑪麗一定走了），不管是主觀還是客觀取向，就意味著說話人承認了某種懷疑成分（Halliday 1994：625）。

以視為將來時「當」。這種語境是，「當」所表達的事件為既定的安排或計劃，如占卜、相面之類的預言、社會或生活的安排或個人的計劃等。此時的說話人只是傳達這個既定的安排或計劃而已。如上例（42）～（43）的「當刑而王」「聖人當起東南間」都表示命中注定的事件，例（45）的「子當為王」表示既定的安排，這些「當」都應視為將來時用法。又如：

> （46）謝萬作豫州都督，新拜，當西之都邑，相送累日，謝疲頓。
> 於是高侍中往，徑就謝坐，因問：「卿今仗節方州，當疆理西蕃，何以為政？」《世說新語・言語》

> （47）及居母喪，姑當遠，初云當留婢，既發，定將去。《世說新語・任誕》

以上例句中的「當」所述事件都是由計劃安排在將來時間中確定要執行的。例（46）的「疆理西蕃」是官府已給「謝安」安排的政事；例（47）的「留婢」都是說話人將來的計劃。這些例句中的「當」也都應視為將來時「當」。

在「當」所處的語境是涉及說話人主觀判斷的語境時，這個「當」就可以視為預測蓋然義「當」。這種語境是，「當」所表達的事件為依據已有或已知事實推出的結論。既然這個結論是個推論，它就必然涉及說話人的主觀性。如上例（44）的「飲是以上池之水，三十日當知物」是說話人依據自己的醫藥知識作出的推斷，此處的「當」應理解為預測蓋然義。又如：

> （48）忽作東陽太守，意甚不平，及之郡，至富陽，慨然歎曰：「看此山川形勢，當復出一孫伯符！」《世說新語・黜免》

> （49）庾公乘馬有的盧，或語令賣去，庾云：「賣之必有買者，即當害其主。寧可不安己而移於他人哉？」《世說新語・德行》

以上例句中的「當」所述事件都是未然事件。例（48）的說話人根據眼前的「山川形勢」推測將會「復出一孫伯符」；例（49）的說話人根據「賣之必有買者」這一普遍道理推測如果自己在將來「賣的盧」就會「害其主」。這些例句中的「當」都應理解為預測蓋然義。

此外，當結論還包括評價成分時，說話人的主觀性就表現得尤為突出，如例（50）。另外，當所述事件描述得比較誇張時，該事件與事實的差距就擴大，說話人的主觀性也表現得更為突出，如例（51）。如：

（50）顗性弘方，愛喬之有高韻，謂淮曰：「喬當及卿，髦小減也。」

廣性清淳，愛髦之有神檢，謂淮曰：「喬自及卿，然髦尤精出。」

淮笑曰：「我二兒之優劣，乃裴、樂之優劣。」《世說新語‧

品藻》

（51）王平子素不知眉子，曰：「志大其量，終當死塢壁間。」《世

說新語‧識鑒》

例（50）的「喬當及卿，髦小減」表示，「喬」的能力將會趕上「淮」而「髦」的能力將會稍差一點，這是說話人對「喬、髦」兩人的評論；例（51）的說話人認為「眉子」由於「志大其量」所以終究會失敗，說話人把這種推測表現為「終當死塢壁間」，這顯然比「終當死」描述得更為誇張一點。這些例句的「當」都無疑是預測蓋然義「當」。

由上述討論可見，「當」的絕對將來時和預測蓋然義兩種用法還是可以辨別出來。因此本文認為，「當」的絕對將來時是時態概念，而不宜視為情態概念；預測蓋然義是情態概念，而不宜視為時態概念。

3.1.3　認識情態和將來時「當」的產生

3.1.3.1　將來時「當」的來源分析

學界對將來時「當」的來源存在較大的爭議，大致有四種看法：一是認為源於認識情態的蓋然義（王雯、葉桂郴 2006；龍國富 2010）；二是認為源於「面臨、對著」義（巫雪如 2014；李明 2016）；三是認為源於意向義（王雯、葉桂郴 2006）；四是認為源於義務情態的義務義（朱冠明 2008；龍國富 2010；Meisterernst 2011；王繼紅、陳前瑞 2015）。下面討論其中哪一種才是將來時「當」的真正來源。

1. 假設一：來源於蓋然義

王雯、葉桂郴（2006）和龍國富（2010）兩家都認為，「當」的將來時由蓋然義（即預測蓋然義）演變而來，並認為這個蓋然義來源於義務義。他們指出，與蓋然義相同，將來時也表示說話人對未來事件的預測，也涉及到說話人的主觀判斷，因而「當」的蓋然義還可以進一步演變為將來時。然而，巫雪如（2014）、王繼紅、陳前瑞（2015）等學者都對此提出反對意見，理由是，

這與 Bybee et al.（1994：240）所提出的跨語言的情態演變路徑不同，即：

圖 3.1　始於「願望」或「向……移動」的路徑（Bybee et al. 1994：240）

願望（desire）
　　　　↘
　　　　　意向（intention）→將來時（future）→蓋然（probability）
　　　　↗
向……移動（movement toward）

圖 3.2　始於「義務」的路徑（Bybee et al. 1994：240）

義務（obligation）→　意向（intention）→　將來時（future）
　　　　　　　　　　　　　　↘ 蓋然（probability）

「當」由蓋然義到將來時的演變路徑與圖 3.1 相比，不但詞彙來源不同，而且演變方向也恰好相反〔註8〕。另外，由圖 3.2 可見，源於「義務」的蓋然義與將來時之間沒有發展演變關係。此外還有一個理由，就是從主觀性方面而言，蓋然義屬於情態，具有主觀性，而將來時不屬於情態，不具有主觀性，「當」從蓋然義變為將來時就等於「當」從主觀義變為非主觀義，這顯然不同於主觀化的方向。

由於上述原因，我們認為將來時「當」來源於蓋然義的可能性不大。

2. 假設二：來源於面對義

巫雪如（2014）和李明（2016：50）兩家都認為，「當」的將來時由「面臨、對著」義而來（以下統稱為「面對義」）。其中巫雪如（2014）還提出了具體的演變過程。巫文指出，原來表空間概念的「A 面對 B」投射到表時間概念的「A 面對 B」，且 B 由名詞性成分擴展為謂詞性成分而引申出來。所舉例句如下：

（52）景公之時饑，晏子請為民發粟，公不許。**當**為路寢之臺，晏子令吏重其賃，遠其兆，徐其日，而不趨。《晏子春秋・內篇雜上》

〔註8〕據石毓智、白解紅（2007a），漢語史上先後出現過三個主要的將來時標記：「行」、「欲」、「將」，它們都衍生出了表達預測、估計等認識情態用法。

此例中的「當」雖然仍可分析為動詞面對義（「面對為路寢之臺的時刻」），但是「為路寢之臺」是一種將來即將發生的動作，因此，當聽話人將此理解為一個具體的動作時，「當」就可以分析為將來時標記（「將為路寢之臺」）。

從類型學的角度來講，將來時的詞彙來源可以分為若干個大類。石毓智、白解紅（2007b）根據 Bybee et al.（1994）和 Heine & Kuteva（2002）〔註9〕的分類和統計結果將此歸納為 12 種。〔註10〕「當」的面對義與空間概念有關，在此 12 種來源中也有與空間概念相關的詞，如 go（去）、come（來）、approach（走向）和 return（回）等五種。這些詞都相當於移動動詞。不過，面對義動詞與移動動詞有一個很大的區別，就是它的行為主體不執行任何移動的動作，即其動作是靜態的。而 Bybee et al.（1994：268）強調，由移動演變為將來時的必要條件是動作具有「向……移動（movement toward）」義的向格（allative）義項。總之，面對義作為將來時的來源在其他語言中尚未發現，而且此義與移動義有別。因此，我們認為「當」的將來時從面對義而來的看法缺乏足夠的根據。

3. 假設三：來源於意向義

王雯、葉桂郴（2006）指出，義務情態「當」表達的是說話人施加的一種主觀性義務情態，因此也就有可能暗示著說話人強烈的主觀意向，即由「說話人認為應該做某事」引申為「說話人主觀意願、嚮往做某事」。而意向所表達的是一種未然的狀態，因此意向義「當」又可以發展出將來時「當」。所舉例句如下：

（53）唯然世尊，今當承佛威神，持佛神力，為一切故，<u>當</u>廣說之。

　　　《修行本起經》（3／461b）

（54）須菩提白佛言：本無甚深天中天，是佛菩薩事悉自曉了。誰<u>當</u>信是者？獨有得阿羅漢道者。《道行般若經》（8／450a）

（55）其誓曰：未度者吾當度之，未脫者吾當脫之，不安隱者當慰

〔註9〕Heine, Bernd and Tania Kuteva. 2002. World lexicon of grammaticalization. Cambridge: Cambridge University press.

〔註10〕按出現頻率，最高的依次為：go（去）＞come（來）＞intention（意向）＞copula（是）＞possessive（領有）＞obligation（義務）＞take（拿／將）、then（然後）、tomorrow（明天）、do（做）＞approach（走向）、return（回）。

安之，未滅度者吾**當**滅度之。《法鏡經》（12／15b）

（56）彼人甚快，乃往取二日粳米，我**當復**往取二三日粳米也。《大樓炭經》（1／308b）

據王、葉文的意見，上述例句中的「當」都既可理解為意向義，也可理解為將來時。他們還認為，這種觀點可以從跨語言比較的事實中得到驗證，如英語的 *will*、漢語的「要」都從意向義演變為將來時。

對此，王繼紅、陳前瑞（2015）提出反對意見，理由主要有三：一、王、葉文主要是利用漢譯佛經文獻，而「當」的將來時用法在《史記》中已經出現並有一定的頻率和多樣性，因此單純依靠佛經材料分析「當」的將來時的演化有一定的風險；二、在《史記》「當」的將來時用例中，沒有一個主語是明確的第一人稱，因而無法體現施事的主觀意向，且即使是在「當」的義務義用法中，主語為第一人稱的比例亦不高，因而缺乏足夠的臨界環境的使用頻率；三、「當」的義務義來源於「A 當 B」，該構式大量用於禮制、法律、占卜等不受個人的主觀意願影響的語境，A 多是身份、罪行、卦象，很難大量出現第一人稱，因而難以產生意向義。

Bybee et al.（1994：240）曾提出過「義務→意向→將來時」這樣的跨語言演變途徑（見上文圖 3.2），可見正如王、葉文所指出的，經由這種演變途徑的將來時標記在一些語言中確實存在。但需要注意的是，Bybee et al.（1994：264）同時指出，「意向可能是從強義務推斷出來的，而不是從弱義務推斷出來的；所以可以說『I should go now, but I'm gonna stay』（我現在應該走了，但我要留下來），但不可以說『*I have to go now, but I'm gonna stay』（*我現在要走了，但我要留下來）。〔註11〕在大多數語境中，強義務的陳述導致其含有意圖義，它可以成為這個義務標記的語義的一部分，並最終成為該標記的基本義。」「當」表示的是弱義務義，而非強義務義，因此「當」很少有可能從義務情態產生意向義，也正因為如此，「當」的將來時源於意向義的說法值得商榷。

既然意向義「當」不是從義務情態而來，那麼它是從哪兒來的呢？首先，

〔註11〕按，這是因為「go」（走）和「stay」（留）的語義是相反的，而強義務義「have to」（「要」）和意向義「be going to」（「要」）的語義強度卻是相同的，這就導致了前後兩句的語義上的衝突。

它不可能從將來時而來，因為據 Bybee et al.（1994：240）的跨語言演變途徑，是從意向義演變為將來時，而不是從將來時演變為意向義（見上文圖 3.1-2）。此外，據 Bybee et al. 的途徑，意向義的來源還有願望義（見上文圖 3.1）〔註12〕，但「當」沒有這種用法，所以也不可能從願望義而來。

　　本文認為，「當」實際上不具有意向義。王、葉文指出上例（53）～（56）中的「當」都表示意向義，但也同時承認，它們還可以理解為將來時用法。這些例句中的主語大都是第一人稱（例 53、55～56），謂語動詞是自主性動詞。這就表明，在主語是第一人稱、謂語動詞是自主性動詞時，將來時「當」就容易被理解為意向義。不過，這並不意味著這個「當」就不再是將來時「當」了，它仍然表示主語將要做什麼，只是這裡的主語是說話人自己而已。〔註13〕如果「當」真有意向義，那麼它至少應具有一些只有意向義才可具有的、將來時標記很難具有的用法。其用法主要有三種：一是前加持續性時間副詞的用法，如例（57）；二是前加堅決義「必」或「強、甚」等程度副詞的用法，如例（58）～（60）；三是前加否定副詞的用法，如例（61）。例如：

> （57）玄就車與語曰：「吾久欲注，尚未了。聽君向言，多與我同，今當盡以所注與君。」遂為服氏注。《世說新語・文學》

> （58）余所以絕慶弔於鄉黨，棄當世之榮華者，必欲遠登名山，成所著子書，次得合神藥，規長生故也。《抱朴子・內篇・金丹卷》

> （59）太傅因戲謝曰：「卿居心不靜，乃復強欲滓穢太清邪？」《世說新語・言語》

〔註12〕據巫雪如（2018：522），漢語情態詞「欲」的意向義便來源於願望義。如：
　　子曰：「仁遠乎哉？我欲仁，斯仁至矣。」《論語・述而》（願望義）
　　顏淵死，門人欲厚葬之。子曰：「不可。」《論語・先進》（意向義）
　　據柳士鎮（1992b：279～282），從東漢起，「欲」的意向義發展成將來時。如：
　　朱儒飽欲死，臣朔饑欲死。《漢書・東方朔傳》
　　此外，據龍國富（2010），「將」也經歷了「願望→意向→將來時」的演變途徑。如：
　　將子無怒，秋以為期。《詩經・衛風・氓》（願望義）
　　楚人將伐陳，聞喪乃止。《左傳・襄公 4 年》（意向義）
　　鳥之將死，其鳴也哀；人之將死，其言也善。《論語・泰伯》（將來時）
〔註13〕巫雪如（2014）認為這種意向義實際上是「當」成為將來時標記後在語境中衍申出來的臨時義。

（60）鍾會撰四本論，始畢，甚<u>欲</u>使嵇公一見，置懷中，既定，畏
其難，懷不敢出，於戶外遙擲，便回急走。《世說新語·文學》

（61）今之醫家，每合好藥、好膏，皆不<u>欲</u>令雞犬、小兒、婦人見
之，若被諸物犯之，用便無驗。《抱朴子·內篇·金丹卷》

然而，在本文所考察的先秦至六朝將來時「當」的全部用例中（包括主語為第一人稱的，謂語動詞是自主性動詞的用例），卻尚未發現具有這些用法的「當」。此外，據劉利（2000：179）的研究，先秦意志類助動詞只有「欲」「敢」「肯」「願」等四種；據段業輝（2002：41、51）的研究，中古時期意願類情態詞只有「欲」「敢」「肯」「願」「要」等五種，「當」在此文獻中與「應」「宜」等情態詞歸為應當類。由於這些原因，我們認為「當」不具有意向義。

3.1.3.2　將來時「當」的產生

將來時「當」不具有主觀性。按照主觀化理論，它應由不具有主觀性的語義而來。而義務情態「當」具有一個特點，即其既有非主觀情態用法，也有主觀情態用法。前者是甲類義務義「當」，後者是乙類義務義「當」。我們認為，將來時「當」的來源應是甲類義務義「當」。下面討論一下它的產生過程。

「當」的甲類義務義由承當義發展而來。在「A 當 B」中「當」表示承當義，且 B 為 VP 時，整個結構表示 A 承當執行 B 所表示的行為；在「A 當 B」的「當」表示義務情態，且 B 為 VP 時，整個結構表示 A 應當執行 B 所表示的行為。下面再看前面舉的甲類義務義「當」的例句：

（62）驅而之薛，使吏召諸民<u>當</u>償者，悉來合券。《戰國策·齊策
四》（＝例 12）

（63）籍奏，詔可，<u>當</u>行。竇姬涕泣，怨其宦者，不欲往，相彊，
乃肯行。《史記·外戚世家》（＝例 13）

（64）信呼曰：「天下已定，我固<u>當</u>烹！」《史記·陳丞相世家》
（＝例 14）

甲類義務義「當」主要有如下三個特點：

一是「當」具有〔－主觀性〕（即非主觀性）的特徵。如上所述，甲類義務義「當」是非主觀義務情態，說話人不是對命題的可取性做出判斷，而只是傳達已具可取性的命題。這是典型的義務情態沒有的，只有甲類義務義「當」才

具有的特徵。值得注意的是，將來時也具有〔－主觀性〕的特徵，而且這是區別將來時（〔－主觀性〕）和認識情態的預測蓋然義（〔＋主觀性〕）的關鍵因素。將來時是指說話人客觀陳述已被確定為將要發生的事件，而預測蓋然義是指說話人對將要發生的事件進行主觀推斷。

　　二是「當」所表達的事件是尚未實現的，是有待於在將來的時間中完成的事件。因為假如某人已經實現了某種行為，那就不用再迫使或許可他去實現那一行為。即，甲類義務義「當」具有〔－現實性〕（即非現實性）的特徵。這是典型義務情態的特徵。在這一點上，將來時也具有〔－現實性〕的特徵。因為將來時標記所述的事件也是尚未實現的，有待於在將來的時間中完成的事件。正因為如此，Lyons（1977：824）曾指出「義務情態與將來時之間存在著內在的聯繫」。

　　三是「當」所表達的事件是已被預定的事件。如前所述，甲類義務義「當」的特點是，主語的義務在說話以前就已被確定。這就說明，主語要實現的行為狀態是個既定的安排或計劃，說話人只是傳達這個既定的計劃而已（〔－主觀性〕）。既然這一行為狀態是個「既定」的計劃，而此計劃還有待於在「將來」的時間中完成（〔－現實性〕），「當」所表達的事件就可視為一種定會發生的「預定性」事件。即，甲類義務義「當」具有〔＋預定性〕的特徵。同樣的，將來時表示說話人客觀陳述將要發生的事件，這也就意味著，其事件是既定的安排或計劃，說話人只是傳達這個既定的計劃而已（〔－主觀性〕）。由於這一行為狀態是個「既定」的計劃，而此計劃還有待於在「將來」的時間中完成（〔－現實性〕），將來時的事件也就可以視為定要發生的「預定性」事件。即，將來時也具有〔＋預定性〕的特徵。由此可見，〔＋預定性〕是〔－主觀性〕和〔－現實性〕兩個特癥結合而成的。如果某個語義具有〔＋預定性〕，這就說明該義兼具〔－主觀性〕和〔－現實性〕。

　　總之，甲類義務義「當」具有與將來時相同的三種特徵，即：〔－主觀性〕〔－現實性〕〔＋預定性〕。據此推測，因為甲類義務義「當」具有將來時所具有的這三種特徵，所以它還進一步發展出將來時用法。

　　跨語言研究顯示，很多語言中都有由義務情態演變為將來時的情況，如後期拉丁語、丹麥語、因紐特語（Inuit）、巴斯克語（Basque）、布利語（Buli），等等（Bybee & Pagliuca 1987；Bybee et al. 1994：258～264；Traugott & Dasher

2002：116；Heine & Kuteva 2007：218）。這個義務情態既可以是強義務義，也可以是弱義務義，後者如巴斯克語的將來時標記來就源於弱義務義（Bybee et al. 1994：258）。

這些兼表將來時的義務情態都有一個共同特點，即其來源都與某種動作或狀態意義有關，主要有三種：「在」（be）、「有」（have）、「欠」（owe）（Bybee et al. 1994：259）。其中「欠」義可視為屬於「有」類，因為在一般情況下，我們先向他人借而「得到」了某種東西才說「欠」了某種東西。比如，某人「欠」了債也就意味著他「有」了債。即，「欠」義衍推「有」義。甲類義務義「當」源於承當義，承當義傾向於表示某人「負有」某種責任或義務。比如，某人「承當」某事就意味著他「有」做某事的責任或義務。即，「承當」義衍推「有」義。因此，承當義也可視為屬於「有」類。

據 Bybee et al.（1994：183～186、258～262）的研究，這些源於動作狀態義的義務情態也像甲類義務義一樣具有〔＋預定性〕的特徵。比如，英語中表示義務義的 shall 和 should 源於「欠」義，它們在古代英語中還可以表示將來時（Traugott 1989；Bybee et al. 1994：262）〔註14〕；當 shall 和 should 表示義務義時常用於第三人稱主語，以傳達命運和不可避免的情況（Bybee et al. 1994：187）。再如，現已成為羅曼語將來時標記的拉丁語「不定式＋habēre（「有」義）」曾表達預定或注定要發生的情況，又如英語的「be to」（「在」義）結構表示施事已被某些外部力量設定或安排做某事，如「She is to seen the dean tomorrow at 4」（她明天 4 點鐘要見系主任）（Bybee et al. 1994：184、187）。

以上這些跨語言現象為將來時「當」來源於甲類義務義「當」的看法提供了可靠的證據。

下面請看將來時「當」的例子：

（65）數日，已降，項王怒，悉令男子年十五已上詣城東，欲阬之。……項王然其言，乃赦外黃當阬者。《史記・項羽本紀》

（66）他日，弟子進問曰：「昔夫子當行，使弟子持雨具，已而果雨。」《史記・仲尼弟子列傳》

〔註14〕shall 在現代英語中仍然表示將來時，如「This time next week I shall be in Scotland」（下周這個時候我就在蘇格蘭了）。

以上例句中的「當」都可以重新分析為將來時用法。例（65）中「外黃當阬者」的「當」可以作義務情態和將來時兩種解釋：此句前面出現「欲阬之」，「阬之」的行為主體是「項王」。既然「項王」下決心要「阬之」，那麼「阬」就已經是個定要發生的預定性行為了。因此，「外黃當阬者」中的「當」可以理解為相對將來時（「外黃將要坑殺的那些人」）。但就「阬」的行為客體而言，自己被「阬」是與自己的意願無關的強制性行為，「項王」是「阬」的義務主體。從這個角度看，「外黃當阬者」中的「當」還可以理解為義務情態（「外黃該被坑殺的那些人」）。

例（66）中「昔夫子當行」的「夫子」無疑是「行」的行為主體，此處的「當」可以理解為相對將來時（「從前夫子正要出行」）。至於「夫子」是否被其所處的外部環境賦予「行」的義務，這就很難確定。所以，「行」既有可能是有義務主體的強制性行為，也有可能是沒有義務主體的非強制性行為。如果是前一種情況，此處的「當」就還可以理解為義務情態（「從前夫子該要出行」）；如果是後一種情況，此處的「當」就只能理解為相對將來時。不過，在不能確定是否有義務主體的情況下，把它理解為義務情態就有些牽強。因此，此處的「當」還是應該理解為相對將來時。

3.1.3.3　認識情態「當」的產生

「當」的乙類義務義由適合義而來。在「A 當 B」的「當」表示適合義，且 B 為 VP 時，整個結構表示 A 適合做 B 所表示的行為；在「A 當 B」的「當」表示義務情態，且 B 為 VP 時，整個結構表示 A 應當做 B 所表示的行為。下面再看前面舉的乙類義務義「當」的例句：

（67）項羽已救趙，<u>當</u>還報，而擅劫諸侯兵入關，罪三。《史記・高祖本紀》（＝例 15）

（68）以為肥而蓄精，身體不得搖，骨肉不相任，故喘，不<u>當</u>醫治。《史記・扁鵲倉公列傳》（＝例 16）

（69）始皇夢與海神戰，如人狀。問占夢，博士曰：「水神不可見，以大魚蛟龍為候。今上禱祠備謹，而有此惡神，<u>當</u>除去，而善神可致。」《史記・秦始皇本紀》（＝例 17）

乙類義務義「當」主要有如下三個特點：

　　一是「當」具有〔＋主觀性〕的特徵。如上所述，乙類義務義「當」是主觀義務情態，說話人不是傳達已具可取性的命題，而是對命題的可取性做出判斷。這是典型義務情態的特徵。

　　二是「當」所表達的事件是尚未實現的，有待於在將來的時間中完成的事件。即，乙類義務義「當」具有〔－現實性〕的特徵。這也是典型義務情態的特徵。

　　三是「當」的義務源主要是為人們廣泛接受的，而且是有權威的信息，如禮制、法律、醫理、天理，等等。這種義務源都與某種規矩或法則有關。如例（67）的義務源是法律（大致如「若救某國則還報」）；例（68）的義務源是醫理（大致如「若肥而蓄精則不醫治」）；例（69）的義務源是天理（大致如「若夢見惡神則除去」）。正因為這種義務源都與某種規矩或法則有關，由此推出的結論必然具有「合法性」。因此可以說，乙類義務義「當」都具有〔＋合法性〕的特徵。

　　綜上，乙類義務義「當」具有如下三種特徵：〔＋主觀性〕〔－現實性〕〔＋合法性〕。其中，〔＋主觀性〕〔－現實性〕是情態所具有的典型特徵，〔＋合法性〕是乙類義務義「當」獨有的特徵。我們認為，〔＋合法性〕與認識情態用法的產生密切有關。

　　當某一個事件是為人們廣泛接受的，具有合法性的事件時，既然這個事件是合法的，我們就自然相信或預期這個事件會實現為真。比如說，「殺人償命」是一個合法性的事件，當說話人說出「他殺了人，他應當償命」這樣的話時，說話人自然會相信「他應該會償命」，因為它根據的是已被規定的法律。因此，當說話人說出某種合法性事件時，說話人的話語就有可能產生「這個事件應該會實現」的涵義。這樣，乙類義務義「當」就可以進一步演變為認識情態「當」。例如：

　　（70）常以為吾父兄弟四人，<u>當</u>傳至季子。《史記・吳太伯世家》

　　（71）信即笑曰：「是不知也。淳于司馬病，法<u>當</u>後九日死。」即後
　　　　　九日不死，其家復召臣意。《史記・扁鵲倉公列傳》

　　（72）臣意告曰：「為火齊米汁飲之，七八日而<u>當</u>愈。」《史記・扁
　　　　　鵲倉公列傳》

例（70）中「當傳至季子」的「當」可以作義務情態和認識情態兩種解釋。第一種解釋是說話人對「傳至季子」的可取性判斷，即在說話人看來，「傳至季子」是合法的，所以它應該要實現，此時的「當」就是義務情態；第二種解釋是說話人對「傳至季子」的可能性推測，即在說話人看來，「傳至季子」是合法的，所以它應該會實現，此時的「當」就是認識情態。例（71）的「法當後九日死」表示「按病理『當後九日死』」。僅看此句，此處的「當」也可以作義務情態和認識情態兩種解釋。根據患者的病狀得出的結論是「當後九日死」，這是符合病理的，亦即合法的結論。說話人據此可以作出可取性判斷，表達「按理『後九日死』應該要實現」之義，也可以作出可能性推測，表達「按理『後九日死』應該會實現」之義。但從語境上看，說話人想說的是以後會出現的現象，而不是以後應當出現的現象，因而此處的「當」應解釋為義務情態。例（72）也可以做類似的解釋。

　　總之，乙類義務義「當」所具有的〔＋合法性〕特徵應是「當」由義務情態演變為認識情態的關鍵因素。正由於認識情態「當」源於具有〔＋合法性〕的語義，它在產生初期也表現出〔＋合法性〕的特徵——即認識情態「當」的認識源一般與某種規矩或法則有關，由此得出的結論必具合法性。如例（70）的「當傳至季子」的認識源是社會規律，例（71）的「法當後九日死」、例（72）的「七八日而當愈」的認識源都是醫理。社會規律、醫理都屬於某種規矩或法則，由此推出的結論也都具有合法性。

　　由義務情態（弱義務／強義務）到認識情態（蓋然／認識必然）的演變過程有豐富的跨語言證據支持，如 Bybee et al.（1994：199～202、240）、Nordlinger & Traugott（1997）和 Heine & Kuteva（2007：116、218～219）都曾提出過這一演變路徑。以英語的情態詞為例，由弱義務義演變為蓋然義的有 should、ought to；由強義務義演變為必然義的有 must。

3.1.4　義務情態、認識情態和將來時「當」的發展

3.1.4.1　義務情態「當」的發展

義務情態「當」在先秦到六朝文獻中的使用情況如下表：

表 3.2　先秦至六朝義務情態「當」的使用情況

文　獻〔註15〕		先　秦	西　漢	東　漢	六　朝
語　義		10 部	史　記	論　衡	3 部
甲類義務義		4（13.8%）	29（28.4%）	160（61.1%）	8（6%）
乙類義務義		25（86.2%）	73（71.6%）	102（38.9%）	126（94%）
乙類的類型〔註16〕	合法（客觀義）	15（60%）	61（83.6%）	28（28%）	48（42.5%）
	合理（客觀義）	10（40%）	5（6.8%）	66（66%）	26（23%）
	主觀義	·	7（9.6%）	6（6%）	39（34.5%）
合計		29（100%）	102（100%）	262（100%）	134（100%）

　　基於此，義務情態「當」的發展情況可以概括為以下幾點：

　　一、甲類義務義「當」從先秦開始一直沿用到六朝時期。不過從整體上看，甲類義務義「當」的使用頻率遠不及乙類義務義「當」。它作為非主觀義務情態在句法上具有兩個特點，一是主語一定是除了第二人稱以外的主語，二是「當 VP」除了作謂語以外，還可以作定語、主語和賓語等其他句子成分。例如：

　　　（73）當死之人正言不可，容色肯為善言之故滅，而當死之命肯為

　　　　　　之長乎？《論衡·變虛篇》

　　　（74）公羊、穀梁無讖之文，當零明矣。《論衡·明雩篇》

　　　（75）霸本當至於王，猶壽當至於百也。《論衡·氣壽篇》

以上例句中的「當」都表示甲類義務義。例（73）的「當死」作定語；例（74）的「當零」作主語；例（75）的「霸本當至於王」和「壽當至於百」分別作主語和賓語。

　　二、在乙類義務義「當」的用法中，表示合法性的「當」最為常用。到了六朝時期，它仍然處於主導地位。〔註17〕例如：

─────────────

〔註15〕先秦 10 部文獻為：《左傳》、《論語》、《國語》、《墨子》、《孟子》、《莊子》、《荀子》、《韓非子》、《呂氏春秋》、《戰國策》；六朝 3 部文獻為：《世說新語》、《百喻經》、《顏氏家訓》。

〔註16〕疑問句排除在統計之外。

〔註17〕在東漢《論衡》中它的使用頻率卻不如甲類義務義或合理性「當」那麼高，但它很可能是《論衡》這一文獻的特殊性造成的。在《論衡》中，義務情態「當」所處的

（76）豈二聖政之所致哉？天地曆數<u>當</u>然也。《論衡·治期篇》

（77）則庖廚監食者法皆<u>當</u>死，心又不忍也。《論衡·福虛篇》

（78）王令詣謝公，值習鑿齒已在坐，<u>當</u>與並榻。《世說新語·忿狷》

（79）元氏之世，在洛京時，有一才學重臣，新得史記音，而頗紕繆，誤反『顓頊』字，頊<u>當</u>為許錄反，錯作許緣反，遂謂朝士言：『從來謬音「專旭」，<u>當</u>音「專翾」耳。』《顏氏家訓·勉學》

（80）雖質於面，皆<u>當</u>加外以別之；父母之世叔父，皆<u>當</u>加其次第以別之；父母之世叔母，皆<u>當</u>加其姓以別之；父母之群從世叔父母及從祖父母，皆<u>當</u>加其爵位若姓以別之。《顏氏家訓·風操》

三、表示合理性的「當」在西漢以前不常見。東漢以降，其用例已為數不少。例如：

（81）徒用心以為先祖全而生之，子孫亦<u>當</u>全而歸之。《論衡·四諱篇》

（82）至，遇德操採桑，士元從車中謂曰：「吾聞丈夫處世，<u>當</u>帶金佩紫，焉有曲洪流之量，而執絲婦之事？」《世說新語·言語》

（83）言及先人，理<u>當</u>感慕，古者之所易，今人之所難。《顏氏家訓·風操》

四、表示主觀義的「當」在先秦尚無用例。它從西漢開始出現，到了六朝，其使用頻率已超過了僅次於表示合法性的「當」的地位。表示主觀義的「當」常用在說話人和聽話人雙方對話的場景中。值得注意的是，兩人之間往往還存在上下級關係，此時說話人一般是上級或長輩，聽話人一般是下級或晚輩。例如：

語境有大致有兩種，一種是講命運；另一種是表示邏輯推理。在前一種語境中的「當」是甲類義務義「當」，在後一種語境中的「當」是合理性「當」。

（84）及岸賈聞之，索於宮，母置兒於褲中，祝曰：「趙氏宗滅乎，若<u>當</u>啼。即不滅，若無聲。」《論衡・吉驗篇》

（85）韓康伯時為丹陽尹，母殷在郡，每聞二吳之哭，輒為淒惻。語康伯曰：「汝若為選官，<u>當</u>好料理此人。」《世說新語・德行》

（86）昔有一長者，遣人持錢至他園中買庵婆羅果而欲食之，而敕之言：「好甜美者，汝<u>當</u>買來。」《百喻經》（4／0554a）

（87）有一老人來，語之言：「汝莫愁也。我教汝出。汝用我語，必得速出。汝<u>當</u>斬頭，自得出之。」《百喻經》（4／0554c）

以上例句中的說話人都處在比聽話人高的地位。如例（84）～（85）是母親向兒子下達指令，例（86）～（87）是年齡大的人向比自己年齡小的人下達指令。在句法上，這些例句中的主語一般都由「若、汝」等第二人稱代詞來充當，如上例（84）～（87）所示。既然這裡的「當」不表示合法性或合理性，並且聽話人在場，說話人比聽話人地位或年齡高，說話人其實不用「當」也足以表示命令，如例（84）的「若當啼」在《史記・趙世家》中記為「若號」〔註18〕，例（85）的「汝若為選官，當好料理此人」其實也可以說成「汝若為選官，好料理此人」，其餘例（86）～（87）的情況也都如此。那麼，說話人使用「當」要達到的目的是什麼呢？莫非只是為了表示義務義？

我們認為，說話人使用「當」不僅是為了表達自己對命題的態度，即表示義務義，而且是為了表達自己對聽話人的態度——我所說的話是有權威的，所以我的這一命令你應當服從。也就是說，「當」具有體現說話人的權威的作用。它可用來表達說話人具有明確要求聽話人接受自己所說話的資格，即體現權威性。由此可見，義務情態「當」具有交互主觀性這一特徵。

3.1.4.2　認識情態和將來時「當」的發展

認識情態及將來時「當」在先秦到六朝文獻中的使用情況如下：

〔註18〕《史記・趙世家》記載：「屠岸賈聞之，索於宮中。夫人置兒叱褲祝曰：『趙宗滅乎，若號；即不滅，若無聲。』」

表3.3　先秦至六朝認識情態和將來時「當」的使用情況

語　義　＼　文　獻		先　秦	西　漢	東　漢	六　朝
		10 部	史　記	論　衡	3 部
將來時		3 （42.9%）	23 （45.1%）	46 （51.1%）	47 （34.6%）
認識情態		4 （57.1%）	28 （54.9%）	44 （48.9%）	89 （65.4%）
認識情態 的類型 〔註19〕	預測蓋然義	3（75%）	22（78.6%）	2（4.5%）	31（34.8%）
	非預測蓋然義	1（25%）	6（21.4%）	42（95.5%）	58（65.2%）
	客觀義	·	20（71.4%）	10（23.8%）	13（15.7%）
	主觀義	4（100%）	8（28.6%）	32（76.2%）	70（84.3%）
總計		7 （100%）	51 （100%）	90 （100%）	136 （100%）

　　基於此，認識情態及將來時「當」的發展情況可以概括為以下幾點：

　　一、就認識情態「當」而言，西漢以前，預測蓋然義「當」比非預測蓋然義「當」用例更多（預測的有 25 例，非預測的有 7 例），而東漢以後，非預測蓋然義「當」比預測蓋然義「當」更為常見（預測的有 33 例，非預測的有 100 例）。就將來時「當」而言，西漢以前，其使用頻率大致與預測蓋然義「當」相當（預測的有 25 例，將來時的有 26 例），而東漢以後則大致與非預測蓋然義「當」相當（非預測的有 100 例，將來時的有 136 例）。總之，在「當」的預測、非預測蓋然義和將來時三種用法之中，將來時用法從先秦到六朝一直占主要地位，預測蓋然義用法在西漢以前也占主要地位，但東漢以後由非預測蓋然義用法取而代之。

　　二、西漢以前，客觀認識情態「當」比主觀認識情態「當」更為常見（客觀的有 20 例，主觀的有 12 例），而東漢以後，主觀認識情態「當」則比客觀認識情態「當」更為常見（客觀的有 23 例，主觀的有 102 例）。

　　三、「當」的主觀情態用法在西漢以前比較單一。比如，「當」所述的命題只表達某種事件（eventuality）〔註20〕，幾乎不用於假設句或否定句（在《史記》中只有 1 例〔註21〕），不用於疑問句或反問句。東漢以後，主觀情態用法的「當」

〔註19〕在統計「客觀義」和「主觀義」的用例時，疑問句排除在外。

〔註20〕這裡的「事件」概指人們在一定的時間點所觀察到的動作（action）或情境（situation）。

〔註21〕如：藉使子嬰有庸主之材，僅得中佐，山東雖亂，秦之地可全而有，宗廟之祀未當絕也。《史記‧秦始皇本紀》

的使用範圍逐漸擴大。比如，其所述的命題除了表達事件以外，還可表達評價判斷、它常用於假設句、否定句、疑問句、反問句等等。例如：

> （88）天行三百六十五度，積凡七十三萬里也，其行甚疾，無以為驗，<u>當</u>與陶鈞之運，弩矢之流，相類似乎！《論衡・說日篇》

> （89）桓宣武命袁彥伯作北征賦，既成，公與時賢共看，咸嗟歎之。時王在坐云：「恨少一句，得『寫』字足韻，<u>當</u>佳。」《世說新語・文學》

> （90）如自有儲待，儲待必與人異，不<u>當</u>食人之物。《論衡・祀義篇》

> （91）人語之曰：「若令月中無物，<u>當</u>極明邪？」《世說新語・言語》

> （92）道書又曰：「晦歌朔哭，皆<u>當</u>有罪，天奪其算。」喪家朔望，哀感彌深，寧<u>當</u>惜壽，又不哭也？《顏氏家訓・風操》

以上例句中的「當」都表示主觀認識情態。例（88）～（89）的「與陶鈞之運，弩矢之流，相類似乎」、「佳」分別表示說話人對「其行」、「北征賦」的評價判斷；例（90）～（91）的「當」都用於假設句中；例（90）～（92）的「當」分別用於否定句、疑問句和反問句中。

3.1.5　小結

　　已有研究認為，「當」的將來時用法來源於義務情態，我們也同意此觀點。但嚴格來講，這個義務情態不可能是典型義務情態。因為將來時是非主觀義，典型義務情態是主觀義，從主觀義演變為非主觀義，這顯然不同於主觀化的方向。義務情態「當」具有非主觀義務義和主觀義務義兩種。本文將前者稱為「甲類義務義」，後者稱為「乙類義務義」。甲、乙類義務義「當」來源不同，甲類源於承當義動詞，乙類源於適合義動詞。將來時「當」來源於甲類義務義。

　　乙類義務義「當」具有如下三種特徵：〔＋主觀性〕〔－現實性〕〔＋合法性〕。其中，〔＋主觀性〕〔－現實性〕是情態所具有的典型特徵，〔＋合法性〕是乙類義務義「當」獨有的特徵。〔＋合法性〕是「當」由義務情態演變為認識情態的關鍵因素。東漢以後，義務情態「當」不僅表達說話人對命題的態度，而且表達說話人對聽話人的態度。它具有體現說話人的權威的作用，即

具有交互主觀性。認識情態「當」可以分為客觀和主觀兩種用法。西漢以前，前者比後者更為常見，東漢以後，後者則比前者更為常見。

義務、認識情態詞和將來時標記「當」的演變路徑可以概括如下：

承當義動詞「當」　→　甲類義務義「當」　→　將來時「當」

適合義動詞「當」　→　乙類義務義「當」　→　認識情態「當」

「當」在先秦至六朝時期的使用情況如下表：

表3.4　先秦至六朝「當」的使用情況

文　獻 語　義	先　秦 10 部	西　漢 史　記	東　漢 論　衡	六　朝 3 部
義務情態	29 （80.6%）	102 （66.7%）	262 （74.4%）	134 （49.6%）
認識情態	4 （11.1%）	28 （18.3%）	44 （12.5%）	89 （33%）
將來時	3 （8.3%）	23 （15%）	46 （13.1%）	47 （17.4%）
總計	36 （100%）	153 （100%）	352 （100%）	270 （100%）

由上表可見，在「當」的三種用法之中，從先秦到六朝，義務情態一直是最常見的用法。東漢以前，認識情態與將來時的使用比例不相上下，到了六朝，二者之間的差距擴大，認識情態的使用比例明顯提高。

3.2 「宜」

關於情態詞「宜」的歷時研究主要有白曉紅（1997）、彭再新、劉紅花（2002）、李明（2016）和巫雪如（2018）。這些研究的共同結論是，義務情態詞「宜」源於適宜義形容詞。除此之外，它們在以下幾個方面存有分歧。其一，「宜」從形容詞到義務情態詞的演變過程。對此，主要有兩種看法：一種意見認為形容詞「宜」經過帶名詞性成分的中間環節而產生，另一種意見認為形容詞「宜」直接位移至謂詞性成分前面而產生。其二，認識情態「宜」的來源。有些學者認為，認識情態「宜」來源於義務情態，也有學者認為它來源於適宜義。其三，形容詞「宜」的語義。大多數學者認為，形容詞「宜」只有適宜義，但一些學者認為，「宜」還有難怪義。

下面圍繞這些問題來探討義務及認識情態詞「宜」的產生和發展過程。

3.2.1　義務情態「宜」的產生

3.2.1.1　句法演變

如前所述，已有研究都認為義務情態詞「宜」來源於適宜義形容詞。分歧在於，它如何從形容詞演變為義務情態詞。一些學者認為義務情態詞「宜」是由形容詞「宜」經過帶名詞性成分的中間環節而產生，如白曉紅（1997）、彭再新、劉紅花（2002），另一些學者認為形容詞「宜」直接位移至謂詞性成分前面，然後產生了義務情態詞「宜」，如李明（2016）、巫雪如（2018）。下面對這兩種意見略作介紹。

白曉紅（1997）、彭再新、劉紅花（2002）指出，先秦形容詞「宜」可以帶體詞性成分（以下記為「NP」）構成「宜＋NP」。白曉紅（1997）認為此結構所表達的是深層語義的補充關係，即相當於「宜於＋NP」，如例（1）的「宜弟」意思是「對他的弟弟有利」；彭再新、劉紅花（2002）認為，「宜」字用作使動，後面常常帶賓語，從而進一步演變為動詞，後面直接接賓語，構成「宜＋代詞」的格式，如例（2）的「君子宜之」指君子適合朝廷祭祀的事情，「宜」字的含義為「適合」。如：

（1）有輆沐之國者，其長子生，則鮮而食之，謂之<u>宜</u>弟。《墨子·節葬下》

（2）左之左之，君子<u>宜</u>之。《詩經·小雅·裳裳者華》

兩家進一步指出，這種「宜」帶謂詞性成分（以下記為「VP」）構成「宜＋VP」結構時，「宜」的詞義由「宜於、適合」義引申為義務情態，義務情態詞「宜」便由此產生。

李明（2016：39）、巫雪如（2018：280）則認為，在形容詞「宜」充當謂語的「NP（之）VP＋宜」結構中，由「宜」移位至 VP 之前而產生義務情態詞「宜」。

總之，以上學者所提出的由形容詞「宜」到義務情態詞「宜」的演變過程如下：

表 3.5　以往學者對義務情態詞「宜」的句法演變的觀點

學　者	形容詞「宜」		義務情態詞「宜」
白曉紅（1997）； 彭再新、劉紅花（2002）	宜＋NP	→	宜＋VP
李明（2016）；巫雪如（2018）	NP（之）VP＋宜	→	NP＋宜＋VP

　　據本文的調查，「宜」在先秦時期具有表示適合義的動詞用法。不過它的使用頻率遠不及形容詞和義務情態詞的使用頻率。據統計，形容詞「宜」和義務情態詞「宜」分別有 86 例和 40 例，而動詞「宜」僅有 25 例，三者的比例大約是 6：3：2（見下文表 3.6）。而且，在適合義動詞「宜」例中，後面帶賓語的用例（「宜適合＋NP」）有 22 例，這些例句中的賓語大多表示具體的事物（13 例）。例如：

　　（3）宋有荊氏者，宜楸柏桑，其拱把而上者，求狙猴之杙者斬之。

　　　　　　《莊子・人間世》

　　（4）使三軍饑而居鼎旁，適為之甑，則莫宜之此鼎矣。《呂氏春秋・應言》

　　假如義務情態詞「宜」是由形容詞「宜」經過「宜適合＋NP」的中間環節而產生，那麼「宜適合＋NP」的使用頻率（22 例）不應該比形容詞「宜」（86 例）或義務情態詞「宜」（40 例）低，「宜適合＋NP」的 NP 成分也不應該由事物這樣的具體成分占大多數。

　　從歷史上看，在漢語情態詞之中，有一些情態詞是由形容詞直接語法化而來，如「可、足」（丁海燕、張定 2012；李明 2016；巫雪如 2018）、「好」（丁海燕、張定 2012）、「必」（巫雪如 2018）等等。此外，在先秦形容詞「宜」的用例中，有一些「宜」還可以解釋為義務情態。例如：

　　（5）使俱曰：「狄之廣莫，於晉為都。晉之啟土，不亦宜乎？」

　　　　　　《國語・晉語一》

　　（6）晏子上車，太息而歎曰：「嬰之亡豈不宜哉？亦不知士甚矣。」晏子行。《呂氏春秋・士節》

以上例句中的「宜」既可分析為合理義形容詞，如「『晉之啟土 / 嬰之亡』是合理的」（「it is *reasonable* that」），也可分析為義務義形容詞，如「（按事理講）

『晉之啟土／嬰之亡』是應該的」（「it is *necessary* that」）。

綜上所述，一、從句法上看，由形容詞直接變為情態詞的語法化途徑至少在漢語裏有一定的事實根據。二、從語義上看，已有一些形容詞「宜」可以看作是表示義務情態的。因此，我們贊同李明（2016）、巫雪如（2018）的說法，認為義務情態詞「宜」由本充當謂語的形容詞「宜」移位至謂詞性成分之前而產生。

先秦形容詞、動詞及義務情態詞「宜」的使用情況如下表：

表 3.6 先秦「宜」的形容詞、動詞及義務情態用法

用　法	先秦文獻	詩經	左傳	論語	國語	孟子	墨子	莊子	荀子	韓非子	呂氏春秋	戰國策	合計
形容詞	適宜義	4	3	·	·	1	·	1	6	2	6	1	24
	合理義	·	28	1	3	5	·	·	2	15	8	·	62
動詞	適合義	10	1	·	2	·	·	2	2	1	5	2	25
義務情態詞		6	1	·	1	1		·	2	14	7	8	40

3.2.1.2 語義演變

1. 先秦形容詞「宜」的語義

以往的研究共同指出，先秦形容詞「宜」表示適宜義，且由適宜義演變為義務情態（有的學者認為其演變路徑是「適宜→適合→義務」，有的認為是「適宜→義務」）。但據考察，形容詞「宜」不但可以表示適宜義（suitable），還可以表示合理義（reasonable）。兩義都包含「符合某個標準」的意義，但它們的符合主體和符合對象有所不同。適宜義「宜」一般構成「NP 宜」的形式，符合主體（即「NP 宜」的「NP」）一般是事物，符合對象根據不同的語境而不同。例如：

（7）緇衣之<u>宜</u>兮，敝，予又改為兮。適子之館兮，還，予授子之粲兮。《詩經・國風・緇衣》

（8）鄭長者有言：「體道，無為無見也。」此最<u>宜</u>於文王矣，不使人疑之也。《韓非子・難二》

以上例句中的「宜」都表示適宜義。例（7）的符合主體是「緇衣」，符合對象

是「子」（夫君），意為「緇衣適宜於夫君」或「緇衣很得體」；例（8）的符合主體是「此」，是指「鄭長者」所說的話，符合對象是「文王」，意為「這話最適宜於文王」。

「宜」還可以表示合理義，有時根據上下文還可以解釋為「當然」或者「理所當然」義（no wonder）。合理義「宜」一般構成「SP／VP宜」的形式，其符合主體（即「SP／VP宜」的「SP／VP」）是事件或行為狀態，符合對象是固定的，是事理（包括情理、常理或道理等），「合理」就表示某種行為或某事「合乎事理」。〔註22〕例如：

（9）「若是而不亡，乃霸，何也？」曰：「於乎！夫齊桓公有天下之大節焉，夫孰能亡之？……諸侯有一節如是，則莫之能亡也；桓公兼此數節者而盡有之，夫又何可亡也！其霸也，宜哉！非幸也，數也。」《荀子‧仲尼》

（10）叔向曰：「蔿氏之有後於楚國也，宜哉！承君命，不忘敏。」《左傳‧襄公27年》

（11）君子是以知桓王之失鄭也。恕而行之，德之則也，禮之經也。己弗能有，而以與人，人之不至，不亦宜乎？《左傳‧隱公11年》

以上例句中的「宜」都表示合理義，其主語（即符合主體）都表示某種事件。這個事件既可以是現實的，如例（9）的「其霸」，也可以是非現實的，如例（10）～（11）的「蔿氏之有後於楚國」、「人之不至」。另外，它還常用感歎句的形式（「宜哉」）或反問句的形式（「不亦宜乎」）來表示肯定、強調語氣。

所謂事理，是指為人們廣泛接受的，基於社會行為、現象或者自然現象而形成的一種規範或一般道理。這種規範或道理的重要特點是，它可以呈現為「如果P，那麼Q」這樣的條件關係，其P、Q都代表一個概括性的行為或事件。合理義表達的就是某種行為或事件符合為人們普遍接受的條件關係，如例

〔註22〕《荀子‧正名》裏對「宜」的解釋也與事理有關：「名無固宜，約之以命，約定俗成謂之宜，異於約則謂之不宜。」如果「不宜」，那就等於「異於約」，這是違反常規的，故《國語‧晉語四》曰：「宜而不施，聚必有闕。」《韓非子‧內儲說上七術》也引仲尼的話而言，「夫宜殺而不殺，桃李冬實。天失道，草木猶犯干之，而況於人君乎？」

（9）的「諸侯有一節如是，則莫之能亡」（諸侯只要掌握了像這樣的一個關鍵，就沒有人能滅掉他）。基於此，假如說話人得到了一個有關 p 的信息，而這一 p 信息正好與另外信息 q 有著普遍的條件關係，那麼說話人就可以據此作出如下的評價判斷，「因為 p，所以 q 是合理的、理所當然的」，如例（9）的「桓公兼此數節者而盡有之，其霸也，宜哉」（桓公全部掌握了這幾個關鍵，他稱霸諸侯，是理所當然的啊）。可見，根據已知的普遍真理推導出新結論的這一整個過程是推理的過程，具體來說是屬三段論的演繹推理，其推理形式如下：

　　　大前提：諸侯有一節如是（P），則莫之能亡（Q）。

　　　小前提：桓公兼此數節者而盡有之（p）。

　　　結　　論：其霸也，宜哉（q）。

條件關係的「條件」（即大前提的 P）可以表現為因果關係的「原因」（即小前提的 p）。合理義「宜」句的使用特點之一就是，它的前面或後面往往出現這種原因句，即說話人的判斷根據，如例（9）～（11）中的「桓公兼此數節者而盡有之」、「承君命，不忘敏」、「己弗能有，而以與人」。

　　合理義形容詞「宜」還可以位於句首，構成「宜 SP」或「宜（乎／矣）S 之 P」的形式。例如：

（12）陳于嶽，請戰，弗許。遂來奔。獻車於季武子，美澤可以鑒。

　　　展莊叔見之，曰：「車甚澤，人必瘁，<u>宜</u>其亡也。」《左傳·
襄公 28 年》

（13）陽樊不服，圍之。倉葛呼曰：「德以柔中國，刑以威四夷，<u>宜</u>
吾不敢服也。」《左傳·僖公 25 年》

（14）子木又語王曰：「<u>宜</u>晉之伯也，有叔向以佐其卿，楚無以當之，
不可與爭。」《左傳·襄公 27 年》

當合理義形容詞「宜」位於句首時，後面句子（即「SP」或「S 之 P」）所述事件都表達現實性事件，如例（12）～（14）的「其亡」、「吾不敢服」、「晉之伯」都在說話時間之前已實現為真。另外，這些「宜」句的前面或後面往往會出現說話人的判斷根據，如例（12）～（14）的「車甚澤」、「德以柔中國，刑以威四夷」、「有叔向以佐其卿」。整個前後句表達的意思是「因為某種原因而

理所當然有此種後果」。

需要提及的是，一些學者（彭再新、劉紅花 2002；巫雪如 2018：280～282）認為，這些位於句首的「宜」是副詞或情態動詞，並認為它表示的是「怪不得、難怪」義（以下統一稱為「**難怪義**」）。所舉例句如下：

（15）呼，役夫！<u>宜</u>君王之欲殺女而立職也。《左傳·文公元年》

（彭再新、劉紅花 2002）

（16）康王曰：「神、人無怨，<u>宜</u>夫子之光輔五君以為諸侯主也。」

《左傳·昭公 20 年》（巫雪如 2018：280）

難怪義和合理義基本都表示「合乎事理」的意義。不同的是，難怪義還表達「令人醒悟」的言語信息。具體來說，它還表達「才明白事件發生的原因」的意思。為了能夠表達這種難怪義，就要充足以下條件：假如有 p 和 q 兩種事件，且其中 p 為判斷 q 的根據，也就是作 q 的原因時（「p，宜 q」或「宜 q，p」），說話人一定要先知道 q 的信息，後來才知道 p 的信息。換言之，說話人知道 p 不會比知道 q 更早，也不會在同時間知道 p 和 q 兩個事件。以例（12）為例，在「車甚澤，人必瘁，宜其亡也」中，「p，宜 q」的 p 是「車甚澤」，「p，宜 q」的 q 是「其亡」，對說話人來說，p 是剛剛知道的新信息，q 是比 p 更早已知道的舊信息。因此，這裡的「宜」可以解釋為難怪義。

不過，並不是所有的合理義「宜」都可以分析為難怪義。以例（13）中的「刑以威四夷，宜吾不敢服也」為例，「p，宜 q」的 q（「吾不敢服」）為說話人親自做的行為，p（「刑以威四夷」）正是造成 q 的原因，因此 p 對說話人來說不可能比 q 知道得更晚。所以，此處的「宜」很難理解為難怪義。據統計，位於句首的合理義「宜」共有 15 例，其中不可解釋為難怪義的還有 6 例，占40%。

總之，並不是合理義「宜」位於句首就一定可以解釋為難怪義。因此我們認為，無論是「宜」作謂語還是位於句首，它都基本表示合理義。

2. 義務情態「宜」的產生

形容詞「宜」可以表示合理義，合理義「宜」一般構成「SP／VP 宜」的形式，整個結構表示「發生 SP／VP 是合理的」，其中「SP／VP」既可以是現實性行為或事件，也可以是非現實性行為或事件。「合理」表示「合乎事理」，

事理是指對整個社會有約束性的一種規範，當然，說話人相信這種規範應被遵守。既然如此，當說話人表示某一行為或事件合理，而且這個行為或事件尚未實現時，說話人就可以進一步期望這一行為或事件應實現為真。這樣，說話人的話語就有可能產生「發生 SP／VP 是應該的」的涵義。如前所述，一些形容詞「宜」還可以作合理義和義務義兩種解釋，如上例（5）的「晉之啟土，不亦宜乎」、例（6）的「嬰之亡豈不宜哉」。這些「宜」都構成「SP 宜」的形式，「SP」都表示非現實性事件。下面兩例的形容詞「宜」也可解釋為義務義，如：

（17）如是，則賢者貴之，不肖者親之；如是，而不服者，則可謂訞怪狡猾之人矣，雖則子弟之中，刑及之而宜。《荀子·非十二子》

（18）世易時移，變法宜矣。《呂氏春秋·察今》

以上例句中的「宜」都構成「VP（而）宜」的形式，「VP」都表示非現實性行為。

情態詞「宜」的義務義便由形容詞「宜」的合理義／義務義而來。義務情態表示說話人對事件的可取性判斷，說話人一般通過演繹推理的過程進行判斷。而合理義的判斷過程也相當於演繹推理的過程。合理義的大前提（「如果 P，那麼 Q」）是「符合對象」，義務情態的大前提（「如果 P，那麼 Q」）是「義務源」。當「宜」從合理義演變為義務情態時，合理義的符合對象也隨之成為義務情態的義務源。合理義的符合對象是事理，所以由此而來的義務情態的義務源也成為事理。義務源的普遍性程度越高，義務情態的客觀性程度就越高。事理是指為人們廣泛接受的一種道理，它具有較高的普遍性，據此可知，義務情態「宜」在產生初期一般表示客觀義務義。例如：

（19）既而聞之曰公子御說之辭也。臧孫達曰：「是宜為君，有恤民之心。」《左傳·莊公 11 年》

（20）及桓子驕泰奢侈，貪欲無藝，略則行志，假貸居賄，宜及於難，而賴武之德，以沒其身。《國語·晉語八》

（21）太后曰：「賴得先王雁鶩之餘食，不宜臞。臞者，憂公子之且為質於齊也。」《戰國策·燕策二》

以上例句中的「宜」都表示客觀義務義。例（19）表示「公子御」因為「有恤民之心」，所以應當「為君」；例（20）表示「桓子」因為「驕泰奢侈，貪欲無藝，略則行志，假貸居賄」，所以按理本該「及於難」；例（21）表示因為自己「賴得先王雁鶩之餘食」，所以按理本該「不臞」。

3.2.2　認識情態「宜」的產生

　　義務情態「宜」來源於合理義，它主要有三個特點：一是「宜」具有〔＋主觀性〕的特徵。義務情態「宜」一般表示主觀義務義，即說話人不是傳達已具有可取性的命題，而是對命題的可取性做出判斷；二是「宜」具有〔－現實性〕的特徵，這是典型義務情態的特徵。如例（19）～（21）的「宜」所表達的事件「是為君」、「及於難」、「不臞」都是未然的，即非現實性事件；三是「宜」的義務源主要是事理。如例（19）的義務源大致可表示為「如果有憂民之心，就可以當國君」；例（20）的義務源大致可表示為「如果任意妄為，就遭到禍難」；例（21）的義務源大致可表示為「如果多吃肉，就不消瘦」。正因為這種義務源都與事理有關，由此推出的結論必然具有「合理性」。因此可以說，義務情態「宜」具有〔＋合理性〕的特徵。

　　綜上，義務情態「宜」具有如下三種特徵：〔＋主觀性〕〔－現實性〕〔＋合理性〕。其中，〔＋主觀性〕〔－現實性〕是情態所具有的典型特徵，〔＋合理性〕是義務情態「宜」獨有的特徵。我們認為，〔＋合理性〕與認識情態用法的產生密切有關。

　　當某一個事件是為人們廣泛接受的，具有合理性的事件時，既然這個事件是合理的，我們就自然相信或預期這個事件會實現為真。比如說，「善有善報，惡有惡報」是一個常理，也就是一個合理性事件，當說話人說出「他做了許多壞事，他應當受報應」這樣的話時，說話人自然會相信「他應該會受到報應」，因為它根據的是已被人普遍接受的事理。因此，當說話人說出某種合理性事件時，說話人的話語就有可能產生「這個事件應該會實現」的涵義。這樣，義務情態「宜」就還可以進一步演變為認識情態「宜」。例如：

　　（22）祈年孔夙，方社不莫。昊天上帝，則不我虞。敬恭明神，宜

　　　　無悔怒。《詩經・大雅・雲漢》

（23）說言於王曰：「魯叔孫之來也，必有異焉。……且其狀方上而
　　銳下，<u>宜</u>觸冒人。」《國語・周語中》

（24）視流而行速，不安其位，<u>宜</u>不能久。《左傳・成公 6 年》

例（22）中「宜無悔怒」的「宜」可以作義務情態和認識情態兩種解釋。第一
種解釋是因為「敬恭明神」，所以按理應當「無悔怒」，此時的「宜」表示義務
情態，第二種解釋是因為「敬恭明神」，所以按理應該會「無悔怒」，此時的
「宜」表示認識情態。例（23）表示因為「其狀方上而銳下」（他的相貌上寬
下尖）所以「宜觸冒人」（應該觸犯別人）。「宜觸冒人」的情態源大致可表示
為「如果某人相貌上寬下尖，就容易觸犯他人」，這可以說是當時的一種常理。
正因為如此，由此得出的結論「觸冒人」（觸犯別人）也必然具有合理性。從
語境上看，說話人想說的是將會出現的現象，而不是按理應當出現的現象，
因而此處的「宜」應理解為認識情態。例（24）也可以做類似的解釋。

　　總之，義務情態「宜」所具有的〔＋合理性〕特徵應是「宜」由義務情態
演變為認識情態的關鍵因素。正由於認識情態「宜」源於具有〔＋合理性〕的
語義，它在產生初期也表現出〔＋合理性〕的特徵——即認識情態「宜」的認
識源一般與某種事理有關，由此得出的結論必具合理性，如例（23）～（24）
所示。

3.2.3　義務情態和認識情態「宜」的發展

3.2.3.1　義務情態「宜」的發展

義務情態「宜」在先秦到六朝文獻中的使用情況如下：

表 3.7　先秦至六朝義務情態「宜」的使用情況

文　獻 [註23] 語　義	先　秦 11 部	西　漢 史　記	東　漢 論　衡	六　朝 3 部
非主觀義務義	1 （2.5%）	1 （3%）	9 （5.9%）	．
主觀義務義	39 （97.5%）	32 （97%）	144 （94.1%）	43 （100%）

[註23] 先秦 11 部文獻為：《詩經》、《左傳》、《論語》、《國語》、《墨子》、《孟子》、《莊子》、
　　　《荀子》、《韓非子》、《呂氏春秋》、《戰國策》；六朝 3 部文獻為：《世說新語》、《百
　　　喻經》、《顏氏家訓》。

主觀義務義的類型〔註24〕	合法（客觀義）	14（35.9%）	12（38.7%）	8（5.6%）	8（18.6%）
	合理（客觀義）	18（46.2%）	14（45.2%）	104（72.7%）	14（32.6%）
	主觀義〔註25〕	7（17.9%）	5（16.1%）	31（21.7%）	21（48.8%）
合計		40（100%）	33（100%）	153（100%）	43（100%）

基於此，義務情態「宜」的發展情況可以概括為以下幾點：

一、從先秦到六朝，非主觀義務義「宜」的用例甚少，只是偶而可見。

二、在主觀義務義「宜」的用法中，從先秦到六朝，表示客觀義的「宜」一直最為常用。其中，表示合理性的「宜」又比表示合法性的「宜」更為常見。例如：

（25）上使劉敬復往使匈奴，還報曰：「兩國相擊，此宜誇矜見所長。今臣往，徒見羸瘠老弱，此必欲見短，伏奇兵以爭利。愚以為匈奴不可擊也。」《史記·劉敬叔孫通列傳》

（26）虞舜聖人也，在世宜蒙全安之福。父頑母嚚，弟象敖狂，無過見憎，不惡而得罪，不幸甚矣。《論衡·幸偶篇》

（27）今四郊多壘，宜人人自效。《世說新語·言語》

以上例句中的「宜」都表示合理性義務義。如例（25），此句表示既然「兩國相擊」，按常理，就應該「誇矜見所長」（炫耀顯示自己的長處），但實際情況卻是「徒見羸瘠老弱」（只見瘦弱的牲畜和老人幼童），這是違反常理的。例（26）的解釋也與之類似。又如例（27），此句表示由於「今四郊多壘」（現在國家戰亂四起），所以人人都應當「自效」（自覺地為國效勞），「自效」不是法律規定的行為，而是合乎事理的行為。

三、表示主觀義的「宜」在先秦已有用例〔註26〕，到了六朝，其使用頻率仍然高於合法性或合理性等表示客觀義的「宜」。表示主觀義的「宜」常用在說話人和聽話人雙方對話的場景中。值得注意的是，兩人之間還往往存在上下級關

〔註24〕疑問句排除在統計之外。

〔註25〕此處的「主觀義」是指在與「非主觀義務義」相對的「主觀義務義」中與「客觀義」相對的語義。

〔註26〕在本文所考察的 11 部先秦文獻中，表示主觀義的「宜」的用例共有 7 例，其中 6 例都見於《戰國策》這一先秦後期文獻中。

係，而說話人一般是下級，聽話人一般是上級。例如：

（28）後數日，貫珠者復見王曰：「王至朝日，<u>宜</u>召田單而揖之於庭，口勞之。」《戰國策‧齊策六》

（29）希卑曰：「夫秦之攻趙，不<u>宜</u>急如此。」《戰國策‧趙策三》

（30）今臣為王卻齊之兵而（攻）得十城，<u>宜</u>以益親。《史記‧蘇秦列傳》

（31）項王伐齊，身負板築，以為士卒先，大王<u>宜</u>悉淮南之眾，身自將之，為楚軍前鋒，今乃發四千人以助楚。《史記‧黥布列傳》

（32）堯曰：「陛下獨<u>宜</u>為趙王置貴彊相，及呂后、太子、群臣素所敬憚乃可。」《史記‧張丞相列傳》

以上例句中的說話人都是臣子，聽話人都是君主。如例（28）的說話人「貫珠者」建議「王」應該實施「召田單而揖之於庭，口勞之」這一行為。那麼，「宜」為何常用在這種聽話人的地位高於說話人的語境？這就表明，此處的「宜」除了表達說話人對命題的態度，即表示義務義以外，還表達說話人對聽話人的態度。即，「宜」還有助於維護聽話人面子，和緩語氣的作用。正因為如此，如果說話人覺得自己在聽話人面前沒有足夠的權威來發出一個指令，說話人就可以使用「宜」來委婉地將自己的意圖表達出來，如上例（28）～（32）所示。

當然，「宜」並不總是用於聽話人的地位高於說話人的語境。即便說話人的地位高於或不低於聽話人，「宜」也仍可用來表示委婉的建議。例如：

（33）桓果語許云：「阮家既嫁醜女與卿，故當有意，卿<u>宜</u>察之。」《世說新語‧賢媛》

（34）遠曰：「路已遠，君<u>宜</u>還。」《世說新語‧賢媛》

（35）後示張公，張曰：「此《二京》可三。然君文未重於世，<u>宜</u>以經高名之士。」《世說新語‧文學》

（36）簡文更答曰：「若晉室靈長，明公便<u>宜</u>奉行此詔；如大運去

矣，請避賢路！」《世說新語・黜免》

例（33）～（35）的說話人和聽話人之間沒有明確的上下級關係。不過，例（33）～（34）的說話人用「卿」、「君」來尊稱對方，例（35）的說話人將對方的文章尊稱為「君文」。由此也可以看出，此處的說話人用「宜」不僅是為了表示義務義，而且是為了照顧聽話人的面子，即表示對聽話人的尊重。例（36）的說話人是上級，聽話人是下級，說話人明確有向聽話人發出指令的資格。而說話人還使用「宜」來表達義務，目的在於使自己的語氣和緩，給對方足夠的面子。說話人用「明公」來敬稱對方正好證明這一點。由此可見，義務情態「宜」具有交互主觀性這一特徵。

3.2.3.2　認識情態「宜」的發展

認識情態「宜」在先秦到六朝文獻中的使用情況如下：

表 3.8　先秦至六朝認識情態「宜」的使用情況

語　義＼文　獻	先　秦 11 部	西　漢 史　記	東　漢 論　衡	六　朝 3 部
客觀義	6 （37.5%）	3 （10.3%）	37 （44.6%）	·
主觀義	10 （62.5%）	26 （89.7%）	46 （55.4%）	·
合計	16 （100%）	29 （100%）	83 （100%）	·

基於此，認識情態「宜」的發展情況可以概括為以下幾點：

一、認識情態「宜」可以分為客觀和主觀兩種用法。其中，主觀認識情態「宜」更為常用，這種趨勢在先秦就已開始。它常用在說話人和聽話人雙方對話的場景中。值得注意的是，兩人之間還往往存在上下級關係，而說話人一般是下級或晚輩，聽話人一般是上級或長輩。例如：

（37）萬章問曰：「《詩》云，『娶妻如之何？必告父母』。信斯言也，宜莫如舜。舜之不告而娶，何也？」《孟子・萬章上》

（38）臣竊以為其人勇士，有智謀，宜可使。《史記・廉頗藺相如列傳》

（39）文帝不樂，從容問通曰：「天下誰最愛我者乎？」通曰：「<u>宜</u>莫如太子。」《史記・佞倖列傳》

例（37）的說話人是學生，聽話人是老師，例（38）～（39）的說話人都是臣子，聽話人都是君主。那麼，「宜」為何常用在這種說話人的地位低或年齡小於聽話人的語境？其原因在於，「宜」除了表達說話人對命題的態度，即表示蓋然義以外，還表達說話人對聽話人的態度，即「宜」還具有和緩語氣的作用。正因為如此，如果說話人想表達對聽話人的尊重，照顧聽話人面子，說話人就可以使用「宜」來傳達一種委婉、客氣的態度，如上例（37）～（39）所示。而且，這些例句中的「宜」所述的命題「信斯言也莫如舜」、「（其人）可使」、「莫如太子」都是說話人的一種評價判斷。說話人處在比聽話人更低的地位，而他要表達的又是主觀性較強的評價判斷，那麼他就會更加需要使自己的語氣緩和，以弱化自己的推斷承諾了。此時說話人使用「宜」，就可以滿足這種需要。

有些「宜」所述命題似乎也不必要使用「宜」來表示認識判斷。例如：

（40）公孫丑曰：「道則高矣、美矣，<u>宜</u>若登天然，似不可及也。」《孟子・盡心上》

（41）固將朝也，聞王命而遂不果，<u>宜</u>與夫禮若不相似然。《孟子・公孫丑下》

（42）夫韓事趙<u>宜</u>正為上交；今乃以抵罪取伐，臣恐其後事王者之不敢自必也。《戰國策・趙策一》

（43）上問湯曰：「吾所為，賈人輒先知之，益居其物，是類有以吾謀告之者。」湯不謝。湯又詳驚曰：「固<u>宜</u>有。」《史記・酷吏列傳》

例（40）～（42）中「宜」所述的命題是「（道）若登天然」、「與夫禮若不相似然」、「韓事趙正為上交」，它們都表達說話人的主觀評價，而表達主觀評價的命題不能在現實世界中判定其真偽。認識情態是指說話人對命題的可能性判斷，一般而言，我們對可以判定其真偽的命題進行可能性判斷。比如，我們可以判定「他應該在學校」中「他在學校」是真的還是假的。假如上述例句中的認識情態「宜」純粹表示推測，既然這些「宜」所述的命題都沒有真偽，其

實這些「宜」也就可以刪掉，如例（40）的「道宜若登天然」就可以直接說成「道若登天然」。例（43）中「宜有」的前面出現確認類副詞「固」。假如「宜有」的「宜」純粹表示推測，既然前面已有表示確認的「固」，這個「宜」也就可以刪掉。

　　總之，以上例句中的「宜」所述的命題都不必要對此進行推測。那麼，「宜」還用在這些句子的原因是什麼呢？這是因為，此處的「宜」主要是用來表達委婉、客氣的態度，而不是主要用來表達推測。如例（40），說話人使用表示不確定的「宜」，語氣更為委婉、舒緩，這樣就可以給足聽話人面子，也可以給自己留有迴旋的餘地。而且，這些例句中的聽話人都是地位高的人或是長輩。這樣，說話人就會更加需要照顧聽話人的面子了。

　　當然，「宜」並不總是用於聽話人地位高或是長輩的語境。即便說話人的地位高於聽話人，「宜」也仍可用來表達委婉的語氣。例如：

　　（44）朕宿昔庶幾獲承尊位，懼不能寧，惟所與共為治者，君<u>宜</u>知
　　　　　之。《史記·平津侯主父列傳》

以上例句中的說話人是君主，聽話人是臣下。說話人雖說「君宜知之」，但他其實已相信「君知之」。說話人使用「宜」來表示不確定，目的在於通過弱化自己的判斷承諾，一方面給對方足夠的面子，另一方面給自己留有迴旋餘地。由此可見，認識情態「宜」具有交互主觀性這一特徵。

　　二、認識情態「宜」在我們所考察的六朝三部文獻（《世說新語》《百喻經》《顏氏家訓》）中不出現，但這並不表明它在六朝時期完全消失，它仍見於其他文獻中，例如（轉引自朱冠明 2008：85～86）：

　　（45）後六百四十五年，<u>宜</u>有聖女興，其齊田乎？《宋書·志·第
　　　　　十七》

　　（46）心念出家功德第一，由是之故，不<u>宜</u>有難，便可相許。《正法
　　　　　華經》（9／131b）

　　（47）時婦……白婆羅門：「是事應爾。後家理重，<u>宜</u>須才能，可留
　　　　　無惱，囑以後事。」《賢愚經》（4／423b）

不過，這至少表明，認識情態「宜」的出現頻率不如東漢以前高。

3.2.4 小 結

已有研究認為，義務情態「宜」來源於適宜義形容詞。我們也同意它源於「符合某個標準」的意義。但嚴格來講，它的來源是合理義，即「符合事理」之義。從句法上看，它應由本來充當謂語的形容詞「宜」移位至謂詞性成分之前而產生。有些學者認為，形容詞「宜」除了有適宜義以外，還有難怪義。據本文的分析，它只是「宜」的語境義，而不是「宜」的詞義。

義務情態「宜」具有如下三種特徵：〔＋主觀性〕〔－現實性〕〔＋合理性〕。其中，〔＋主觀性〕〔－現實性〕是情態所具有的典型特徵，〔＋合理性〕是義務情態「宜」獨有的特徵。〔＋合理性〕是「宜」由義務情態演變為認識情態的關鍵因素。

義務、認識情態「宜」不僅表達說話人對命題的態度，也表達說話人對聽話人的態度。它具有維護聽話人的面子，和緩語氣的作用，即具有交互主觀性。

「宜」的演變路徑可以概括如下：

合理義形容詞「宜」→義務情態「宜」→認識情態「宜」

「宜」在先秦至六朝時期的使用情況如下表：

表 3.9 先秦至六朝「宜」的使用情況

文獻 語義	先 秦 11 部	西 漢 史 記	東 漢 論 衡	六 朝 3 部
義務情態	40 （71.4%）	33 （53.2%）	153 （64.8%）	43 （100%）
認識情態	16 （28.6%）	29 （46.8%）	83 （35.2%）	·
總計	56 （100%）	62 （100%）	236 （100%）	43 （100%）

由上表可見，在「宜」的兩種情態用法之中，從先秦到六朝，義務情態一直是最常見的用法。

第四章　必然類情態詞的演變

4.1 「必」

先秦形容詞「必」主要表示三種語義。一是「(事物的屬性)固定不變」，如例（1）～（2）；二是「(事件的發生)確定不移」，如例（3）～（4）；三是「(主語的態度)堅定不移」，如例（5）～（6）。例如：

（1）或濕而乾，或燔而淖，類固不<u>必</u>，可推知也？《呂氏春秋·別類》

（2）外物不可<u>必</u>，故龍逢誅，比干戮，箕子狂，惡來死，桀、紂亡。《呂氏春秋·必己》

（3）貧家而學富家之衣食多用，則速亡<u>必</u>矣。《墨子·貴義》

（4）好惡在所見，臣下之飾奸物以愚其君，<u>必</u>也。《韓非子·難三》

（5）吾賞厚而信，罰嚴而<u>必</u>。《韓非子·內儲說上七術》

（6）然而其禁暴也察，其誅不服也審，其刑罰重而信，其誅殺猛而<u>必</u>，黭然而雷擊之，如牆厭之。《荀子·強國》

以上例句中的形容詞「必」都充當謂語。在作謂語的「必」表示「固定不變」

義時，它的評述對象是事物，如例（1）～（2）中「必」的主語是「類」「外物」。此義是指某種事物與某種屬性之間具有不可分離的固定關係。如例（1）是「必」的否定用法，表示事物「類」與「濕、乾」或「燔、淖」等屬性都沒有固定關係。

在作謂語的「必」表示「確定不移」義時，它的描述對象是事件，如例（3）～（4）中「必」的主語是「（貧家）速亡」「臣下飾奸物以愚其君」。此義是指某種條件與結果之間具有固定不變的關係。如例（3）表示「貧家而學富家之衣食多用」與「速亡」兩個事件之間具有固定關係，前者是條件，後者是結果。對此我們將在下一節詳細論述。

在作謂語的「必」表示「堅定不移」義時，它的描述對象是行為，如例（5）～（6）中「必」的主語是「罰」「誅殺」，如例（5）的「罰嚴而必」表示「懲罰嚴厲而堅決」。

「必」除了用作形容詞以外，還用作動詞和副詞。動詞「必」的用法可以分為兩種：一種是表示「確定、肯定」義，如例（7）～（8）；另一種是表示「堅持、固執」義，如例（9）～（10）。前一種意義與主語的主觀判斷有關，這應由形容詞的「確定不移」義而來，後一種意義與主語的態度有關，這應由形容詞的「堅定不移」義而來。例如：

（7）觀容服，聽辭言，仲尼不能以必士；試之官職，課其功伐，則庸人不疑於愚智。《韓非子・顯學》

（8）惠子曰：「羿執鞅持扞，操弓關機，越人爭為持的。弱子扞弓，慈母入室閉戶。」故曰：「可必，則越人不疑羿；不可必，則慈母逃弱子。」《韓非子・說林下》

（9）明吾法度，必吾賞罰者，亦國之脂澤粉黛也。《韓非子・顯學》

（10）趨利固不可必也，公孫鞅、鄭平、續經、公孫竭是已。《呂氏春秋・慎行》

以上例句中的「必」都是動詞「必」。例（7）～（8）的「確定、肯定」義動詞，如例（7）的「仲尼不能以必士」表示「仲尼不能據此斷定這是士」，例（8）的「必，則越人不疑羿」表示「如果可以肯定（射中），就是越國人也不

會懷疑羿（會射到自己）」；例（9）～（10）的「必」表示「堅持、固執」義，如例（9）的「（明吾法度，）必吾賞罰」表示「（彰明自己國家的法度，）堅持自己的賞罰」，例（10）的「趨利固不可必」表示「不可堅持追求私利的做法」。

　　副詞「必」在先秦廣泛使用，主要表示四種語義：動力情態、義務情態、認識情態和決然義。本節探討這四種語義「必」的演變過程。

4.1.1　動力情態「必」的使用和發展

4.1.1.1　先秦動力情態「必」的使用

　　正如前文所言，先秦形容詞「必」具有確定不移義。「必」由形容詞轉化為副詞後也可以表示確定不移義。例如：

（11）二三子有復於子墨子學射者，子墨子曰：「不可，夫知者**必**量其力所能至而從事焉，國士戰且扶人，猶不可及也。」《墨子·公孟》

（12）凡能聽音者，**必**達於五聲。《呂氏春秋·遇合》

（13）左師為己短策，苟過華臣之門，**必**騁。《左傳·襄公17年》

（14）子與人歌而善，**必**使反之，而後和之。《論語·述而》

（15）夫堅樹在始，始不固本，終**必**槁落。《國語·晉語二》

（16）食能以時，身**必**無災。《呂氏春秋·盡數》

以上例句中的「必」都可解釋為確定不移義。確定不移義「必」所在的句子有兩種句型，一種是主語為指類（kind-referring）的單句，如例（11）～（12）的主語為「知者」「能聽音者」；另一種是條件複句，「必」一般出現在條件主句中，其主語既有指物（object-referring）的，如例（13）～（14）的主語為「左師」「子」；也有指類的，如例（15）～（16）的主語為「堅樹」「身」〔註1〕。

　　指類主語單句看似與條件複句無關，但從邏輯語義上，指類主語本身就代表一種條件：如果某物屬於某類（范曉蕾 2017），如例（11）的「夫知者必量

〔註1〕借用范曉蕾（2016、2017）的「指類（kind-referring）」和「指物（object-referring）」術語；指類主語是指泛指（nonspecific）主語，指物主語是指特指（specific）主語。

其力所能至而從事焉」（智慧的人一定衡量自己的力量所能達到的程度然後才去做事）可解析為：如果某人是智慧的人，則他會衡量自己的力量所能達到的程度然後才去做事。因此從語義上看，指類主語單句也是一種條件句，只是指類主語單句的條件是隱性的，條件複句的條件是顯性的。〔註 2〕若將隱性、顯性條件均記為 A，結果記為 B，就可以說確定不移義「必」出現在「A 必 B」的格式中。此處的「必」表示，「A 與 B 具有固定不變的關係」。如例（11）就表示「知者」與其所牽涉的行為「量其力所能至而從事焉」具有固定關係。

條件 A 與結果 B 具有固定關係，這就說明 A 是 B 的充分條件，即：有 A 就必有 B〔註3〕。這個條件 A 既可以是靜態的人或物，也可以是動態的事件，而結果 B 一定是動態的事件。有 A 就必有 B，這就說明事件 B 的實現具有必然性。確定不移義「必」出現在「A 必 B」格式中，其中「必」所述的事件便

〔註 2〕嚴格來說，例（11）～（12）中的「知者」「能聽音者」還可視為顯性的條件從句，因為它們都構成「VP 者」的形式：如果將「VP 者」的「者」看作是代詞，「VP 者」是主語（表示「VP 的人」），但如果看作是助詞，「VP 者」成為條件從句（表示「VP 的話」）。本文把「知者」「能聽音者」的「者」處理為代詞。除此之外，也有很多指類主語和條件從句兩解的例子，如：

子曰：「有德者<u>必</u>有言，有言者<u>不必</u>有德；仁者<u>必</u>有勇，勇者<u>不必</u>有仁。」《論語·憲問》

即此言愛人者<u>必</u>見愛也，而惡人者<u>必</u>見惡也。《墨子·兼愛》

故古之治身與天下者，<u>必</u>法天地也。《呂氏春秋·情慾》

〔註 3〕從邏輯學方面看，所謂「條件」可以分為三大類：必要條件、充分條件和充分必要條件。以下對這三種關係做一些簡要介紹：一、必要條件：無 p 就必無 q（¬p→¬q），此時 p 是 q 的必要條件。p 是 q 的不可缺少的條件，即有 p 才有 q。如「博士生在期刊上發表兩篇文章才能畢業」，「在期刊上發表兩篇文章」是博士「畢業」的必要條件。但應注意的是，這並不意味著有 p 就有 q。也就是說，有 p 也可能無 q（p→¬q），即 p 可能還需要 a、b、c 等其他的條件才能有 q（p＋a＋b＋c……→q）。以前一例為例，博士生為了畢業除了需要在期刊上發表兩篇文章以外，還需要通過幾次考試、讀多少學分的必修課等等；二、充分條件：有 p 就必有 q（p→q），此時 p 是 q 的充分條件。如「如果患了肺炎，就必定發燒」（引自徐李潔 2003），「患肺炎」是「發燒」的充分條件。但應注意的是，p 並不是 q 的不可缺少的條件。也就是說，無 p 也可能有 q（¬p→q），即除了 p 以外引發 q 的還會有 a、b、c 等其他的條件（p→q、a→q、b→q、c→q……）。以前一例為例，除了患肺炎以外，腦炎、闌尾炎、甚至感冒等也都可能引起發燒（參見徐李潔 2003）；三、充要條件關係：有 p 就必有 q，且無 p 就必無 q（p→q ∧ ¬p→¬q），此時 p 是 q 的充要條件。充要條件是充分條件和必要條件的組合。這裡的充分條件排除了必要條件所固有的「有 p 而無 q」（p→¬q）這一可能性，同樣的，這裡的必要條件排除了充分條件所固有的「無 p 而有 q」（¬p→q）這一可能性。這樣，p 就成為了引發 q 的唯一條件，即有 p 就必有 q，有 q 也必有 p（p→q ∧ q→p）。

是 B，因此可以說，確定不移義「必」所述的事件一定具有必然性。

句子所指涉的事件可以分為「**表類**」（type）和「**表例**」（token）事件兩種。
〔註4〕表類事件是指在很多具體的事實中歸納出的概括性事件。該事件不存在於特定的時間、空間裏，即它是抽象性的、泛時性的；表例事件是指涉及個別人、個別事的具體事件。該事件存在於特定的時間、空間裏，即它是具體性的、限時性的。表類事件具有非現實性（如「韓國人吃泡菜」「小李每年去韓國」）〔註5〕，而表例事件不一定具有非現實性，它既可以指現實事件（如「小李在吃泡菜」「小李吃了泡菜」），也可以指非現實事件（如「小李想要吃泡菜」）。

確定不移義「必」出現在「A 必 B」格式中，其所述事件 B 具有必然性。那麼，如何判定 B 具有必然性？B 是否具有必然性，取決於是否「每當有 A 總有 B」。比如，我們知道人總是要死的，因而可以說「凡人必死」，即「人死」（B）具有必然性。假如我們發現很多永遠生存的人，就不可以這樣說。正因為如此，確定不移義「必」所述事件一定是從實際發生的具體事實中總結概括出來的事件，即表類事件。如例（11）～（16）中「必」所述的事件都是說話人基於自己在過去經驗的事實歸納出來的表類事件。

總之，確定不移義「必」具有三個特點。其一，有促使所述事件發生的條件；其二，所述事件具有必然性；其三，所述事件是表類事件。據此而言，在情態概念上，此義屬於動力情態，是與「條件可能」相對應的「條件必然」。動力情態的「條件可能」和「條件必然」都有促使事件發生的條件，而且都牽涉表類事件，如「能力」即條件可能的一種，它是指參與者的內在條件決定事件實現的可能性，所牽涉的事件是對人或物很多片段性事件的總結。二者只在情態強度上有差異，條件可能所述事件的實現是有可能性的，而條件必然所述的事件具有必然性。因此，從情態角度而言，「必」的確定不移義還可稱為動

〔註4〕范曉蕾（2017）在討論慣常範疇時提出了「特徵句（characteristic sentence）」和「事況句（episodic sentence）」兩個概念。指出，「特徵句不表達特指的片斷性情節或孤立的事實，而是報告一種泛化的屬性，是從很多具體的片斷或事實中總結出來的規律」，並將特徵句所表達的這類意義統稱為「慣常」。本文所說的表類和表例事件句分別相當於特徵句和事況句。

〔註5〕表類事件基本具有非現實性，但嚴格來說，因非現實性強弱的不同而有典型和非典型之別。即，有非現實性較強的表類事件（如「韓國人吃泡菜」），也有非現實性較弱的表類事件（如「小李每年去韓國」）。詳見 4.1.4。

力情態的條件必然。

4.1.1.2　動力情態「必」的發展

動力情態「必」在先秦到六朝文獻中的使用情況如下表：

表4.1　先秦至六朝動力情態「必」的使用情況

文獻〔註6〕 句　型	先　秦 8 部	西　漢 史　記	東　漢 論　衡	六　朝 4 部
指物主語句	61 （12%）	7 （21.2%）	3 （4%）	4 （5.8%）
指類主語句	447 （88%）	26 （78.8%）	72 （96%）	65 （94.2%）
總計	508 （100%）	33 （100%）	75 （100%）	69 （100%）

基於此，動力情態「必」的發展情況可以概括為以下兩點：一、從先秦到六朝，「必」一直主要用在指類主語句；二、東漢以後，用於指物主語句的「必」大大減少。除此以外，它在用法上沒有大的變化。例如：

（17）故軍功之侯<u>必</u>斬兵死之頭，富家之商<u>必</u>奪貧室之財。《論衡·偶會篇》

（18）君子<u>必</u>慎交遊焉。《顏氏家訓·慕賢》

（19）由不然，利其祿，<u>必</u>救其患。《史記·衛康叔世家》

（20）梁世謝舉，甚有聲譽，聞諱<u>必</u>哭，為世所譏。《顏氏家訓·風操》

（21）文吏治事，<u>必</u>問法家。《論衡·程材篇》

（22）陽失而在陰，原<u>必</u>塞；原塞，國<u>必</u>亡。《史記·周本紀》

以上例句中的「必」都表示條件必然。例（17）～（18）的「必」出現在單句，例（19）～（21）的「必」出現在條件複句的主句中。例（17）～（18）和例（21）～（22）的主語分別是「軍功之侯／富家之商」「君子」和「文吏」「原

〔註6〕　先秦 8 部文獻為：《詩經》、《左傳》（隱公元年至文公十八年）、《論語》、《墨子》、《孟子》、《莊子》、《荀子》、《韓非子》（初見秦第一至姦劫弒臣第十四）；《史記》考察範圍限於本紀和世家；《論衡》考察範圍限於逢遇篇第一至狀留篇第四十；六朝 4 部文獻為：《抱朴子內篇》、《世說新語》、《百喻經》、《顏氏家訓》。

/ 國」，是指類主語句，例（19）～（21）的主語是「由」「謝舉」，是指物主
語句。

4.1.2　堅決義「必」的使用和發展

4.1.2.1　先秦堅決義「必」的使用

正如前文所言，先秦形容詞「必」具有堅定不移義。「必」由形容詞轉化為
副詞後也可表示堅定不移義。為了論述方便，本文將副詞「必」的堅定不移義
稱為「堅決義」。例如：

（23）子伯季子初為孔氏臣，新登於公，請追之，遇載祐者，殺而
　　　乘其車。許公為反祐，遇之，曰：「與不仁人爭明，無不勝。」
　　　必使先射，射三發，皆遠許為。《左傳·哀公 16 年》

（24）趙姬請逆盾與其母，子餘辭。姬曰：「**必**逆之！」固請，許
　　　之。《左傳·僖公 24 年》

以上例句中的「必」都表示主語（行為主體）和說話人的意志或態度穩定堅
強、不動搖，即「堅決義」。例（23）的「必使先射」表示「許公為」偏讓「子
伯季子」先射，表明了「許公為」堅決的態度。這裡的「必」表示「主語」的
意志或態度的堅決，我們將此義稱為「主語堅決義」。例（24）的「必逆之」
表示「（我）一定要把他們接回來」。這裡的「必」表示「說話人」的意志或態
度的堅決，我們將此義稱為「說話人堅決義」。

下面分別對「主語堅決義」和「說話人堅決義」的「必」進行討論。

1. 主語堅決義「必」的使用

主語堅決義「必」表示主語對於某種行為的堅決態度。例如：

（25）許公為反祐，遇之，曰：「與不仁人爭明，無不勝。」**必**使先
　　　射，射三發，皆遠許為。《左傳·哀公 16 年》（＝例 23）

（26）君子疾夫捨曰欲之而**必**為之辭。《論語·季氏》

（27）人主之害，不在乎不言用賢，而在乎不誠**必**用賢。《荀子·致
　　　士》

以上例句中的「必」都表示主語堅決義。以例（26）為例，「捨曰欲之，而必為

之辭」表示，「不肯說自己想要那樣做，而又一定找藉口（的人）」。

　　主語堅決義「必」除了用於陳述句以外，還用於假設從句和反問句兩種。先看假設從句中的「必」：

> （28）鄖公辛之弟懷將弒王，曰：「平王殺吾父，我殺其子，不亦可乎？」辛曰：「君討臣，誰敢仇之？……違強陵弱，非勇也。乘人之約，非仁也。滅宗廢祀，非孝也。動無令名，非知也。**必**犯是，余將殺女。」《左傳·定公 4 年》

> （29）又謂子惡：「令尹欲飲酒於子氏。」子惡曰：「我，賤人也，不足以辱令尹。令尹將**必**來辱，為惠已甚，吾無以酬之，若何？」《左傳·昭公 27 年》

以上例句中的「必」都處於假設從句中，說話人假設主語堅決做某事的情況。如例（28），「鄖公辛」的弟弟「懷」想要殺死「楚昭王」，他認為既然「平王」殺了自己的父親，自己也可以殺死他的兒子。說話人則認為這是「非勇、非仁、非孝、非知」之事，並對他說「必犯是，余將殺女」（如果你非要做這種事，我就先殺死你）。可見，「必犯是」是對主語堅決要「犯是」的一種假定。例（29）也可以做類似的解讀。

　　下面看反問句中的「必」：

> （30）公還，及方城。季武子取卞，使公冶問，璽書追而與之，曰：「聞守卞者將叛，臣帥徒以討之，既得之矣，敢告。」公冶致使而退，及捨而後聞取卞。……公冶致其邑於季氏，而終不入焉。曰：「欺其君，何**必**使余？」《左傳·襄公 29 年》

> （31）文公之出也，豎頭須，守藏者也，不從。公入，乃求見，公辭焉以沐。謂謁者曰：「沐則心覆，心覆則圖反，宜吾不得見也。從者為羈紲之僕，居者為社稷之守，何**必**罪居者！國君而讎匹夫，懼者眾矣。」《國語·晉語》

以上例句中的「必」都構成「何必 VP」的形式，「何必」可譯為「為什麼非得」。說話人使用「何必」，意在表達對主語執意採取 VP 所述行為的不滿與不認同。如例（30），「襄公」出訪楚國時，「季武子」乘機佔領了卞地，當襄公回國時，季武子為了欺騙襄公，派「公冶」來迎候襄公。公冶後來才知道季武

子是為了欺騙襄公才派自己的。他認為這樣做並不合理，從而對此感到不滿，於是說「欺其君，何必使余」（欺騙國君，為什麼非得派我呢）。可見，說話人用「何必」來表達對季武子「使余」的否定態度。再如（31），「文公」出逃時「豎頭須」沒有跟從他，文公回國後，他請求進見，文公拒絕接見，由此他知道文公在怪罪自己，但他認為文公不應該如此，於是說「從者為羈紲之僕，居者為社稷之守，何必罪居者」（跟從流亡的是牽馬韁繩效勞的僕人，留在國內的是國家的守衛，為什麼非得怪罪留在國內的人呢）。可見，說話人用「何必」來表達文公對「罪居者」的不贊同的態度。以上兩個例句都有一個共同點，就是「何必VP」中的VP是在說話人看來是不恰當的行為。也就是說，說話人認為主語「不該VP」。

　　以上我們分析了先秦主語堅決義「必」的各種用法。上面所舉的例子都有一個共同點：「必」所述事件是表例事件。前面指出，動力情態的條件必然（即確定不移義）「必」所述事件是表類事件。需要進一步明確的是，當條件必然「必」句中的謂語動詞是自主性動詞時，這個「必」還有解釋為主語堅決義的可能。例如：

　　（32）柳下惠不羞污君，不卑小官；進不隱賢，<u>必</u>以其道；遺佚而
　　　　　不怨，厄窮而不憫。《孟子・公孫丑上》

　　（33）故明君無偷賞，無赦罰。賞偷，則功臣惰其業；赦罰，則姦
　　　　　臣易為非。是故誠有功，則雖疏賤<u>必</u>賞；誠有過，則雖近愛
　　　　　<u>必</u>誅。《韓非子・主道》

以上例句中的「必」可以作條件必然和主語堅決兩種解讀。以例（32）的「（柳下惠）進必以其道」為例，著眼於「柳下惠進以其道」這一事件的發生，則「必」是條件必然義；著眼於主語「柳下惠」的態度，則「必」是主語堅決義〔註7〕。例（33）的情況亦是如此。那麼，這些例句中的「必」應定為條件必然義還是主語堅決義？當「必」所述事件為表類事件時，它還有一個特點，就是它必有促使所述事件發生的條件，如例（32）的條件是「進」，例（33）的條件是「有功／過」和「明君」。該特點是條件必然義的本質特徵。鑒於此，本文將這些例

〔註7〕谷峰（2010：75）將此句的「必」理解為「意志（堅決）」義，即本文所說的主語堅決義。

句中的「必」定為條件必然義。

2. 說話人堅決義「必」的使用

說話人堅決義「必」用於陳述句和祈使句兩種，無論是哪一種句型，「必」所牽涉的事件都是未然事件，表達說話人對事件成真的堅定的決心。先看陳述句中的「必」：

> （34）趙姬請逆盾與其母，子餘辭。姬曰：「<u>必</u>逆之！」固請，許之。
>
> 　　　《左傳・僖公 24 年》（＝例 24）
>
> （35）季氏使閔子騫為費宰，閔子騫曰：「善為我辭焉！如有復我者，則吾<u>必</u>在汶上矣。」《論語・公冶長》
>
> （36）武王踐功，夢見三神曰：「予既沈漬殷紂於酒德矣，往攻之，予<u>必</u>使汝大堪之。」《墨子・非政》

當「必用於陳述句時，主語（包括隱性主語）是第一人稱，表達說話人「我」要完成某事的堅決態度。如例（35）的「如有復我者，則吾必在汶上」表示「如果再來召我，我一定要跑到汶水那邊去」，由此可見說話人「閔子騫」斷然回絕擔任「費宰」。值得注意的是，此處的「必」在一定條件下還可解釋為說話人對聽話人的一個承諾，即保證義（commissive），其條件是：（1）聽話人在現場；（2）「必」所牽涉的動作對聽話人有好處。〔註 8〕例（34）聽話人不在現場；例（35）聽話人在現場，但「在汶上」（跑到汶水那邊去）對聽話人沒任何好處，這些例句中的「必」都很難解釋為保證義。而例（36）卻與此不同，聽話人是「武王」，他在現場，而且「使汝大堪之」（讓你徹底戡定他）顯然對「武王」有好處，因而此處的「必」還可解釋為保證義。

下面是祈使句中的「必」：

> （37）使數人要於路曰：「請<u>必</u>無歸，而造於朝。」《孟子・公孫丑下》
>
> （38）王曰：「吾欲以國累子，子<u>必</u>勿泄也。」《韓非子・外儲說右上》

〔註 8〕舉現代漢語的例子來說，「你放心，我一定來接你」是聽話人在現場的，「來接你」是對聽話人有好處的行為，因而此處的「一定」可解釋為保證義。

（39）孟子曰：「子之君將行仁政，選擇而使子，子**必**勉之。」《孟子·滕文公上》

（40）智過曰：「不可，**必**殺之。若不能殺，遂親之。」《韓非子·十過》

當「必」用於祈使句時，主語（包括隱性主語）是第二人稱，表達說話人讓聽話人「你」完成某事或者不要做某事的堅決的態度。如例（37）的「請必無歸，而造於朝」表示「請您一定不要回家，趕快到朝廷去」，說話人阻止聽話人「歸」的態度很堅決。

　　以上例句中的「必」都用於祈使句。這些句子的主語都是第二人稱，謂語動詞是自主性動詞（如「你先回來」），這是義務情態詞的典型句法環境（如「你**要** / **必須**先回來」）。因此，有些學者認為，這些祈使句中的「必」表示義務義（谷峰 2010：74、巫雪如 2018：273～274）。假如祈使句中的「必」是義務情態詞，那麼「必」前面不會出現敬辭「請」（「*請**要** / **必須**回來」），後面也不會出現表示禁止的「勿（無）」（「*要 / **必須**別回來」）。但例（37）～（38）卻不然，所以這裡的「必」都不可能是義務情態詞。

　　「必」的確可以表示義務義，但是有如下句法限制：（1）用於反問句（即「何必」）；（2）用否定式（即「不必」）；（3）肯定式限於用在有條件結果的結構中（即「A 必 B〔方法〕」和「A 必 B〔p 而後 q〕」）。「必」只有在這些句法環境中才可表示義務義（詳見 4.1.3）。假定義務義「必」不受上述句法限制，那麼例（39）～（40）中的「子必勉之」、「不可，必殺之」中的「必」確實都可以看作是義務義。但是，假定義務義「必」不受上述句法限制，那麼它至少還應該能出現在主語為第二人稱以外的句子中，因為義務情態詞並不總是出現在第二人稱主語句，如「他**必須**先回來」、「國家**要**強大，教育**必須**飛速發展」等等。然而，在我們所考察的先秦語料中卻沒有這種用例。無論主語是第二人稱還是非第二人稱，表示義務義的「必」都受到上述句法限制。因此我們有理由認為，這些例句中的「必」表示說話人堅決義，而不是義務義。

4.1.2.2　堅決義「必」的發展

堅決義「必」在先秦到六朝文獻中的使用情況如下表：

表 4.2　先秦至六朝堅決義「必」的使用情況

文獻\語義	先秦 8 部	西漢 史記	東漢 論衡	六朝 4 部
主語堅決	6 （5.9%）	18 （30%）	11 （78.6%）	8 （25.8%）
說話人堅決	96 （94.1%）	42 （70%）	3 （21.4%）	23 （74.2%）
總計	102 （100%）	60 （100%）	14 （100%）	31 （100%）

　　由上表可見，在先秦時期，說話人堅決義「必」的使用頻率高於主語堅決義「必」。兩漢六朝時期的情況大致也是如此。與先秦相比，漢代以後的堅決義「必」在用法上主要有以下兩個變化：

　　一、堅決義「必」與意願類情態詞「欲」搭配使用。〔註9〕「必欲」在先秦八部文獻中沒有用例，在《史記》中共有 20 例，在六朝四部文獻中共有 4 例。〔註10〕「必欲」的「必」既可以是主語堅決義，也可以是說話人堅決義。前一種「必欲」既用於陳述句中（有 2 例），也用於條件從句中（有 20 例）；後一種「必欲」用以表達說話人對事件成真的堅定的決心（有 2 例）。以《史記》中的「必」為例：

　　（41）襄子為伯魯之不立也，不肯立子，且<u>必欲</u>傳位與伯魯子代成
　　　　　君。《史記·鄭世家》

　　（42）王<u>必欲</u>大伐，必得唐、蔡乃可。《史記·吳太伯世家》

　　（43）晉文公曰：「<u>必欲</u>一見鄭君，辱之而去。」《史記·鄭世家》

以上例句中的「必」和「欲」分別表示堅決義和意志義。例（41）～（42）中的「必」是主語堅決義，前一例的「必欲」用於陳述句中，後一例的「必欲」用於條件從句中；例（43）中的「必」是說話人堅決義。

〔註9〕堅決義「必」所搭配的意願類情態詞除了有「欲」以外，還有「望」。「必望」在《世說新語》中有 1 例，如：
　　朔曰：「此非唇舌所爭，爾<u>必望</u>濟者，將去時但當屢顧帝，慎勿言！」《世說新語·規箴》
〔註10〕「必欲」的「欲」還用以表示義務情態。這種「必欲」在《抱朴子》中有 1 例，如：
　　然覽諸道戒，無不云欲求長生者，<u>必欲</u>積善立功，慈心於物，恕己及人，⋯⋯見人之失如己之失。《抱朴子·內篇·微旨》

二、說話人堅決義「必」與「須、當、宜」等義務情態詞搭配使用。〔註11〕其中「必須」最為常見。在先秦八部文獻和《史記》中尚沒有和義務情態詞搭配的「必」。「必須」在《論衡》中有 3 例，在六朝四部文獻中共有 9 例；「必當」在《論衡》和《抱朴子》中各有 1 例，「必宜」在《世說新語》中有 1 例。以六朝時期的「必」為例：

> （44）談說制文，援引古昔，**必須**眼學，勿信耳受。《顏氏家訓・勉學》

> （45）告偉言：「道**必當**傳其人。得其人，道路相遇輒教之。如非其人，口是而心非者，雖寸斷支解，而道猶不出也。」《抱朴子・內篇・黃白》

> （46）婦捐酒毀器，涕泣諫曰：「君飲太過，非攝生之道，**必宜斷**之！」《世說新語・任誕》

以上例句中的「必」和「須、當、宜」分別表示堅決和義務義。

「必」的堅決義是指意志或態度堅決，所以它自然能夠與意願類情態詞搭配。前文（2.2.1.2）指出，義務情態具有說話人使施事完成行為的意圖，即具有〔＋意願性〕的特徵，這就導致「必」還能夠與義務情態詞搭配。

4.1.3　義務情態「必」的產生及其發展

4.1.3.1　義務情態「必」的產生

先秦義務情態「必」大致出現在三種句法環境中。一是有條件結果的結構中，如例（47）～（48）；二是反問句，如例（49）；三是否定句，如例（50）。如：

> （47）為高**必**因丘陵，為下**必**因川澤。《孟子・離婁上》

> （48）夫人事**必**將與天地相參，然後乃可以成功。《國語・越語下》

> （49）夫良馬固車，五十里而一置，使中手御之，追速致遠，可以及也，而千里可日致也，何**必**待古之王良乎？《韓非子・難勢》

〔註11〕有些「必須」的「須」是帶名詞性賓語的需要義動詞。如：

人主不能運玄鑒以索隱，而**必須**當途之所舉。《抱朴子・外篇・名實》

（50）兵休復起，足以傷秦，**不必**待齊。」《戰國策・秦策三》

以上例句中的「必」都表示義務情態。例（47）中的「必」構成「A 必 B」的形式，表示「只有 B 才能 A」，如「為高必因丘陵」（築高臺就必須依傍山丘）表示「只有依傍山丘才能築高臺」；例（48）中的「必」構成「必 p 然後可以 q」的形式，表示「只有 p 才能 q」，如「必將與天地相參，然後乃可以成功」（必須與天地相互配合起來，才可以成功）表示「只有與天地相互配合起來，才能成功」。可見，「A 必 B」中的 B 是為實現 A 不可缺少的必要條件，「必 p 然後可以 q」中的 p 也是為實現 q 不可缺少的必要條件。換言之，「A 必 B」中的 A 和「必 p 然後可以 q」中的 q 都是必要條件所造成的結果，即「條件結果」。由此可知，肯定式「必」只有在有「條件結果」的結構中才表示義務情態；例（49）～（50）中的「何必」和「不必」分別是反問式和否定式，都表示「不須」義。

由上可見，義務情態「必」從形式上可以分為肯定式、反問式和否定式三種。那麼，這些「必」的義務情態用法是如何產生的呢？下面分別討論這三種形式「必」的產生過程。

1. 肯定式「必」的產生

前面指出，條件必然（即確定不移義）「必」有促使所述事件發生的條件，這個條件是充分條件，故此事件具有必然性。即，它構成「A 必 B」的形式，A 是 B 的充分條件（「有 A 就有 B」），故 B 具有必然性。值得注意的是，在有些情況下，這個必然性事件還表示某個事件的必要條件（「有 A 才有 B」，A 是 B 的必要條件）。例如：

（51）大匠誨人，**必**以規矩；學者亦**必**以規矩。《孟子・告子上》

（52）巧匠為宮室，為圓**必**以規，為方**必**以矩，為平直**必**以準繩。
　　　《呂氏春秋・分職》

（53）齊人有一妻一妾而處室者，其良人出，則**必**饜酒肉而後反。
　　　《孟子・離婁下》

以上例句中的「必」都是條件必然義，所指的事件都具有必然性，而例（52）～（53）所指的事件還表示必要條件。具體如下：

先看例（51）。「大匠誨人必以規矩」（大匠教人一定依據規矩）中的「必」

構成「A 必 B」的形式，「大匠誨人」（A）是「以規矩」（B）的充分條件，「以規矩」具有必然性。同樣的，例（52）中「（巧匠）為圓必以規」（巧匠畫圓一定用圓規）的「必」構成「A 必 B」的形式，「為圓」（A）是「以規」（B）的充分條件，「以規」具有必然性。但與前一例不同，此處的 B 表示實現 A 的途徑和方法（即「以規為圓」）。這樣，「A 必 B」就可闡釋為「有 B 才有 A」，如「（巧匠）為圓必以規」可釋為「（巧匠）用圓規才劃圓」——B 是 A 的必要條件。

　　與前兩例相同，例（53）中「其良人出，則必饜酒肉而後反」（那丈夫每次出門，一定吃飽了酒肉然後回來）的「必」也構成「A 必 B」的形式，「其良人出」（A）是「饜酒肉而後反」（B）的充分條件，「饜酒肉而後反」具有必然性。但與前兩例不同，此處的 B 還構成「VP 而後 VP」的形式，即包含兩個事件。若將前一事件記為 p，後一事件記為 q，「必 p 而後 q」可闡釋為「有 p 才有 q」，如「必饜酒肉而後反」可釋為「吃飽了酒肉才回來」——p 是 q 的必要條件。

　　由上可見，在條件必然「必」所構成的「A 必 B」中，1）若 B 是實現 A 的途徑和方法，則 B 可視為 A 的必要條件（例 52）；2）若 B 是「p 而後 q」，則其中的 p 可視為 q 的必要條件（例 53）。前一種「A 必 B」可記為「A 必 B〔方法〕」，後一種「A 必 B」可記為「A 必 B〔p 而後 q〕」。在先秦時期，這兩種結構都比較常見，但兩相比較，後一種結構比前一種更為常用。B 除了有「p 而後 q」以外，還有「p 然後 q」、「p 而 q」、「p 乃 q」等等。我們將這些結構也統稱為「p 而後 q」。

　　必然類義務情態的基本特點是，其所述事件是實現另一某個事件的必要條件。因此可以說，這兩種結構中的「必」具備了能夠演變為義務情態的基本條件。據此，我們認為肯定式義務情態「必」從這兩種結構中產生。

　　然而，並不是只要有了這個條件就可以演變為義務情態。因為它還有一個重要特點，就是 p 是能夠實現 q 的唯一條件（如果要實現 q，就一定要實現 p）。即，p 具有強制性或束縛性。它指：p 是合適的動作行為之唯一選擇，不執行 p 而執行其他任何動作都不合適，必有消極後果（范曉蕾 2014）。p 是否具有強制性可以用變換的方法確定。假如可以說成「只有 p 才 q」但不能說成「只有 p 才能 q」，這就說明 p 是 q 的必要條件，但 p 不具有強制性（如「我

只有口渴才喝水」)。假如可以說成「只有 p 才能 q」，這就說明 p 不僅是 q 的必要條件，而且具有強制性（如「囚犯只有當規定的時間才能喝水」）。

例（52）的「（巧匠）為圓必以規」（巧匠畫圓一定用圓規）中「以規」是「為圓」的必要條件。此句表述的是「巧匠」的慣常性行為，「以規」應看作是巧匠在「為圓」時所選用的一種技巧，而不是不得不遵守的強制性條件。也就是說，此句變換為「巧匠只有用圓規才畫圓」，但很難變換為「巧匠只有用圓規才能畫圓」；例（53）的「其良人出，則必饜酒肉而後反」（那丈夫每次出門，一定吃飽了酒肉然後回來）中「饜酒肉」是「反」的必要條件。不過，「饜酒肉」才「反」，這是「其良人」憑自己的主觀意願去做的，即便沒「饜酒肉」，也沒有人阻止他「反」。也就是說，此句可以變換為「那丈夫只有吃飽了酒肉才回來」，但很難變換為「其良人只有吃飽了才能回來」。由此可知，以上這些結構中的「必」尚未完全由條件必然演變為義務情態。

下面分別討論「A 必 B〔方法〕」和「A 必 B〔p而後q〕」中的「必」產生義務情態義的過程。先看「A 必 B〔方法〕」之例：

（54）巧匠為宮室，為圓<u>必</u>以規，為方<u>必</u>以矩，為平直<u>必</u>以準繩。

《呂氏春秋·分職》（＝例52）

（55）孟子曰：「以力假仁者霸，霸<u>必</u>有大國；以德行仁者王，王不
　　　待大，湯以七十里，文王以百里。《孟子·公孫丑上》

（56）故人主天下之利勢也，然而不能自安也，安之者<u>必</u>將道也。

《荀子·王霸》

以上例句中的「必」都用於「A 必 B〔方法〕」結構中，B 是 A 的必要條件。但與例（54）不同，例（55）～（56）中的 B 還具有強制性。如例（55）的「霸必有大國」，「有大國」是「霸」的必要條件。而從後一句「以德行仁者王，王不待大」（依靠道德施行仁義就稱王，稱王不用有大國）可以看出，「有大國」是為實現「霸」不可缺少的條件，即只有「有大國」才能「霸」，「有大國」具有強制性。因此，此處的「必」應是義務情態「必」，「霸必有大國」表示「稱霸必須有大國」；例（56）的「（人主）安之者必將道」中，「將道」是「人主」實現「安之」的必要條件。而從前一句「不能自安也」（不能自行安定）可以看出，「人主」不「將道」就不能「安之」，「將道」具有強制性。因此，此處

的「必」應是義務情態「必」,「(人主)安之者必將道」表示「君主要安定天下就必須依靠政治原則」。

在先秦時期,義務情態「必」經常出現於「欲 A 必 B」形式中。與「A 必 B〔方法〕」相同,「欲 A 必 B」的 B 也表示實現 A 的途徑和方法。這應是「A 必 B〔方法〕」的擴展形式。例如:

(57)欲人之愛己也,<u>必</u>先愛人。欲人之從己也,<u>必</u>先從人。《國語·晉語四》

(58)故欲勝人者<u>必</u>先自勝,欲論人者<u>必</u>先自論,欲知人者<u>必</u>先自知。《呂氏春秋·先己》

(59)欲為其國,<u>必</u>伐其聚;不伐其聚,彼將聚眾。《韓非子·揚權》

以上例句中的「必」用於「欲 A 必 B」形式中,這裡的「必」都表示義務情態。以例(57)的「欲人之愛己也,必先愛人」為例,「先愛人」是為實現「人之愛己」不可缺少的必要條件,只有「先愛人」才能「人之愛己」,整句表示「要想別人愛護自己,就必須先愛護別人」。

下面是「A 必 B〔p而後q〕」之例:

(60)齊人有一妻一妾而處室者,其良人出,則<u>必</u>饜酒肉而後反。《孟子·離婁下》(=例53)

(61)賢者之事也,雖貴不苟為,雖聽不自阿,<u>必</u>中理然後動,<u>必</u>當義然後舉,此忠臣之行也。《呂氏春秋·不苟》

(62)故王天下者<u>必</u>先諸民,然後庇焉,則能長利。《國語·周語中》

(63)故曰:貴名不可以比周爭也,不可以誇誕有也,不可以埶重脅也,<u>必</u>將誠此然後就也。《荀子·儒效》

以上例句中的「必」都用於「A 必 B〔p而後q〕」結構中,p 是 q 的必要條件。但與例(60)~(61)不同,例(62)~(63)中的 p 還具有強制性。前面已指出,例(60)的「饜酒肉」不具有強制性,因為「饜酒肉」才「反」,這是「其良人」憑自己的主觀意願去做的。例(61)也與此類似。「中理、當義」是「動、舉」的必要條件,但要求達到「中理、當義」這種狀態的純粹是「賢者」本身的意志,因此「中理、當義」對「賢者」來說並不具有強制性。

　　例（62）～（63）卻與此不同。以例（62）的「王天下者必先諸民，然後庇焉」為例，「先諸民」（把老百姓的利益放在前面）是實現「庇」（受到庇蔭）不可缺少的必要條件，只有「先諸民」才能「庇」，「先諸民」具有強制性。因此，此處的「必」是義務情態「必」，整句表示「稱王天下的人必須把老百姓的利益放在前面，然後才能受到庇蔭」。

　　在 p 具有強制性的「A 必 B〔p 而後 q〕」例中，有的在 q 中會出現「能、可」等可能類情態詞。例如：

（64）夫人臣必仁而後可與謀，不忍人而後可近也；不仁則不可與謀，忍人則不可近也。《韓非子・內儲說上七術》

（65）若夫有道之士，<u>必</u>禮<u>必</u>知，然後其智慧可盡。《呂氏春秋・謹聽》

以上例句中的「必」都構成「必 p 而後可／能 q」的形式，它表示「只有 p 才可／能 q」。如例（64）的「必仁而後可與謀」相當於「只有『仁』才『可與謀』」。可見這種形式直接顯示 p 是具有強制性的必要條件，此處的「必」無疑是義務情態「必」。

　　以上我們考察了「必」由條件必然發展為義務情態的情況。義務情態「必」在「A 必 B〔方法〕」和「A 必 B〔p 而後 q〕」兩種結構中產生。下面是「必」兼用於「A 必 B〔方法〕」和「A 必 B〔p 而後 q〕」的例子：

（66）兼君之言不然，行亦不然，曰：「吾聞為明君於天下者，<u>必</u>先萬民之身，後為其身，然後可以為明君於天下。」《墨子・兼愛》

以上例句中的「必」既構成「A 必 B〔方法〕」，即「為明君於天下者，必先萬民之身，後為其身」，也構成「A 必 B〔p 而後 q〕」，「B〔p 而後 q〕」即「先萬民之身，後為其身，然後可以為明君於天下」。

2. 反問及否定式「必」的產生

　　義務情態「必」一般與疑問詞「何」構成「何必」這樣的反問形式，義為「不須」。關於反問式「何必」的來源，學界的看法比較統一，都認為由「為什麼」義疑問詞「何」和「一定，必需」義動詞「必」結合而成。即，「必」與其賓語構成直接關係，「何」是以「必＋賓語」為修飾對象（董秀芳 2011：

272～274；羅耀華、孫敏 2010；張田田 2013；劉丞 2014：64～65）。所舉例句如下〔註12〕：

(67) 曾子問曰：「小功可以與於祭乎？」孔子曰：「何**必**小功耳！自斬衰以下與祭，禮也。」《禮記·曾子問》

(68) 楚之討陳夏氏也，莊王欲納夏姬，申公巫臣曰：「不可。……君其圖之！」王乃止。子反欲取之，巫臣曰：「是不祥人也！是天子蠻，殺御叔，弒靈侯，戮夏南，出孔、儀，喪陳國，何不祥如是？人生實難，其有不獲死乎？天下多美婦人，何**必**是？」《左傳·成公 2 年》

(69) 己丑，先蔑奔秦。士會從之。先蔑之使也，荀林父止之，曰：「夫人、大子猶在，而外求君，此必不行。子以疾辭，若何？不然，將及。攝卿以往，可也，何**必**子？同官為僚，吾嘗同僚，敢不盡心乎！」《左傳·文公 7 年》

以上例句中的「必」都後接體詞性成分（NP）。以往研究都認為，它是動詞「必」的賓語，「何必 NP」表示「為什麼一定 NP」或者「為什麼必需 NP」。我們認為該解釋有待商榷，其理由如下：

先看例（67）。此例中的「必」的確表示「一定」義，但這個「一定」是認識情態詞，而不是動詞。「何必小功耳」可解釋為「怎麼就一定是小功呢」。除此例以外，在先秦也有很多認識情態詞「必」後接 NP 的例子，如：

(70) 若以說觀之，則**必**非昔三代聖善人也，**必**暴不肖人也。《墨子·非命下》

(71) 萬乘之國，弒其君者，**必**千乘之家；千乘之國，弒其君者，**必**百乘之家。《孟子·梁惠王上》

(72) 子張曰：「書云：『高宗諒陰，三年不言。』何謂也？」子曰：「何**必**高宗？古之人皆然。」《論語·憲問》

(73) 祁午見，曰：「晉為諸侯盟主，子為正卿，若能靖端諸侯，使

〔註12〕第一例是董秀芳（2011：273）、羅耀華、孫敏（2010）所舉的例子；第二例是董秀芳（2011：272）、張田田（2013）所舉的例子；第三例是董秀芳（2011：272）、劉丞（2014：65）所舉的例子。

服聽命於晉，晉國其誰不為子從，何<u>必</u>和？」《國語・晉語》

以上例句中的「必」都後接NP。例（70）～（71）中的「必」用於肯定式，即「必NP」，例（72）～（73）中的「必」用於反問式，即「何必NP」。無論是哪一種形式，此處的「必NP」都是狀中結構，而非動賓結構。可見，「（何）必NP」的「必」不一定是動詞。

再看例（68）～（69）。例（68）中「何必是」的「必」似乎可以看作是「必需」義動詞。此句前面出現「子反欲取之」（子反要娶夏姬），可見「必是」的「是」是指「取之」的「之」。既然「取之」是動賓結構，「必是」也可以視為動賓結構，「何必是」可以理解為「為什麼一定需要她」。但例（69）中「何必子」的「必」很難看作是「必需」義動詞。此句前面出現「先蔑之使也」，可見「必子」的「子」是指「先蔑之使」的「先蔑」。「先蔑之使」是主謂結構（先蔑出使秦國），而不是動賓結構（*派先蔑去秦國）。這樣，「必子」也很難視為動賓結構，即「何必子」很難理解為「*為什麼一定需要你」。在先秦語料中，動詞「必」大致分為兩種語義：「堅持、固執」義和「確定、肯定」義（詳見4.1.1）。〔註13〕除了像例（68）的用例以外，在先秦動詞「必」例中，卻未發現可以解釋為「必需」義的「必」。所以，我們有理由認為，例（68）中的「必」其實也不是「必需」義動詞。前面指出，主語堅決義「必」可以用於反問句，是用以表達說話人對主語所做行為的不認同（詳見4.1.2.1）。請再看前面所舉的例句：

（74）公冶致其邑於季氏，而終不入焉。曰：「欺其君，何<u>必</u>使余？」
　　　《左傳・襄公29年》（＝例30）

（75）謂謁者曰：「沐則心覆，心覆則圖反，宜吾不得見也。從者為
　　　羈紲之僕，居者為社稷之守，何<u>必</u>罪居者！國君而讎匹夫，
　　　懼者眾矣。」《國語・晉語》（＝例31）

以上例句中的「何必VP」都可解釋為「為什麼非得VP」。

例（68）～（69）中「何必」的「必」也可以理解為主語堅決義。如例（68），「子反欲取之」（子反要娶夏姬），但說話人不認同「子反」娶「夏姬」，於是

〔註13〕在先秦11部文獻中，動詞「必」共出現26次，其中「堅持、固執」義的「必」有17例，「確定、肯定」義的有9例。

說「何必是」，此句可以理解為「為什麼非要是她呢」，「必」表示主語堅決義。「何必是」實際上表達的是「何必取之」（為什麼非要娶她呢）。再如例（69），「先蔑之使也」（先蔑出使秦國），說話人不認同「先蔑」出使秦國，於是說「何必子」，此句可以理解為「為什麼非要是你呢」，「必」表示主語堅決義。「何必子」實際上表達的是「何必子往」（為什麼非要你去呢）。

由於上述原因，我們認為義務情態「何必」的「必」不源於動詞「必」，而源於主語堅決義「必」。下面討論一下它的產生過程。

例（68）～（69）和（74）～（75）中的「何必」都表示說話人對主語所做行為的不認同，說話人不認同的理由都一樣：這樣做不恰當。如例（68）中的說話人不認同「子反」娶「夏姬」，是因為她是「不祥人」（不吉利的人）。可見，說話人認為「子反」娶「夏姬」是不恰當的事情。再如，例（69）中的說話人不認同「先蔑」出使秦國，是因為「夫人、大子猶在，而外求君，此必不行」（夫人、太子都在，而到外國去迎接國君，這一定是行不通的）。可見，說話人認為「先蔑」出使秦國是不恰當的事情。做 X 不恰當，這就等於說「不該做 X」。如例（68）的「何必是」（即「何必取之」）隱含「不該娶她」義；例（69）的「何必子」（即「何必子往」）隱含「不該你去」義。

除此理由以外，還有一個理由，就是這樣做沒有必要性。做 X 沒有必要性，這就等於說「不須做 X」。例如：

(76) 魯人為長府。閔子騫曰：「仍舊貫，如之何？何<u>必</u>改作？」《論語・先進》

(77) 孟子見梁惠王，王曰：「叟不遠千里而來，亦將有以利吾國乎？」孟子對曰：「王何<u>必</u>曰『利』？亦有仁義而已矣。」《孟子・梁惠王上》

以上例句中的「必」都構成「何必 VP」的形式。說話人不認同主語做 VP，理由是做 VP 沒有必要性。如例（76），「魯人為長府」（魯國翻修長府的國庫），但在說話人看來「仍舊貫」（照老樣子下去）也是可以的，即「改作」沒有必要性，於是說「何必改作」（為什麼非得改做呢）。可見，「何必改作」隱含「不須改作」義。同樣的，例（77）的說話人認為「亦有仁義而已」（只有仁義就行了），於是說「王何必曰利」（君王為什麼非得說到實利呢），可見，「何必曰利」隱含「不須說實利」義。

　　「何須」（為什麼必要）的衍推義是「不須」（沒有必要）。據此推測，在「必」義為主語堅決的「何必」隱含「不須」義時，這個隱含義就可能逐漸成為「何必」的固定義。這樣，「何必」的「必」由主語堅決義逐漸成為義務情態。〔註14〕正因為如此，「何必」的「必」還可以重新分析為義務情態。如例（76）～（77）即是如此。

　　下面例句中的「何必」的「必」則只能理解為義務情態，如：

（78）曰：「直道而事人，焉往而不三黜？枉道而事人，何<u>必</u>去父母之邦？」《論語・微子》

（79）公上過語墨子之義，越王說之，謂公上過曰：「子之師苟肯至越，請以故吳之地陰江之浦書社三百以封夫子。」公上過往復於子墨子，子墨子曰：「子之觀越王也，能聽吾言、用吾道乎？」公上過曰：「殆未能也。」墨子曰：「……越王不聽吾言、不用吾道，而受其國，是以義翟〔註15〕也。義翟何<u>必</u>越，雖於中國亦可。」《呂氏春秋・高義》

（80）若善魯以待時，不亦可乎？何<u>必</u>惡焉？《左傳・哀公15年》

（81）君子亦仁而已矣，何<u>必</u>同？《孟子・告子下》

當「何必」的「必」表示主語堅決義時，說話人使用「何必」的目的在於表達對行為主體所做行為的不贊同的態度。不過，說話人不可能對自己所做的行為表示不贊同。因此，如果「何必」句的行為主體是說話人，這裡的「必」很難視為主語堅決義。例（78）～（79）中「去父母之邦」和「（至）越」的行為主體都是說話人，所以這些例句中的「必」都應視為義務情態；堅決義是指意志或態度穩定堅強，因此從句法上，堅決義「必」應後接可控的自主性動詞。〔註16〕如果「何必」後接成分是非自主性動詞，這裡的「必」就很難視

〔註14〕在漢語裡，反問句中產生情態用法比較常見。如江藍生（1990）指出，許可義的「敢、可」用於反問句表達「豈敢、豈可」，這種句式的慣用使「敢、可」沾帶上了反詰副詞的意味，進而發展出帶有認識情態義的推度詢問的用法。

〔註15〕據陸玖（2011：691）的注解，「翟」當是「糴」（繁體作「糴」，與「翟」形近）字之誤（依畢沅說）。

〔註16〕例（68）～（69）中的「必」後成分都是體詞性成分，即「何必是」和「何必子」。不過，它們實際上表達的是「何必取之」和「何必子往」，「取」和「往」都是自主性動詞。

為主語堅決義。例（80）～（81）的「惡」和「同」分別是狀態動詞和形容詞，所以這些例句中的「必」都應視為義務情態。

「何必」的「必」成為義務情態後，既然「何必」衍推「不須」義，義務情態「必」就有可能以否定形式出現了。我們認為，義務情態「必」的否定用法可能由此產生。不過，該用法在先秦尚極為少見，在我們所考察的先秦語料中只有以下 2 例：

> （82）悼公稽首，曰：「吾子奉義而行者也。若我可，不<u>必</u>亡一大夫；若我不可，不<u>必</u>亡一公子。」《左傳·哀公 6 年》

> （83）謂魏冉曰：「……兵休復起，足以傷秦，不<u>必</u>待齊。」《戰國策·秦策三》（＝例 50）

以上例句中的「不必」都表示「不須」義。

4.1.3.2　義務情態「必」的發展

義務情態「必」在先秦到六朝文獻中的使用情況如下：

表 4.3　先秦至六朝義務情態「必」的使用情況

形　式 ＼ 文　獻	先　秦 8 部	西　漢 史　記	東　漢 論　衡	六　朝 4 部
肯定式	48（71.6%）	5（100%）	4（50%）	7（31.8%）
反問式	19（28.4%）	·	4（50%）	10（45.5%）
否定式	·	·	·	5（22.7%）
總計	67（100%）	5（100%）	8（100%）	22（100%）

由上表可見，漢代以前，肯定式的使用比例最高；六朝時期，反問式的使用比例最高。需要說明的是，否定式「必」在《左傳》《戰國策》中各有 1 例，《論衡》中有 2 例，只是這些用例不出現在用以統計的語料範圍內。下面是反問及否定式「必」的例子：

> （84）奉職循理，亦可以為治，何<u>必</u>威嚴哉？《史記·循吏列傳》

> （85）人問其故，王曰：「吾本乘興而行，興盡而返，何<u>必</u>見戴？」
> 《世說新語·任誕》

（86）是故王道立事以實，**不必**具驗；聖主治世，期於平安，不須
符瑞。《論衡・宣漢篇》

（87）且《仙經》長生之道，有數百事，但有遲速煩要耳，不**必**皆
法龜鶴也。《抱朴子・內篇・對俗》

以上例句中的「必」都出現在反問或否定形式中。例（84）～（85）的「何必VP」和例（86）～（87）的「不必VP」都表示「不須VP」義。

此外，漢代以前，肯定式「必」限於用在有條件結果的結構中（即「A必B〔方法〕」和「A必B〔p而後q〕」），如下例（88）是《史記》中的用例，此處的條件結果是「大伐」。到了六朝，它可以脫離這種形式上的限制而單獨出現。不過，這種用法比較少見，在我們所考察的語料中僅發現2例，如例（89）～（90）：

（88）王必欲大伐，**必**得唐、蔡乃可。《史記・吳太伯世家》

（89）諫諍之徒，以正人君之失爾，**必**在得言之地，當盡匡贊之規，不容苟免偷安，垂頭塞耳；至於就養有方，思不出位，干非其任，斯則罪人。《顏氏家訓・省事》

（90）誠須所師，**必**深**必**博，猶涉滄海而挹水，造長州而伐木，獨以力劣為患，豈以物少為優哉？《抱朴子・內篇・袪惑》

4.1.4　認識情態「必」的產生及其發展

4.1.4.1　認識情態「必」的產生

1. 客觀認識情態「必」的產生

動力情態的條件必然義（即確定不移義）「必」所指的事件是表類事件，表類事件具有非現實性。但嚴格講，表類事件的非現實性也有強弱之分。因為表類事件是以現實實例為依據的，它是在現實世界裏大量反覆出現的事件的總結，所以必然存在一定的現實性。表類事件的非現實性的強弱，一般取決於主語是指物還是指類。指物主語是特指的，涉及特指主體的事件是對所有現實實例的概括。如例（91）～（92）是指物主語句，主語為「左師」、「子」，如：

（91）左師為己短策，苟過華臣之門，<u>必</u>騁。《左傳・襄公 17 年》
（＝例 13）

（92）子與人歌而善，<u>必</u>使反之，而後和之。《論語・述而》（＝例
14）

以例（91）為例，「（左師）苟過華臣之門，<u>必</u>騁」表示「左師」只要經過「華臣」的門口，必定快馬加鞭」。這是對「左師」的行為模式的概括，因而現實性較強。

指類主語是泛指的，涉及泛指主體的事件不是對所有現實實例的概括，而是基於一部分現實實例做出的「推斷」。因為說話人無法親眼觀察到世上存在的所有的或屬於某類的人或事物的情況。〔註 17〕如例（93）～（94）和（95）～（96）都是指類主語句，主語為「知者」、「能聽音者」、「堅樹」和「身」，如：

（93）夫知者<u>必</u>量其力所能至而從事焉。《墨子・公孟》（＝例 11）

（94）凡能聽音者，<u>必</u>達於五聲。《呂氏春秋・遇合》（＝例 12）

（95）夫堅樹在始，始不固本，終<u>必</u>槁落。《國語・晉語二》（＝例
15）

（96）食能以時，身<u>必</u>無災。《呂氏春秋・盡數》（＝例 16）

以例（96）為例，此句表示只要人們飲食能夠適時，身體就不會有大病。這不是對世上存在的所有人的情況的概括，因而其結論具有一定程度的或然性或不確定性。也就是說，它的非現實性較強。

總之，指類主語比指物主語所指範圍更大，因此前者所在的句子比後者所在的句子概括性更高。概括性更高，就說明非現實性更強。因此，指類主語句比指物主語句具有更強的非現實性。〔註 18〕

從另一個角度看，指類主語句是說話人基於一部分現實實例推出一般性結論，因此可以說，這個結論帶有一定的主觀性，它必然包含說話人的主觀判斷。正因為如此，當條件必然「必」出現在指類主語句時，這個「必」不僅

〔註 17〕參見范曉蕾（2017）關於「高頻慣常」和「條件必然」的語義特點的論述。
〔註 18〕概括性更高，也就說明普遍性更大。正由於此，指類主語句一般表示普遍常理或自然規律（如「食能以時，身<u>必</u>無災」），而指物主語句一般表示某人的習慣或固定行為模式（如「左師苟過華臣之門，<u>必</u>騁」）。

可視為動力情態的條件必然義，而且可視為認識情態的認識必然義。如例（93）
～（96）中的「必」都可解釋為條件必然義，即表示事件的必然性，但同時也
可解釋為認識必然義，即表示說話人對命題真值的肯定。條件必然「必」表
示在一定條件下發生某個事件「確定不移」，認識必然「必」則表示在一定條
件下發生某個事件「確定無疑」。換言之，前者表示事件的可實現性很高，後
者表示說話人對命題為真的相信程度很高。

前文（1.4.1）已經介紹，Coates（1983）指出情態詞在語義上存在三種不
確定性的情況：漸變、兩可和融合。其中兩可是指在語境中可以取消歧義，
即兩種情態義具有析取（either / or）關係。相反，融合是指在具體語境中也
不能取消歧義，即兩種情態義具有合取（both / and）關係。上述指類主語句
中的「必」正好存在融合現象：條件必然義和認識必然義並存而不互相排斥。
融合的一個特點是，互相交叉的語義是邊緣義，而不是核心義（見上文圖 2.1）。
對動力情態「必」而言，其邊緣義是主語為「指類」的條件必然義，核心義是
主語為「指物」的條件必然義。對認識情態「必」而言，其邊緣義可以說是
「表類」事件的認識必然義，因為指類主語句總是表示表類事件。那麼，認
識情態「必」的核心義是什麼呢？我們認為是「表例」事件的認識必然義。下
面討論此義的產生過程及其與表類事件的認識必然義的差異。

2. 主觀認識情態「必」的產生

條件必然「必」有促使所述事件發生的條件，且其事件一定是表類事件。
另外，當條件必然「必」出現在指類主語句時，這個「必」還可視為認識必然
「必」。換個角度來說，認識必然「必」首先在指涉表類事件的條件句中產生，
此時的「必」仍然具有條件必然義。當條件句中的認識必然「必」所述的事件
由表類事件擴展到表例事件時，此處的「必」就失去了條件必然義，表達更為
典型的認識情態義。這是認識必然「必」的進一步發展。試比較：

（97）夫堅樹在始，始不固本，終<u>必</u>槁落。《國語・晉語二》（＝例
　　　15）

（98）食能以時，身<u>必</u>無災。《呂氏春秋・盡數》（＝例 16）

（99）冉有曰：「今夫顓臾，固而近於費。今不取，後世<u>必</u>為子孫
　　　憂。」《論語・季氏》

（100）對曰：「不可。楚之君臣欲得九鼎，謀之於葉庭之中，其日久

矣。若入楚，鼎<u>必</u>不出。」《戰國策‧東周策》

以上例句中的認識必然「必」都出現在條件句中。不過，例（97）～（98）中
「必」所述的事件是表類事件，所以此處的「必」仍有條件必然義的解讀；例
（99）～（100）中「必」所述的事件是表例事件，所以此處的「必」不再有
條件必然義的解讀。以例（99）中的「今不取，後世必為子孫憂」為例，說話
人由「不取」推測「後世為子孫憂」的情況。顯然，「後世為子孫憂」是尚未
實現的表例事件。例（100）的解釋也與之類似。

總之，兼具條件必然義的認識必然「必」是非典型的認識情態，不具條件
必然義的認識必然「必」是典型的認識情態。前者在表類事件的條件句中產
生，後者在表例事件的條件句中產生。

無論是典型認識情態「必」還是非典型認識情態「必」，它們所述的表類、
表例事件都是通過推理這一思維過程得出的結論。典型認識情態「必」所述
的表類事件是由歸納推理得出來的，非典型認識情態「必」所述的表例事件
是由演繹推理得出來的。歸納推理是從幾個具體事件中歸納出一般性結論的，
演繹推理是從一般性結論中推出一個新的具體結論的。換言之，前者是歸納
已知信息的過程，後者是從已知信息推出未知信息的過程。無論是哪一種推
理，由推理得出的結論必然都帶有一定的主觀性。但相較之下，從已知信息
推出未知信息的過程，自然比只歸納已知信息的過程更帶有說話人主觀的介
入。比如，在例（97）的「夫堅樹始不固本，終必槁落」（表類事件）和例（99）
的「今不取，後世必為子孫憂」（表例事件）兩例之中，後一例的「必」顯然
比前一例的「必」更帶有主觀性。也就是說，從主觀性方面看，典型認識情態
「必」相當於客觀認識情態，非典型認識情態「必」相當於主觀認識情態。因
此，「必」由非典型認識情態向典型認識情態演變的過程，相當於「必」由客
觀認識情態向主觀認識情態主觀化的過程。

客觀和主觀認識情態「必」除了在典型性和主觀性程度上有差異以外，在
用法上也有一些區別。主要區別有三：其一，主觀認識情態「必」由於從兼具
條件必然義的客觀認識情態「必」而來，也常用於條件句中，如上例（99）～
（100）所示。但是，主觀認識情態「必」在條件句中的適用範圍大於客觀認識
情態「必」。

條件複句按照從句（p）和主句（q）的語義關係可以分為兩種：事理條件句和推理條件句。〔註19〕事理條件句是指，p 和 q 表示客觀真實世界中自然的事理關係。p 是導致 q 實現的條件，q 是 p 導致的結果。可表述為，「p 的發生是 q 發生的充分條件」（沈家煊 2003）。這是條件複句的典型結構，如例（101）；推理條件句是指，p 和 q 表示人們思維活動中的推理關係。p 為說話人進行推斷、評論提供的條件，q 是說話人根據 p 所提供的信息推出的結論。可表述為，「知道 p 是我得出結論 q 的充分條件」（沈家煊 2003）。這是條件複句的非典型結構，如例（102）：

（101）如果明天下雨，比賽就取消。（沈家煊 2003）

（102）如果比賽取消了，昨天就下雨來著。（沈家煊 2003）

以上例句都是「如果 p，就 q」式條件複句。但例（101）是事理（典型）條件句，表示字面上所表示的意義，即「如果 p，就 q」；例（102）是推理（非典型）條件句，它不能從字面上理解，應理解為「如果知道 p，我就推斷 q」。

客觀認識情態「必」只能出現於事理條件句（例 97～98）。主觀認識情態「必」雖然也大多出現於事理條件句（例 99～100），但還可出現於推理條件句。如下例所示：

（103）曾子曰：「同遊而不見愛者，吾<u>必</u>不仁也；交而不見敬者，吾<u>必</u>不長也；臨財而不見信者，吾<u>必</u>不信也。」《荀子‧法行篇》

（104）使人大迷惑者，<u>必</u>物之相似也。《呂氏春秋‧疑似》

（105）嘗試觀於上志，有得天下者眾矣，其得之以公，其失之<u>必</u>以偏。《呂氏春秋‧貴公》

以上例句中的認識情態「必」都用於推理條件句。如例（103）的「同遊而不見愛」不是導致「吾不仁」發生的條件，而是讓說話人推出「吾不仁」這一結論的前提。也就是說，說話人從「同遊而不見愛」這一假設事件推出導致其產生的原因。例（104）的解釋也與之類似。再如例（105），「其得之以公」不

〔註19〕很多研究已經注意到條件句結構的多義性，並用不同術語來表達事理、推理條件句的概念。如 Sweetser（1990：113～117）把事理和推理條件句分別稱為「行域」（content domain）和「認識域」（epistemic domain）條件句；徐盛桓（2004）分別稱為「邏輯」和「實據」條件句；徐李潔（2008）分別稱為「事理」和「認識」條件句，等等。

是造成「其失之以偏」的情況發生的原因，而是說話人推出「其失之以偏」的前提。

其二，主觀認識情態「必」還可脫離條件複句而用於因果複句。與條件複句相同，因果複句也可以按照從句（p）和主句（q）的語義關係分為事理和推理因果句：事理因果句是指 p 和 q 具有客觀真實世界中的事理關係，推理因果句是指 p 和 q 具有人們思維活動中的推理關係。[註20] 條件複句和因果複句的差異是，條件複句的從句是被假定的非現實句，因果複句的從句是已被證實的現實句。例如：

（106）使宋捨我而賂齊、秦，藉之告楚。我執曹君而分曹、衛之田以賜宋人。楚愛曹、衛，**必**不許也。《左傳·僖公 28 年》

（107）秦善韓、魏而攻趙者，**必**王之事秦不如韓、魏也。《戰國策·趙策三》

以上例句中的認識情態「必」都用於因果複句中。例（106）是事理因果句，說話人根據「楚愛曹、衛」（楚國喜歡曹國、衛國）這一現實事件推測它會導致「（楚）不許」（楚國不答應請求）這樣的結果。例（107）是推理因果句，說話人根據「秦善韓、魏而攻趙」（秦國與韓國、魏國友善而攻打趙國）這一現實事件推測它是「王之事秦不如韓、魏」（大王事奉秦國不如韓國、魏國）這樣的狀況導致的結果。

其三，客觀認識情態「必」和主觀認識情態「必」有不同的強制性，後者的強制性高於前者。例如：

（108）南伯子綦遊乎商之丘，見大木焉，有異，結駟千乘，隱將芘其所藾。子綦曰：「此何木也哉？此**必**有異材夫！」《莊子·人間世》

（109）季梁曰：「楚人上左，君**必**左，無與王遇。」《左傳·桓公 8 年》

[註20] 例如，「張剛回來了，因為他還愛小麗」和「張剛還愛小麗，因為他回來了」都是「q，因為 p」式因果複句。前一例是事理因果句，表示「張剛還愛小麗是他回來的原因」。後一例是推理因果句，這句話通常的理解不是「張剛回來是他愛小麗的原因」，而是「說話人知道張剛回來了，這是說話人得出張剛還愛小麗這一結論的原因」（參見沈家煊 2003）。

（110）三帥乃懼而謀曰：「我行數千里、數絕諸侯之地以襲人，未至
　　　　而人已先知之矣，此其備<u>必</u>已盛矣。」《呂氏春秋·知接》

以上例句中的「必」都表示主觀認識情態。此處的「必」都不能省略，是必須用的強制性成分。如果去掉「必」，就會改變句子的性質：由非現實句變為現實句。如例（108）的說話人看到一棵大樹後推測「此必有異材」（這樹一定有特殊的材質），它是否真「有異材」，是尚未證實的。若去掉「必」（即「此有異材」）就成為已證實的現實句，從而表達與原句完全不同的意思。再如例（109），說話人根據「楚人上左」（楚人以左為尊）這一事實推測「君必左」（國君一定在左軍之中）。同樣的，若去掉「必」（即「君左」）就成為現實句。例（110）的情況亦如此。

客觀認識情態（即條件必然）「必」所述的事件是表類事件。Dahl（1995：415-6、421）指出，原型的類指句（generic sentence）具有標記最小化的特點，或是無明顯標記，或者用時體系統中最簡單的標記；即使用形式標記，通常是可選的而非強制的（轉引自范曉蕾 2017）。客觀認識情態「必」所在的句子就屬於 Dahl 所說的類指句。范曉蕾（2016）指出，普通話裏的條件必然「會」在句法上具有有條件的可省略性，當句子有表「特定條件」的顯性形式時則可去掉「會」，並不改變句子的基本義。例如（引自范文）：

（111）a. 北方的河冬天會結冰。　（112）a. 北方的河冬天〔　〕結冰。

　　　　b. 小王每週一都會在辦公　　　　b. 小王每週一都〔　〕在辦公
　　　　　 室。　　　　　　　　　　　　　 室。

　　　　c. 海南島夏天會很熱。　　　　　c. 海南島夏天〔　〕很熱。

　　　　d. 小王一聞到煙味，就會打　　　　d. 小王一聞到煙味，就〔　〕
　　　　　 噴嚏。　　　　　　　　　　　　 打噴嚏。

　　　　e. 牌子不同的衣服，價錢會　　　　e. 牌子不同的衣服，價錢
　　　　　 不一樣。　　　　　　　　　　　〔　〕不一樣。

據考察，先秦客觀認識情態「必」也呈現出非強制性的特點。例如：

（113）凡事亦然。始乎諒，常卒乎鄙；其作始也簡，其將畢也<u>必</u>
　　　　巨。《莊子·人間世》

（114）由其道則人得其所好焉，不由其道則必遇其所惡焉。《荀子・
　　　 君子》

（115）埶位齊，而欲惡同，物不能澹則必爭；爭則必亂，亂則窮
　　　 矣。《荀子・王制》

（116）故將大有為之君，必有所不召之臣；欲有謀焉則就之。《孟
　　　 子・公孫丑下》

（117）a. 明主者，推功而爵祿，稱能而官事，所舉者必有賢，所用
　　　 　　 者必有能，賢能之士進，則私門之請止矣。《韓非子・人主》

　　　 b. 明主聽其言必責其用，觀其行必求其功，然則虛舊之學不
　　　 　　 談，矜誣之行不飾矣。《韓非子・六反》

以上例句中的「必」都表示客觀認識情態／條件必然義。如例（113）的「始
乎諒，常卒乎鄙」（開始時相互諒解，結束時一般相互鄙視）和「其作始也簡，
其將畢也必巨」（做事開始時很簡單，到結束時就會艱巨）都表示表類事件，
但是前一句沒有條件，故沒有「必」，而有頻率詞「常」，後一句有條件（即
「將畢」），故有「必」。然而，例（114）～（117a）卻呈現出非強制性的特點。
它們表示表類事件，且都有條件，但有些地方有「必」，有些地方則沒有「必」。
具體如下：

　　例（114）的「由其道則人得其所好焉」（遵循聖王的正道，就每人能得到
他所喜歡的）和「不由其道則必遇其所惡焉」（不遵循聖王的正道，就會遭到
他所厭惡的）都表示表類事件，且都有條件（即「由其道」「不由其道」），但
後一句有「必」，前一句則沒有「必」；例（115）的「爭則必亂」和「亂則窮」
都表示表類事件，且都有條件（即「爭」「亂」），但前一句有「必」，後一句沒
有「必」；例（116）是對「將大有為之君」（準備大有作為的君主）這一主體
的現實實例的概括：「必有所不召之臣」和「欲有謀焉則就之」，「將大有為之
君」是指類主語，它本身是隱性條件，而且與前一句不同，後一句還有顯性條
件（即「欲有謀焉」），但只有前一句有「必」，後一句沒有「必」；例（117a、
b）都是對「明主」的現實實例的概括：「推功而爵祿，稱能而官事」和「聽其
言必責其用，觀其行必求其功」，兩句都有「明主」這一隱性條件，後一句還
有顯性條件（即「聽其言」「觀其行」），而前一句沒有「必」，後一句有「必」。

由此可見，客觀認識情態／條件必然「必」的標注不一定是強制性的〔註21〕。

從以上分析可以看出，主觀認識情態「必」的使用範圍及強制性要大於客觀認識情態「必」。

4.1.4.2 認識情態「必」的發展

認識情態「必」在先秦到六朝文獻中的使用情況如下表〔註22〕：

表4.4　先秦至六朝認識情態「必」的使用情況

形式 文獻		先秦 8部	西漢 史記	東漢 論衡	六朝 4部
肯定式	條件主句	164 （56.7%）	125 （61.9%）	26 （24.1%）	39 （28.9%）
	非條件主句	125 （43.3%）	77 （38.1%）	82 （75.9%）	96 （71.1%）
小計		291 （90.7%）	202 （97.6%）	108 （64.7%）	135 （74.6%）
否定式		26 （8.1%）	4 （1.9%）	59 （35.3%）	32 （17.7%）
反問式		4 （1.2%）	1 （0.5%）	·	14 （7.7%）
總計		321 （100%）	207 （100%）	167 （100%）	181 （100%）

基於此，認識情態「必」的發展情況可以概括為以下幾點：一、從先秦到六朝，肯定式的使用比例一直高於否定式及反問式；二、從先秦到西漢，肯定式「必」主要用於條件主句中，而東漢以後，其比例明顯降低；三、西漢以前，否定式的使用比例比較低，東漢以後，其比例有所提高。此外，它在用法上主要有以下兩個變化：

一、漢代以後，認識情態「必」還與認識情態「當」連用。「必當」在先

〔註21〕　客觀認識情態／條件必然「必」在什麼條件下才能省略或不能省略，目前尚難以確定。據初步分析，若「必」用於主語為指物主語的條件複句時，則不能省略。因為省略「必」的例句都有主語為指類主語的共同點。

〔註22〕　本文把「必」的認識情態分為客觀和主觀兩種，其中客觀認識情態「必」兼具動力情態的條件必然義。鑒於此，本文將除了否定句之外的客觀認識情態「必」均歸為動力情態範疇，這裡只討論主觀認識情態「必」的發展情況，並把否定句中的「必」放在這裡一併討論。

秦八部文獻中沒有用例，在《史記》、《論衡》中共有 3 例，在六朝四部文獻中共有 8 例。〔註23〕例如：

> （118）公子曰：「晉鄙嚄唶宿將，往恐不聽，**必當**殺之，是以泣耳，豈畏死哉？」《史記·魏公子列傳》

> （119）令尹見惠王有不忍之德，知蛭入腹中**必當**死出，因再拜，賀病不為傷。《論衡·福虛篇》

> （120）聞甲乙多弟子，至以百許，**必當**有異，便載馳競逐，赴為相聚守之徒。《抱朴子·內篇·勤求》

> （121）文舉曰：「想君小時，**必當**了了！」《世說新語·言語》

以上例句中的「必」和「當」都表示認識情態。其中例（118）～（119）中的「當」表示預測蓋然義，例（120）～（121）中的「當」表示非預測蓋然義。

二、否定式「必」一般以「未必」和「不必」兩種形式出現。例如：

> （122）a. 修士者未**必**智，為潔其身，因惑其智。《韓非子·八說》

> b. 今近習者不**必**智，人主之於人也或有所知而聽之，入因與近習論其言，聽近習而不計其智，是與愚論智也。《韓非子·人主》

> （123）a. 獨亂未**必**亡也，召寇則無以存矣。《呂氏春秋·有始》

> b. 人有為人妻者，人告其父母曰：「嫁不**必**生也，衣器之物，可外藏之，以備不生。」《呂氏春秋·遇合》

從先秦到兩漢，「未必」的使用頻度遠高於「不必」，到了六朝，「不必」的使用比例則高於「未必」。據統計，「未必」和「不必」在先秦八部文獻中各有 27 例和 17 例，在兩漢文獻（《史記》《論衡》）中各有 147 例和 8 例，在六朝四部文獻中各有 13 例和 20 例；反問式「必」一般以「豈必」和「何必」兩種形式出現。從先秦到兩漢，「豈必」的使用頻度高於「何必」，到了六朝，「何必」的使用比例則高於「豈必」。據統計，「豈必」和「何必」在先秦八部和兩漢文獻中各有 8 例和 3 例，在六朝四部文獻中各有 1 例和 11 例。例如：

〔註23〕「必當」的「當」還用以表示義務情態，此時的「必」是堅決義。這種「必當」在《論衡》和《抱朴子》中各有 1 例。

（124）使命吉之人，雖不行善，未<u>必</u>無福；凶命之人，雖勉操行，
　　　 未<u>必</u>無禍。《論衡・命義篇》

（125）是故氣性隨時變化，豈<u>必</u>有常類哉？《論衡・講瑞篇》

（126）蔡答曰：「夜光之珠，不<u>必</u>出於孟津之河；盈握之璧，不<u>必</u>採
　　　 於崑崙之山。」《世說新語・言語》

（127）石崇每與王敦入學戲，見顏、原象而歎曰：「若與同升孔堂，
　　　 去人何<u>必</u>有間！」《世說新語・汰侈》

以上例句中的「必」都表示認識情態。例（124）～（125）中的「未必、豈必」
出自東漢文獻，例（126）～（127）中的「不必、何必」出自六朝文獻。

4.1.5　小結

　　形容詞「必」有確定不移和堅定不移義兩種，「必」由形容詞轉化為副詞
後也仍可表示這兩種意義。從情態角度看，副詞「必」的確定不移義相當於
動力情態的條件必然義。當條件必然「必」所處的句子主語是指類主語時，
「必」還可獲得認識情態的認識必然義，它屬客觀認識情態。客觀認識情態
「必」所述的事件是表類事件。當所述事件由表類事件變為表例事件時，「必」
也隨之由客觀認識情態變為主觀認識情態。漢代以後，認識情態「必」還可
與「當」搭配使用。從先秦到兩漢，認識情態「必」的否定式和反問式主要用
「未必」和「豈必」，六朝時期則主要用「不必」和「何必」。

　　條件必然「必」構成「A 必 B」的形式，A 是 B 的充分條件。當 B 還表示
A 的必要條件時，「必」可獲得義務情態的強義務義；B 還可構成「p 而後 q」
的形式，p 是 q 的必要條件，此時「必」還可獲得義務情態的強義務義。到了
六朝，義務情態「必」可脫離這種形式上的限制而單獨出現。

　　副詞「必」的堅定不移義可以分為兩種：主語堅決義和說話人堅決義。當主
語堅決義「必」構成反問式「何必」時，它還可獲得「何須」義，義務情態的反
問式「何必」由此產生；「何須」衍推「不須」義，衍推義「不須」促使「必」
能夠以否定形式出現，義務情態的否定式「不必」由此產生。漢代以後，堅決義
「必」還與意願類情態詞「欲」和義務情態詞如「須、當、宜」等搭配使用。

　　總之，「必」具有動力情態、義務情態、認識情態和決然義四種用法。其演

變路徑可以概括如下：

形容詞「必」　　副詞「必」

確定不移義　→　動力情態　　→　認識情態

　　　　　　　　　　　　　　　↘　義務情態（肯定式）

堅定不移義　→　主語堅決義
　　　　　　　　說話人堅決義　→　義務情態（反問式→否定式）

　　「必」在先秦至六朝時期的使用情況如下表：

表 4.5　先秦至六朝副詞「必」的使用情況

文　獻　語　義	先　秦 8 部	西　漢 史　記	東　漢 論　衡	六　朝 4 部
動力情態	508（50.9%）	33（10.8%）	75（27.9%）	69（22.8%）
堅決義	102（10.2%）	60（19.7%）	14（5.3%）	31（10.2%）
義務情態	67（6.7%）	5（1.6%）	10（3.8%）	22（7.3%）
認識情態	321（32.2%）	207（67.9%）	167（63%）	181（59.7%）
總計	998（100%）	305（100%）	265（100%）	303（100%）

　　由上表可見，在「必」的四種用法之中，先秦時期，動力情態最為常用，漢代以後，認識情態則最為常用。從先秦到六朝，義務情態的使用比例一直最低。

4.2　「須」

　　關於義務情態詞「須」的來源，朱冠明（2005）、吳春生、馬貝加（2008）、李明（2016）都有過論述。他們共同認為，義務情態詞「須」在東漢已經產生，它的來源是等待義動詞「須」。「須」的本義是鬍鬚，《說文·須部》曰：「須，面毛也。」「等待」義動詞「須」則是「頷」的假借字，《說文·立部》曰：「頷，待也，從立，須聲。」[註24]

〔註24〕關於「需」字，《說文·雨部》曰：「需，頷也，遇雨不進，止頷也」。這也就是說

關於義務情態詞「須」的形成過程，大多研究都僅從句法方面做過討論，都指出義務情態詞「須」是在等待義「須」帶上謂詞性賓語，即「須 VP」結構中產生。而從語義方面探討其形成過程的尚不多見。因而有兩個問題仍待解決：等待義是如何演變為義務情態的？它的產生條件是什麼？這是本節討論的重點。

在東漢時期，動詞「須」不僅產生義務情態，還產生新的動詞義，即需要義。義務情態詞「須」和需要義動詞「須」都比較常用，兩者的產生條件及發展過程也大致相同。為了便於比較，下面分開講這兩種「須」的演變情況。

4.2.1　義務情態「須」的產生及其發展

4.2.1.1　義務情態「須」的產生

在先秦時期，等待義「須」可以帶賓語。當它帶賓語時，其賓語大多是體詞性成分，但也有少數是謂詞性成分。例如：

（1）招招舟子，人涉卬否。人涉卬否，卬須我友。《詩經·邶風·匏有苦葉》

（2）太子曰：「王召急，不得須無潦。」《韓非子·外儲說右上》

（3）使之而義也，桓公宿義，須遺冠而後行之，則是桓公行義，非為遺冠也？《韓非子·難二》

（4）是不須視而定明也，不待對而定辯也，喑盲者不得矣。《韓非子·六反》

（5）夫吳之邊鄙遠者，罷而未至，吳王將恥不戰，必不須至之會也，而以中國之師與我戰。《國語·吳語》

例（1）～（2）的「須」帶體詞性賓語，構成「須 NP」形式，例（3）～（5）的「須」帶謂詞性賓語，構成「須 VP」形式。

在等待義動詞「須」帶謂詞性賓語時，這個「須」還常和另一個動詞構成

「需」有「在運行或勞作過程中遇雨，停止而等待」的意義，後來「需」、「頊」發展成為同義詞（吳春生、馬貝加 2008）。等待義「需」的用例如：

圖之，莫如盡滅之。需，事之下也。《左傳·哀公 6 年》

《易經》又云：「需，須也」。由此可見，「頊」、「須」和「需」都表示等待義。

並列結構,而且在這兩個動詞之間出現「而、而後」等關聯詞,從而構成「須VP＋關聯詞＋VP」這種形式,如上例(3)～(5)所示。為了論述方便,下文將「須VP＋關聯詞＋VP」記為「須VP₁而VP₂」。

到了兩漢時期,帶謂詞性賓語的等待義動詞「須」仍舊構成「須VP₁而VP₂」的形式。例如:

(6)及謁者曹梁使長安來,言大將軍號令明,當敵勇敢,常為士卒先。休舍,穿井未通,<u>須士卒盡得水</u>,乃敢飲。《史記·淮南衡山列傳》

(7)霧三日,天何不三日雷雨,<u>須成王覺悟</u>乃止乎?《論衡·感類篇》

(8)如必<u>須天有命</u>,乃以從事,安得先天而後天乎?以其不待天命,直以心發,故有先天後天之勤。《論衡·初稟篇》

等待義是指不採取行動,直到所期望的人、事物或情況出現。在「須VP₁而VP₂」的「須」是等待義動詞時,這個「須」主要有如下兩個特點:一是,VP₁不是「須」的主語親自執行的行為。如果VP₁是主語可以親自做的,那麼主語就不用等待VP₁這一情況的出現了。例如「我等待著他回來」成立,但「我等待著我回來」不成立;二是,VP₂是「須」的主語親自執行的行為。「須VP₁而VP₂」是由「須VP₁」和「VP₂」構成的連動結構,既然「須」是主語親自執行的行為,其後的「VP₂」也應如此。例如「他等待暴雨停止後才回家了」成立,但「他等待暴雨停止後天才放晴了」不成立。

上例(6)～(8)中的「須」都具有這些特點。如例(6),「須」的主語是「大將軍」,「盡得水」(VP₁)不是「大將軍」所做的行為,而是「士卒」所做的行為。而「敢飲」(VP₂)是「大將軍」所做的行為。再如例(7),「須」的主語是「天」,「成王覺悟」(VP₁)不是「天」親自做的行為,但「止」是「天」所做的行為(VP₂)。

此外,在等待義動詞「須」構成「須VP₁而VP₂」形式時,這個形式還有一個語義上的特點,即:VP₁表示VP₂的必要條件。如例(6),「須士卒盡得水,乃敢飲」表示「大將軍」只有「士卒盡得水」才「敢飲」,如果「士卒盡得水」未實現,自己也不「敢飲」。即對「大將軍」而言,「士卒盡得水」是

「敢飲」的必要條件。再如例（7），「須成王覺悟乃止」表達的意思是「天」只有「成王覺悟」才「止」，如果沒有發生「成王覺悟」，「天」也不會「止」。即對「天」而言，「成王覺悟」是「止」的必要條件。必然類義務情態的基本特點是，其所述事件是實現另一某個事件的必要條件。因此可以說，位於「須VP1 而 VP2」結構裏的等待義「須」具備了能夠演變為義務情態的基本條件。但是，並不是只要有了這個條件就可以演變為義務情態。它還有一個重要特點，就是 p 是能夠實現 q 的唯一條件（如果要實現 q，就一定要實現 p）。即，p 具有強制性。因此，只有在「須 VP1 而 VP2」中的 VP1 還具有強制性，其「須」才真正能夠由等待義演變為義務情態。

前文（4.1.3.1）已指出，p 是否具有強制性可以用變換的方法確定：假如可以說成「只有 p 才 q」但不能說成「只有 p 才能 q」，p 不具有強制性；假如可以說成「只有 p 才能 q」，該 p 具有強制性。上例（6）～（8）的「須 VP1 而 VP2」雖然都可以變換為「只有 VP1 才 VP2」，但都很難變換為「只有 VP1 才能 VP2」。如例（6）的「須士卒盡得水，乃敢飲」，「大將軍」等到「士卒盡得水」後才「飲」是他憑自己的主觀意願去做的，「大將軍」不等到「士卒盡得水」而「飲」也不會帶來消極後果。它可以變換為「只有『士卒盡得水』才『敢飲』」，但很難變換為「只有『士卒盡得水』才能『敢飲』」。再如例（7）的「須成王覺悟乃止」，「天」不等到「成王覺悟」而「止」也沒有消極後果。它可以變換為「只有『成王覺悟』才『止』」，但很難變換為「只有『成王覺悟』才能『止』」。由此可知，這些例句中的「須 VP1 而 VP2」尚未完全具備「須」的等待義可以演變為義務情態的條件。

從先秦到西漢，「須 VP1 而 VP2」的「須」只用作等待義動詞。到了東漢，情況發生了變化，「須 VP1 而 VP2」的「須」開始用作義務情態詞。例如：

（9）冶者變更成器，<u>須</u>先以火燔爍，乃可大小短長。《論衡·無形篇》

（10）蝗蟲之飛，能至萬里；麒麟<u>須</u>獻，乃達闕下。《論衡·狀留篇》

（11）古之帝王建鴻德者，<u>須</u>鴻筆之臣褒頌紀載，鴻德乃彰，萬世乃聞。《論衡·須頌篇》

（12）入夏月操菨，<u>須</u>手搖之，然後生風。《論衡·是應篇》

以上例句中的「須」都構成「須 VP₁ 而 VP₂」形式，其中的「須」都可以看作是義務情態詞。因為，這些「須 VP₁ 而 VP₂」都可以變換為「只有 p 才能 q」。如例（9）的「須先以火燔爍，乃可大小短長」可以變換為「只有『先以火燔爍』才能『大小短長』」。另外，它們還缺乏在「須 VP₁ 而 VP₂」的「須」為等待義動詞時所具有的兩個特點：一是 VP₁ 不是「須」的主語親自執行的行為；二是 VP₂ 是「須」的主語親自執行的行為。〔註25〕具體如下：

例（9）的「VP₂」是「須」的主語親自執行的行為，但「VP₁」也是如此。此例的主語是「冶者」，「以火燔爍」（VP₁）和「大小短長」（VP₂）都是「冶者」親自執行的行為。

例（10）～（11）的「VP₁」不是「須」的主語親自執行的行為，但「VP₂」也不是。如例（10）的主語是「麒麟」，「獻」（VP₁）和「達闕下」（VP₂）都不是「麒麟」親自執行的行為。因為「麒麟」只有有人「獻之」才能實現「達闕下」；如例（11）的主語是「帝王」，「鴻筆之臣褒頌紀載」（VP₁）和「鴻德彰，萬世聞」（VP₂）都是主謂短語。「鴻德彰，萬世聞」是「鴻筆之臣」實現「褒頌紀載」之後能夠達到的一種狀態，顯然它不是「帝王」所做的行為。

例（12）的「VP₁」是「須」的主語親自執行的行為，而且「VP₂」也不是主語親自執行的行為。此例的主語是「人」，「手搖之」（VP₁）之「手」正是主語「人」的「手」，而「生風」（VP₂）不是「人」親自做的，而是「手搖之」時自然產生的。

東漢時期，「須」已經不再位於「須 VP₁ 而 VP₂」的結構裏也可以表示義務情態了。如在《論衡》中，表示義務情態的「須 VP₁ 而 VP₂」（13 例）和表示義務情態的「須 VP」（23 例）都比較常見。這表明「須」在東漢時期從等待義動詞到義務情態詞的演變過程已經基本完成。例如：

（13）夫破者<u>須有</u>以椎破之也，如審有所用，則不徒之民皆被破害；

〔註25〕當然，也有可以變換為「只有 p 才能 q」但仍有等待義動詞所具備的上述兩個特點的例子，如：
　　天雖奪文王年以益武王，猶須周公請，<u>乃</u>能得之。《論衡·感類》
　　「須周公請，乃能得之」可以變換為「只有『周公請』才能『得之』」，但「周公請」（VP₁）不是「須」的主語「武王」親自做的行為，「得之」（VP₂）是「武王」親自做的行為。這種例子的「須」可以作等待義和義務情態兩種解讀：「等到周公請求，才能得到它」和「必須周公請求才能得到它」。

如無所用，何能破之！《論衡・難歲篇》

（14）方物集地，壹投而止；及其移徙，<u>須</u>人動舉。《論衡・狀留篇》

（15）故凡學者，乃<u>須得</u>明師，不能明師，失路矣。《太平經・真道九首得失文訣第一百七》

（16）欲得應者，<u>須</u>其民臣皆善忠信也。《太平經・校文邪正法第七十八》

以上例句中的「須」都構成「須 VP」的形式，後面沒有「而 VP」也可以表示「須」所述事件是另一個事件的必要條件，且其事件具有強制性。如例（13）表示只有「有以椎破之」才能「破」，再如例（14）表示「方物」只有「人動舉」才能「移徙」。

義務情態「須」還可以構成「須 VP1 以 VP2」的形式。這是在「須」用作等待義動詞時從沒出現過的形式。它從東漢一直沿用至六朝。例如：

（17）聖賢不能性知，<u>須</u>任耳目以定情實。《論衡・實知篇》

（18）天地事物，人所重敬，皆力劣知極，<u>須</u>仰以給足者也。《論衡・程材篇》

（19）金木者不能自成，故<u>須</u>人加功，以為人用也。《白虎通義・五行》

（20）孝為百行之首，猶<u>須</u>學以修飾之，況餘事乎！《顏氏家訓・勉學》

以上例句中的「須」都構成「須 VP1 以 VP2」的形式。「須 VP1 而 VP2」強調「VP1」和「VP2」在時間上的先後關係不同，而「須 VP1 以 VP2」更強調「條件—目標」之間的關係。如例（17）的「須任耳目以定情實」表示為了「定情實」就要「任耳目」，「任耳目」是為達到「定情實」這一目標不可缺少的必要條件。

此外，義務情態「須」還可以否定和和反詰用法出現。例如：

（21）明法恐之，則<u>不須</u>考奸求邪於下矣。《論衡・非韓篇》

（22）太后以為既已之事，<u>不須</u>復發。《漢書・外戚傳》

（23）武王夢帝予其九齡，其天已予之矣，武王已得之矣，何<u>須</u>復

請？《論衡・感類篇》

（24）古者聖賢乃深居幽室，而自思道德，所及貧富，何須問之，

坐自知之矣。《太平經・分別貧富法第四十一》

以上例句中的「須」都構成「不須VP」和「何須VP」的形式，兩種形式都表示不必要，即免除義。

4.2.1.2　義務情態「須」的發展

「須」的義務情態義是通過「須VP1而VP2」這樣的結構發展而來的。在東漢時期，表示義務情態的「須VP1而VP2」（《論衡》有13例）和表示義務情態的「須VP」（《論衡》有23例）在使用頻率上沒有很大的差異。而到了六朝，「須VP1而VP2」的使用頻率遠低於「須VP」。據統計，「須VP1而VP2」有12例（例19），而「須VP」有57例（例20～21）。可見「須VP」在此期已經成為義務情態「須」的基本結構形式。例如：

（25）削刻畫之薄伎，射御騎乘之易事，猶<u>須</u>慣習，然後能善，況

乎人理之曠，道德之遠，陰陽之變，鬼神之情，緬邈玄奧，

誠難生知。《抱朴子・外篇・勖學》

（26）但今卒無，方<u>須</u>求索。《百喻經》（1／0545a）

（27）借人典籍，皆須愛護，先有缺壞，就為補治，此亦士大夫百

行之一也。《顏氏家訓・治家》

此外，義務情態詞「須」還用於否定和反詰。值得注意的是，從六朝開始，「不須」不僅表示不必要，即免除義，還表示勸誡或阻止，義為現代漢語的「不要」（以下統稱為「勸止義」）。這一點已有一些學者注意到。如蔡鏡浩（1990：26）、李明（2016：72）、金穎（2011：34～38）等。例如：

（28）華、霍不須稱，而無限之重可知矣；江、河不待量，而不測

之數已定矣。《抱朴子・外篇・清鑒》

（29）帝問周侯：「論者以卿比郗鑒，云何？」周曰：「陛下不須牽

比。」《世說新語・品藻》

（30）暢聞涵至，門前起火，手持刀，魏氏把桃枝，謂曰：「汝不須

來！吾非汝父，汝非吾子，急手速去，可得無殃！」《洛陽伽

藍記・城南》

（31）魔子即便前諫父言：「……此非父王所能摧屈，不須造惡自招
　　　禍咎。」《過去現在因果經》（3／639c）

以上例句中的「須」都用於否定。但例（28）～（29）的「不須」表示免除義，
例（30）～（31）的「不須」表示勸止義。

　　關於勸止義「不須」的產生原因，李明（2016：102）和金穎（2011：36～
38）都曾有論述。不過兩家持有不同的觀點。李明（2016：102）指出，除了
「須」以外，「要、用、假」的否定形式也都表示阻止或勸誡，而這種用法都
是後起的。說話人借用「不必要」表示阻止或勸誡，比用「不須、不可、不當」
等意思要委婉。但是，久而久之，緩和語氣的意味消磨掉了，有的用例不能再
理解為「不必」。這種觀點與呂叔湘（1982：308）曾談到的禁止詞「不要」的
演變過程一致。即：「近代的通例是在表示『必要』的詞語上加『不』字，這
當然比直接禁止要委婉些，……可是『不要』一詞用久了已經失去原義，乾脆
成了一個禁止詞。」金穎（2011：36～38）卻對此觀點提出反駁，認為勸止義
的產生與否定形式「不須」的免除義無關，而與肯定形式「須」的語義有關。
金文將義務情態「須」分為兩類：表示客觀必要的「須₁」（例32）和強制性
特徵明顯的「須₂」（例33）。所舉例句如下：

　　（32）雖云有命，當須₁索之。《論衡·命祿篇》

　　（33）並須₂兩存，不可偏棄也。《顏氏家訓·文章》

並認為「須₁」的否定形式是免除義「不須₁」，「須₂」的否定形式是勸止義
「不須₂」。勸止義「不須₂」的產生原因是，「初期伴隨『須』產生的否定形
式卻只存在『不須₁』，因此助動詞『須』的肯定形式和否定形式間實際上存
在不對稱性，這種不對稱性最終導致了『不須₂』的產生來添補空位。」

　　假如勸止義「不須」是強制性特徵明顯的「須」的否定形式，而不是從免
除義「不須」而來，那麼既然「要、用、假」的否定形式也都表示勸止義，它
們也應是強制性特徵明顯的「要、用、假」的否定形式。但據李明（2016：99
～102），「用、假」只以否定和反詰用法出現。而且，這種觀點很難說明為什麼
初期只存在免除義「不須」，而不存在勸止義「不須」。

　　「須、要、用、假」的否定形式從免除義變為勸止義，這就等於語義強度
從弱變為強。有些情態詞的肯定形式也經歷了這種變化，如上古漢語的義務情

態詞「可」本來只表示許可義，到了六朝，它還表示說話人的建議、請求或委婉的指令（李明 2016：65）；先秦義務情態詞「得」本來只表示許可義，西漢以後，它還表示強義務義（太田辰夫 1958 / 2003：29～30）；英語義務情態詞 *must*、匈牙利語後綴 *-hat / -het*、美拉尼西亞語（Tinrin）的動詞 *drù* 等都從許可義演變為強義務義（van der Auwera & Plungian 1998：99；Traugott & Dasher 2002：123～125）。正如范曉蕾（2016）所說，在情態概念的語義要素中，「情態強度」是「最不穩定的特徵，最易變化」。所以，我們同意李明（2016）的看法，認為「不須」的勸止義由免除義而來。

　　從免除義演變為勸止義，這不是在漢語裏獨有的演變路徑。據 Narrog（2012：190～192），德語中義務情態詞 *dürfen* 的否定形式也經過了這樣的路徑。即，「否定詞＋*dürfen*」本來表示免除義（need not），說話人借用這個形式來表達勸止，後來勸止義成為它的固定義。與漢語不同的一點是，「否定詞＋*dürfen*」的勸止義又演變為「不可」義（may not），*dürfen* 進而成為許可義（may）。即，*dürfen* 經歷了從強義務到許可義的演變過程。Narrog 指出，「在印歐語和非印歐語（如日語）裏，為了維護面子，義務情態標記使用較弱的而不使用較強的現象普遍存在」。（2012：199）

　　從先秦至六朝時期「須 VP（而 / 以 VP）」的使用情況如下表：

表 4.6　先秦至東漢「須 VP（而 / 以 VP）」的使用情況

構式及語義	文獻〔註26〕	先　秦 11 部	西　漢 史　記	東　漢 論　衡	六　朝 5 部
須 VP 而 VP	等待義	3（60%）	1（100%）	4（8.7%）	·
須 VP 而 VP	義務情態	·	·	13（28.3%）	12（16.4%）
須 VP	等待義	2（40%）	·	·	1（1.4%）
須 VP	義務情態	·	·	23（50%）	57（78.1%）

〔註26〕先秦 11 部文獻為：《詩經》、《左傳》、《論語》、《國語》、《墨子》、《孟子》、《莊子》、《荀子》、《韓非子》、《呂氏春秋》、《戰國策》；六朝 5 部文獻為：《抱朴子》、《世說新語》、《百喻經》、《洛陽伽藍記》、《顏氏家訓》。

須 VP 以 VP	義務情態	·	·	6 （13%）	3 （4.1%）
總計		5 （100%）	1 （100%）	46 （100%）	73 （100%）

4.2.2　需要義「須」的產生及其發展

　　從先秦至西漢，等待義「須」可以帶體詞性賓語。帶體詞性賓語的「須」還可以和另一個動詞構成並列結構，且在這兩個動詞之間出現「而、而後」等關聯詞，從而構成「須NP＋關聯詞＋VP」這種形式，如下例（34）～（35）所示。為了論述方便，下文將「須NP＋關聯詞＋VP」記為「須NP而VP」。例如：

> （34）是以吳起須故人而食，文侯會虞人而獵。《韓非子·外儲說左上》

> （35）趙簡子未得志之時，須此兩人而後從政；及其已得志，殺之乃從政。《史記·孔子世家》

　　由等待義「須」構成的「須NP而VP」有如下三個特點：一是，VP是「須」的主語親自執行的行為。既然「須NP而VP」是連動結構，而「須」是主語親自執行的行為，後面的VP也應如此。二是，「須NP」的「NP」是與「須」的主語在空間上分離的事物。二者在空間上的分離正是導致主語做「等待」這一行為的原因。三是，有NP是做VP的必要條件。但是，有了NP才做VP是主語自己的選擇，而不是某種外力強迫他這樣做的，因而NP不具有強制性。證據是，「須NP而VP」可以變換為「有NP才VP」，但很難變換為「有NP才能VP」。如例（34），「吳起須故人而食」的「食」是「吳起」親自做的行為，「故人」是與「吳起」在空間上分離的事物（人），整句表示「吳起等老朋友來才吃飯」，此句可以變換為「吳起有『故人』才『食』」，但很難變換為「吳起有『故人』才能『食』」。

　　從先秦到西漢，「須NP而VP」的「須」只用作等待義動詞。到了東漢，情況發生了變化，「須NP而VP」的「須」開始用作需要義動詞。例如：

> （36）有人於斯，其知如京，其德如山，力重不能自稱，須人乃舉，而莫之助，抱其盛高之力，竄於閭巷之深，何時得達？《論衡·效力篇》

（37）難曰：「若是，武王之生無益，其死無損，<u>須</u>周公功乃成也。」
《論衡・感類篇》

（38）形<u>須</u>氣而成，氣<u>須</u>形而知。《論衡・論死篇》

以上例句中的「須」都可以看作是需要義。因為，這些「須NP而VP」都可以變換為「有NP才能VP」。此外，例（36）～（37）中「須NP而VP」的「VP」都不是「須」的主語親自做的行為。如例（36），「須人乃舉」的主語是「有人」之「人」，而實行「舉」的不是「有人」之「人」，而是「須人」之「人」，「有人」之「人」是「舉」的受事，而不是施事。再如例（37），「成」不是主語「武王」所做的行為，而是他可以達到的一種狀態。與前兩例不同，例（38）中「須NP而VP」的「VP」是「須」的主語親自做的行為。以「氣須形而知」為例，「須」的主語即「氣」，「VP」即「知」，「氣」是「知」的施事。但是，「須NP」的「NP」不是與「須」的主語在空間上分離的事物，「NP」即「形」，「氣」與「形」是不可分離的。由此可見，這些「須NP而VP」與由等待義「須」構成的「須NP而VP」有了差異。〔註27〕

東漢時期，「須」已經不再位於「須NP而VP」的結構裏也可以表示需要義了。如在《論衡》中，表示需要義的「須NP而VP」（13例）和表示需要義的「須NP」（15例）都比較常見。這表明「須」在東漢時期從等待義到需要義動詞的演變過程已經基本完成。到了六朝，「須NP」的使用頻率還遠高於「須NP而VP」。據統計，在六朝五部文獻中，「須NP而VP」只有9例（例39），而「須NP」有29例（例40～41）。例如：

（39）侍者於戶外扇偓。偓曰：「玉石豈<u>須</u>扇而後涼耶？」《拾遺記・前漢上》

（40）而殷高、周文乃夢想乎得賢者，建洪勳必<u>須</u>良佐也。《抱朴子・外篇・貴賢》

〔註27〕當然，也有可以變換為「有NP才能VP」但仍有等待義動詞所具備的上述兩個特點的例子，如：
如深鴻優雅，<u>須</u>師乃學，投之於地，何歎之有？《論衡・自紀》
「須師乃學」可以變換為「有『師』才能『學』」，但「學」是「須」的主語（泛指主語）親自做的行為，「師」可以看作是與「須」的主語在空間上分離的事物（人）。這種例子的「須」可以作等待義和需要義兩種解讀：「等到有了老師才能學習」和「需要有老師（的指導）才能學習」。

（41）直答語：「王脩齡若饑，自當就謝仁祖索食，不須陶胡奴米。」《世說新語・方正》

此外，只有需要義動詞「須」才可以出現在「須NP以VP」這種形式中，這種形式從東漢一直用到六朝。例如：

（42）今谷非氣所生，<u>須</u>土以成。《論衡・感虛篇》

（43）法木<u>須</u>金以正，<u>須</u>水以潤也。《白虎通義・京師》

（44）五穀非生人之類，而生人<u>須</u>之以為命焉。《抱朴子・內篇・對俗》

先秦至六朝時期「須（NP而／以VP）」的使用情況如下表：

表4.7　先秦至六朝「須（NP而／以VP）」的使用情況

構式及語義	文獻	先秦 11部	西漢 史記	東漢 論衡	六朝 5部
須NP而VP	等待義	2 （11.1%）	1 （16.7%）	2 （5.3%）	4 （6%）
	需要義	·	·	13 （34.2%）	9 （13.4%）
須NP	等待義	6 （33.3%）	2 （33.3%）	1 （2.6%）	8 （11.9%）
	需要義	·	·	15 （39.5%）	29 （43.3%）
須0〔註28〕	等待義	10 （55.6%）	3 （50%）	·	1 （1.5%）
	需要義	·	·	3 （7.9%）	10 （14.9%）
須NP以VP	需要義	·	·	4 （10.5%）	6 （9%）
總計		18 （100%）	6 （100%）	38 （100%）	67 （100%）

4.2.3　小結

義務情態詞「須」來源於等待義動詞。等待義動詞「須」常構成「須VP1而VP2」形式，此形式的特點是，VP1表示VP2的必要條件。故此處的「須」

〔註28〕「須∅」表示「須」後面不出現「NP（而VP）」。

具備了能夠演變為義務情態的基本條件。當 VP1 這一必要條件還具有強制性時，「須」就能獲得義務情態義。義務情態「須」產生以後，它就可以出現在除「須 VP1 而 VP2」以外的其他形式中，即「須 VP」和「須 VP1 以 VP2」。需要義動詞「須」的演變過程與義務情態詞「須」大致相同。義務情態詞和需要義動詞「須」的演變路徑可以概括如下：

等待義		等待義／義務情態		義務情態
「須 VP 而 VP」	→	「須 VP 而 VP」	→	「須 VP」
				「須 VP 以 VP」

等待義		等待義／需要義		需要義
「須 NP 而 VP」	→	「須 NP 而 VP」	→	「須 NP」
				「須 NP 以 VP」

4.3 「定」

《說文》：「定，安也。」「定」最初用作形容詞，主要表示兩種語義，一是「安定、平定」義，二是「固定」義。分別如：

(1) 父父、子子、兄兄、弟弟、夫夫、婦婦，而家道正；正家而天下定矣！《周易·家人》

(2) 名無固實，約之以命實，約定俗成，謂之實名。《荀子·正名篇》

這兩義還常用作使動用法，分別表示「使安定、平定」和「使固定」義。分別如：

(3) 貴德、貴貴、貴老、敬長、慈幼。此五者，先王之所以定天下也。《呂氏春秋·孝行覽》

(4) 天下是非果未可定也。雖然，無為可以定是非。《莊子·至樂》

「定」由「使固定」義引申為「確定」義。如上一例的「定是非」既可解釋為「使固定」義，也可解釋為「確定」義。

從西漢開始，「定」經常用作確定義動詞。此時的「定」一般都帶體詞性賓語。例如：

（5）吹律調樂，入之音聲，及以比<u>定</u>律令。《史記·張丞相列傳》

（6）太公對曰：「不能獨斷，以人言斷者殃也。」武王曰：「何為以人言斷？」太公對曰：「不能<u>定</u>所去，以人言去；不能<u>定</u>所取，以人言取；不能<u>定</u>所為，以人言為；不能<u>定</u>所罰，以人言罰；不能<u>定</u>所賞，以人言賞。《說苑·君道》

（7）不吹六律，不能<u>定</u>五音。《春秋繁露·楚莊王》

（8）世以此<u>定</u>華、王之優劣。《世說新語·德行》

由上例可見，動詞「定」表示主語的認識判斷行為，後面的體詞性賓語表示判斷的對象。

有時動詞「定」還可以帶謂詞性賓語，賓語表示判斷的結果。例如：

（9）王既<u>定</u>負遺俗之慮，殆無顧天下之議矣。《史記·趙世家》

（10）主父<u>定</u>死，乃發喪赴諸侯。《史記·趙世家》

（11）庾太尉在武昌，秋夜氣佳景清，使吏殷浩、王胡之之徒登南樓理詠，音調始道，聞函道中有屐聲甚厲，<u>定</u>是庾公。《世說新語·容止》

以上例句中的動詞「定」後賓語都是謂詞性成分（VP）。具體分析如下：

例（9）「王既定負遺俗之慮」（王既然決定承受背棄風俗的責難）中「定」的主語是「王」，「負遺俗之慮」（VP）這一事件的參與者也是「王」。可見，此例中「定」的主語是 VP 所述事件的參與者。例（10）～（11）則與之不同。例（10）「主父定死」（主父（被）確定死了）中「定」的主語是後面「發喪赴諸侯」（向諸侯發出訃告）的主語，「死」（VP）這一事件的參與者是「主父」；例（11）「定是庾公」（確定（他）是庾公）中「定」的主語是前面「聞函道中有屐聲甚厲」（聽見樓梯上傳來木板鞋的聲音很重）的主語，即「庾太尉」，「是庾公」（VP）這一事件的參與者是「庾公」。可見，這兩例中「定」的主語不是 VP 所述事件的參與者，而是 VP 所述事件的判斷者。

例（10）～（11）中的「定」表達的都是主語確定 VP 所述事件的發生，但仔細分析，這兩例中的「定」所確定的事件是不同的。例（10）是對現實情況（「主父死」）的確定，例（11）是對非現實情況（「是庾公」）的確定。即，前一情況是現實的客觀事件，後一情況是尚未證實的事件。正由於此，前一例

的「定」可以釋為「**確認義**」，後一例的「定」可以釋為「**料定義**」。

　　關於情態詞「定」的產生，高育花（2002）、劉雲（2010：98）、穆湧（2016：41～44）等都曾有論述。他們都認為，情態詞「定」在漢代以後產生。但對於其來源，卻有不同意見。劉雲（2010：98）認為情態詞「定」的來源是動詞，義為「判斷」，而高育花（2002）、穆湧（2016：41～44）認為是形容詞，義為「固定」。我們認為，「定」首先由「固定」義形容詞發展為「確定」義動詞，即劉雲所說的「判斷」義動詞，然後由此進一步發展出情態詞。也就是說，情態詞「定」不直接從形容詞而來，而是從動詞而來。主要理由是：一、形容詞「定」在先秦早已產生，用例也較多，如果說「定」從形容詞直接變為情態詞，那就很難說明為什麼「定」在先秦就沒有情態詞用法，到了漢代才有情態詞用法；二、在先秦時期，來源於「固定」義形容詞的情態詞有「必、固」。當這些「固定」義形容詞「必、固」作謂語時，前面的主語還可以由謂詞性成分來充當。例如：

　　（12）貧家而學富家之衣食多用，則速亡<u>必</u>矣。《墨子‧貴義》

　　（13）子之尚幼，曰：「君<u>必</u>不免，其死於夷乎！執焉而又說其言，

　　　　　從之<u>固</u>矣。」《左傳‧哀公 12 年》

然而，當形容詞「定」作謂語時，不管它表示「安定、平定」義還是「固定」義，前面的主語只能由體詞性成分來充當。如例（1）～（2）的「天下定矣」、「約定俗成」的主語都是名詞。下面再看「固定」義形容詞「定」之例：

　　（14）憂心烈烈，載飢載渴；我戍未<u>定</u>，靡使歸聘。《詩經‧小雅‧

　　　　　采薇》

　　（15）用氣為性，性成命<u>定</u>。《論衡‧無形篇》

　　（16）此又譏其執心不<u>定</u>也。《漢書‧揚雄傳》

由此可見，在「定」作「固定」義形容詞時所表現出來的句法特徵與其他源於「固定」義形容詞的情態詞所表現出來的句法特徵有所不同。由於上述原因，我們認為情態詞「定」的直接來源是動詞，而不是形容詞。

4.3.1　確實義「定」的產生

　　前面指出，確定義動詞「定」的主語既可以是賓語所述事件的參與者，如

例（9）的「王既定負遺俗之慮」，也可以是賓語所述事件的判斷者，如例（10）～（11）的「主父定死」和「定是庾公」。當「定」的主語是賓語所述事件的判斷者時，這個「定」還可以根據事件的現實性與否作兩種解釋，一種是確認義，如例（10）的「主父定死」，另一種是料定義，如例（11）的「定是庾公」。

下面再看西漢時期確認義「定」之例：

（17）項梁聞陳王定死，召諸別將會薛計事。《史記・項羽本紀》

（18）故貴大臣定有其罪矣，猶未斥然正以呼之也，尚遷就而為之諱也。《新書・階級》

這些例句中的「定」有一個共同特點，就是「定 VP」的前面出現 VP 的主語，如例（17），「定」的管轄域是「陳王死」，意思是「陳王（被）確定死了」；例（18）的「定」的管轄域是「貴大臣有其罪」，意思是「（如果）貴大臣（被）確定有罪了」。在這種情況下，「定」還可分析為表示「確實、真的」義的副詞（以下統稱為「**確實義**」）。如例（17）還可解釋為「陳王的確死了」；例（18）還可解釋為「（如果）貴大臣的確有罪了」。這是因為，其一，動詞「定」的確認義和副詞「定」的確實義都基本表示對已有事實的一種確認。其二，確實義副詞的管轄域也是句子的主語和謂語。由此推測，大約從西漢起，「定」由確認義動詞演變為確實義副詞。

從東漢到六朝，確實義副詞「定」都比較常見。例如：

（19）死親之魂定無所知，與拘親之罪決不可救何以異？《論衡・薄葬篇》

（20）令思乃歎曰：「世間乃定無所不有。五經雖不載，不可便以意斷也。然不聞方伎者，卒聞此，亦焉能不驚怪邪！」《抱朴子・內篇・黃白》

（21）既覺，引臥具去體，謂覬曰：「綿定奇溫。」《宋書・列傳・第五十三》

（22）顧長康畫裴叔則，頰上益三毛。人問其故，顧曰：「裴楷俊朗有識具，正此是其識具。」看畫者尋之，定覺益三毛如有神明，殊勝未安時。《世說新語・巧藝》

（23）其夫拍手笑言：「咄！婢，我定得餅，不復與爾。」《百喻經》

　　　　（4 / 0553c）

以上例句中的「定」都表示對已有事實的確認。這個事實既可以是已有的判斷或評價，如例（19）～（21），也可以是已然的事情，如例（22）～（23）。

　　有一些學者認為，「定」在中古時期還有表示轉折的「竟然、卻」義，如高育花（2002）、李素英（2013：38）。下面是兩家共同舉出的例子：

（24）本謂龍火，定是佛光。《中本起經》（1 / 0150b）

（25）苟答曰：「本謂雲龍，定是山鹿野麋。」《世說新語・任誕》

上舉各例的「定」所在的句子與前一句子具有轉折關係，因此這裡的「定」似乎都可解釋為「竟然、卻」義。但是，將它解釋為確實義也未為不可，只是這裡的「定」表達的是對新發現的情況予以確認。

　　在現代漢語中，確實義副詞「的確、確實、真的」所在的句子與上文有很多連接方式，其中之一就是轉折（肖奚強 2007；許娜 2008；吳志雲 2010）。如肖奚強（2007）指出，「的確」所在的句子與上文的連接方式中，常用的表達形式之一就是：上文對某種動作行為或事實提出懷疑或否定，下文通過「的確」對這種動作行為或事實加強確認。所舉例句如下：

（26）他懷疑自己是否完全醒了。拍了拍頭，揉了揉眼，他知道自

　　　己的確是醒著呢，不是作夢。（肖奚強 2007）

（27）她簡直不像個女人，而又的確是個女人。（肖奚強 2007）

例（26）是上文懷疑，下文確認；例（27）是上文否定，下文確認；以此達到加強確認的效果。〔註29〕

　　由上可知，確實義副詞所在的句子與前文可以有轉折關係，但是這個副詞的確認用法仍然不變。本文認為，確實義「定」的情況也不例外。它所在的句子可以與前文有轉折關係，但僅憑這種前後文關係就將這裡的「定」分析為「竟然、卻」義副詞似乎有些牽強。因此本文認為，即便「定」在特定語境中

〔註29〕確實義副詞所在的句子與前文具有轉折關係的例句還有（下例轉引自吳志雲 2010：19）：
　　比如屋頂上的吊燈過大而且安著些大紅大綠的尖頭燈泡，組合櫃上放著些廉價的造型拙劣的塑料盆景，等等，但確實是處處顯示出了他那「鳥槍換炮」的生存狀態。（劉心武：《小墩子》）

還帶有轉折的意思，也不宜以「竟然、卻」作為「定」的詞義。

4.3.2 認識情態「定」的產生

前面指出，確定義動詞「定」可以解釋為兩種，一是確認義，二是料定義。值得注意的是，副詞「定」也有兩種語義，一是確實義，二是「一定、肯定」義（以下統稱為「一定義」），即認識情態義。〔註30〕從語義方面看，動詞「定」的確認義與副詞「定」的確實義相對應，因為兩者表達的都是對現實情況做出認定。因此，兩者都可稱為「真值確認義」。另外，兩者都在西漢時期已經出現。動詞「定」的料定義又與副詞「定」的認識情態義相對應，因為兩者表達的都是對可能出現的非現實情況做出肯定推斷。因此，兩者都可稱為「必然推斷義」。另外，兩者都在東漢以後才出現。料定義動詞「定」如例（28），認識情態詞「定」如例（29）～（30）：

> （28）庾太尉在武昌，秋夜氣佳景清，使吏殷浩、王胡之之徒登南樓理詠，音調始遒，聞函道中有屐聲甚屬，<u>定</u>是庾公。《世說新語·容止》（＝例 11）
>
> （29）計此女<u>定</u>是秦王子嬰宮人，至成帝之世，二百許歲。《抱朴子·內篇·仙藥》
>
> （30）如是之言多所虧損，此言顛倒<u>定</u>是魔語。《菩薩本緣經》（2 / 0062c）

例（28）的「聞 VP，定 VP」是兩個小句，「聞」和「定」都是動詞，例（29）的「計 NP 定 VP」是一個小句，「計」的賓語是「NP 定 VP」，「定」是副詞。但從語義上看，例（28）～（29）中的「定」都表示主語的主觀推斷，例（30）中的「定」便表示說話人的主觀推斷。據此而言，從歷時上看，正如確認義動詞「定」演變為確實義副詞「定」一樣，料定義動詞「定」也應演變為認識情態詞「定」。

在中古時期，表示一定義的認識情態詞除了「定」以外，還有「決、斷、

〔註30〕「定」在這一點上很像副詞「固」，「固」也可兼表確實義和一定義。例如：
公使視之，則信有焉。問諸夫人與左師，則皆曰：「<u>固</u>聞之。」《左傳·襄公 26 年》
祭、衛不枝，<u>固</u>將先奔。《左傳·桓公 5 年》
前一例的「固」表示確實義，後一例的「固」表示一定義。

判」等，它們都由「決定、判斷」義動詞語法化而來（張秀松 2014；王怡然 2017）。例如：

（31）相如度秦王雖齋，<u>決</u>負約不償城，乃使其從者衣褐，懷其璧，
從徑道亡，歸璧於趙。《史記·廉頗藺相如列傳》

（32）豈當扼腕空言，以僥倖榮華，居丹楹之室，受不訾之賜，帶
五利之印，尚公主之貴，耽淪勢利，不知止足，實不得道，
<u>斷</u>可知矣。《抱朴子·內篇·論仙》（王怡然 2017：13）

（33）入穴數里，跨木渡水，三人溺死，炬火又亡，<u>判</u>無濟理。
《高僧傳·釋道炯》（王怡然 2017：13）

與動詞「決、斷、判」義相同，動詞「定」的料定義也是指對事件的一種判斷。
由此也可以推測，與「決、斷、判」由「決定、判斷」義動詞演變為認識情態
詞類似，「定」也當由料定義動詞演變為認識情態詞。

認識情態「定」大約產生於東漢，從魏晉時期起就比較常見。例如：

（34）人見鬼象生存之人，<u>定</u>問生存之人，不與己相見。《論衡·紀
妖篇》

（35）吾母採果來歸何遲？今日<u>定</u>死，為鬼所啖。《六度集經》（2／
0009c）

（36）鄱陽哀王去年閏三月薨，月次節物，則<u>定</u>是四月之分，應以
今年四月末為祥。《宋書·志·第五》

（37）如大臣言，王即自知<u>定</u>死不久。《雜寶藏經》（7／0484b）

以上例句中的「定」所在的句子都涉及非現實情況，也就都是所料之事，它有
可能與事實相符合，也有可能與事實不相符合。

4.3.3 追問義「定」的產生

「定」還可以在特指問句和反覆問句裏表示追問。這種追問義初見於南北
朝時期。例如：

（38）鄧艾口吃，語稱「艾艾」。晉文王戲之曰：「卿云：『艾艾』，
<u>定</u>是幾艾？」《世說新語·言語》

（39）服之不衰，身之災也，頭上<u>定</u>是何物？《南齊書・東夷傳》

（40）人問劉尹：「玄度<u>定</u>稱所聞不？」劉曰：「才情過於所聞。」
《世說新語・賞譽》

（41）今<u>定</u>是為賊所畏不？《宋書・列傳・第四十六》

例（38）～（39）的「定」用於特指問句，例（40）～（41）的「定」用於反覆問句。

關於追問義副詞的來源，谷峰（2011）、張秀松（2014）都曾有論述。谷峰（2011）認為，上古漢語的「誠、果」都由真值確認義副詞（即本文所說的「確實義副詞」）發展出「到底、究竟」義副詞。演變路徑是：真值確認（陳述句）＞真值確認／追問（是非問句、選擇問句）＞追問（反覆問句、特指問句）。並以「委的、委實、真個、果真」作為同義副詞平行演變的佐證。張秀松（2014）提出了追問標記的幾種來源，其中之一就是「真值驗證詞」（即本文所說的「確實義副詞」），並認為古漢語的「定、決定」和「果、真、果真、果然、誠、端的」等追問標記都源於真值驗證詞。總之，兩家都提出了「確實義→追問義」的演變路徑，其中張文還認為「定」也經歷了這條路徑。

確實義「定」和追問義「定」在起強調作用上有相通之處，只是前者是強化傳信的，後者是強化傳疑的。即便去掉「定」，所述命題內容仍然沒有變化。因此，本文也贊同上述學者的觀點，認為「定」的追問義來源於確實義。

4.3.4　小結

確定義動詞「定」之語義可以細分為確認義和料定義兩種，前者是指對已知事實的確定，後者是指對未知事實的確定。副詞「定」有三種語義：確實義、追問義和認識情態。確實義「定」來源於確認義「定」，大概產生於西漢。在六朝時期，確實義「定」進一步演變為追問義「定」。認識情態「定」來源於料定義「定」，大概產生於東漢。「定」的演變路徑可以圖示如下：

動詞「定」		副詞「定」		
對已知事實的確定，即確認義	→	確實義	→	追問義
對未知事實的確定，即料定義	→	認識情態		

「定」在兩漢至六朝時期的使用情況如下表：

表 4.8　兩漢至六朝副詞「定」的使用情況

時代 [註31] 語　義	西　漢	東　漢	六　朝
確實義	5（100%）	5（62.5%）	16（43.2%）
認識情態	·	3（37.5%）	11（29.7%）
追問義	·	·	10（27%）
總計	5（100%）	8（100%）	37（100%）

　　由上表可見，產生時期最早的依次為：確實義＞認識情態＞追問義，使用頻率最高的也依次為：確實義＞認識情態＞追問義。

〔註31〕本文所考察的西漢時代的文獻為《史記》、《新書》等 2 部；東漢時代的文獻為《論衡》、《太平經》、《漢書》等 3 部；六朝時代的文獻為《三國志》、《抱朴子》、《世說新語》、《宋書》、《南齊書》、《百喻經》、《顏氏家訓》、《古小說鈎沈》等 8 部。

第五章　應然類和必然類情態用法對比

5.1　應然類情態用法對比

5.1.1　「當、宜」的義務情態用法對比

　　義務情態「當、宜」在先秦到六朝時期的使用情況見下表：

表 5.1　「當、宜」的義務情態用法比較

文獻〔註1〕 語義			先　秦 10 部		西　漢 史　記		東　漢 論　衡		六　朝 3 部	
			當	宜	當	宜	當	宜	當	宜
非主觀義務義			4 （13.8%）	．	29 （28.4%）	1 （3.1%）	160 （61.5%）	9 （5.9%）	8 （6.6%）	．
主觀義務義	客觀義	合法	15 （51.7%）	12 （35.3%）	61 （59.8%）	12 （37.5%）	28 （10.8%）	8 （5.3%）	48 （39.7%）	8 （18.6%）
		合理	10 （34.5%）	16 （47.1%）	5 （4.9%）	14 （43.8%）	66 （25.4%）	104 （68.4%）	26 （21.5%）	14 （32.6%）

〔註1〕　先秦 10 部文獻為：《左傳》、《論語》、《國語》、《墨子》、《孟子》、《莊子》、《荀子》、《韓非子》、《呂氏春秋》、《戰國策》；六朝 3 部文獻為：《世說新語》、《百喻經》、《顏氏家訓》。

主觀義	·	6（17.6%）	7（6.9%）	5（15.6%）	6（2.3%）	31（20.4%）	39（32.2%）	21（48.8%）
合計	29（100%）	34（100%）	102（100%）	32（100%）	260（100%）	152（100%）	121（100%）	43（100%）

　　由上表可見，義務情態「當、宜」的共同特點是，其義務源一般都具有普遍性。也就是說，「當、宜」主要表示客觀義務義。這種情況從先秦開始一直持續到六朝時期。例如：

（1）是故子墨子言曰：「今天下之士君子，忠實欲天下之富，而惡其貧，欲天下之治，而惡其亂，<u>當</u>兼相愛、交相利，此聖王之法，天下之治道也，不可不務為也。」《墨子・兼愛》

（2）世有賢主秀士，<u>宜</u>察此論也，則其兵為義矣。《呂氏春秋・振亂》

（3）不<u>宜</u>愛而受寵，不<u>當</u>親而得附，非道理之宜。《論衡・幸偶篇》

（4）日月星辰，若皆是氣，氣體輕浮，<u>當</u>與天合，往來環轉，不得錯違，其間遲疾，理<u>宜</u>一等；何故日月五星二十八宿，各有度數，移動不均？《顏氏家訓・歸心》

例（1）～（2）和例（3）～（4）分別是先秦和漢代及六朝時期的例句。例（3）～（4）中的「當、宜」還對舉，顯示出二者語義相近，都表示客觀義務義。

　　義務情態「當」「宜」主要有以下幾個不同特點：

　　1. 與「宜」相比，「當」還常表示非主觀義務義。因為一部分義務義「當」來源於不具有主觀性的承當義。這種差異表現在句法方面，最主要的差異是「當」還常出現在條件從句中，「宜」則不然。條件從句不是陳述句，它只表達一個或真或假的命題，因此當某一個情態詞出現在條件從句時，該情態詞的意義就只能表示非主觀義。「當」正好專門表示非主觀義務義，所以與「宜」相比，「當」更常用於條件從句中。例如：

（5）項王見人恭敬慈愛，言語嘔嘔，人有疾病，涕泣分食飲，至使人有功<u>當</u>封爵者，印刓敝，忍不能予，此所謂婦人之仁也。《史記・淮陰侯列傳》

（6）人生皆<u>當</u>受天長命，今得短命，亦宜曰無命。《論衡・問孔篇》

（7）如龍之性<u>當</u>在天，在天上者固當生子，無為復在地。《論衡・龍虛篇》

以上例句中的「NP當VP」都出現在條件從句中，表示「如果『NP應當VP』，則⋯⋯」。「NP應當VP」都不是說話人的判斷，此處的「NPVP」已經都是被認定為具有可取性的事件。

2.「當」的義務源主要與某種規則有關，如禮制、法律、醫理等，而「宜」的義務源主要與事理有關，如道德、情理、常理等。兩者都具有普遍性，但是「當」的義務源還具有權威性，它可說是一種「普遍規則」，而「宜」的義務源沒有權威性，它可說是一種「普遍信念」。由普遍規則得出的結論必然合法，因此可以說「當」具有合法性的特徵。由普遍信念得出的結論必然合理，因此可以說「當」具有合理性的特徵。這種差異還表現在以下幾個方面。

其一，促使主語實現行為的內部條件。「當」的內部條件基於法律規則，「宜」的內部條件是基於情理道德。例如：

（8）琅邪王劉澤既見欺，不得反國，乃說齊王曰：「齊悼惠王高皇帝長子，推本言之，而大王高皇帝適長孫也，<u>當</u>立。」《史記・齊悼惠王世家》

（9）六歲，侯家舍人得罪他廣，怨之，乃上書曰：「荒侯市人病不能為人，令其夫人與其弟亂而生他廣，他廣實非荒侯子，不<u>當</u>代後。」《史記・樊酈滕灌列傳》

（10）為說者曰：「孫卿不及孔子。」是不然。⋯⋯嗚呼！賢哉！其知至明，循道正行，足以為紀綱。<u>宜</u>為帝王。《荀子・堯問》

（11）時議者咸謂：舍長立少，既於理非倫，且明帝以聰亮英斷，益<u>宜</u>為儲副。《世說新語・方正》

以上例句中的「NP當／宜VP」都表示「NP有資格實現VP，因而NP應當實現VP」，而「當」和「宜」的資格條件卻不同。例（8）的「當立」表示由於「大王」是「高皇帝適長孫」所以應當「立」，例（9）的「不當代後」表示由於「他廣」不是「荒侯子」所以不應當「代後」，可見這些「當」句的資格條件都與法律規則有關。而例（10）的「宜為帝王」表示「（孫卿）知至明，

循道正行」所以應當「為帝王」，例（11）的「宜為儲副」表示「明帝以聰亮英斷」所以應當「為儲副」，可見這些「宜」句的資格條件都與情理道德有關。

其二，主語所承擔的責任。義務情態的責任可以分為「實際責任」和「道義責任」兩種。實際責任，是指由個人特定的社會身份特別是職務所決定的責任，如教師要教育管理學生，護士要照顧病人等；道義責任，是指社會規範和觀念所決定的責任，如年輕人要尊敬老人，成年人要關心照顧兒童等（劉丹青 2008：489）。「當」主要表示實際責任，「宜」主要表示道義責任。例如：

（12）夫三王之事雖近矣，經雖不載，義所連及，《五經》所當共知，儒生所當審說也。《論衡·謝短篇》

（13）石正色云：「士當令身名俱泰，何至以甕牖語人！」《世說新語·汰侈》

（14）白圭告人曰：「人有新取婦者，婦至，宜安矜煙視媚行。」《呂氏春秋·不屈》

（15）且孔之言，何其鄙也！何彼仕為食哉？君子不宜言也。《論衡·問孔篇》

以上例句中的「NP 當／宜 VP」都表示 NP 負有應要實現 VP 的某種責任，而「當」和「宜」的責任種類卻不同。例（12）的「《五經》所當共知，儒生所當審說」表示「五經之家」和「儒生」各應當「知三王之事」和「審說三王之事」，例（13）的「士當令身名俱泰」表示作為「士」應當「令身名俱泰」。可見這些「當」句的主語所承擔的義務責任都與社會職務有關。而例（14）的「宜安矜煙視媚行」表示「新取婦者」應當「安矜煙視媚行」（安穩持重微視慢行），例（15）的「君子不宜言」表示「君子」不應說「仕為食」（做官是為了找飯吃）這樣的話，可見這些「宜」句的主語所承擔的義務責任都與情理道德有關。

其三，在句法上，「當」多與「法」連用，「宜」則不然。有「法當」之例，這就表明「當」的義務源可以或經常與某種理論或法律規則有關，沒有「法宜」之例，這至少表明「宜」的義務源很少與某種理論或法律規則有關。例如：

（16）故年二十，是謂「易」。法不當砭灸，砭灸至氣逐。《史記·扁鵲倉公列傳》

（17）則庖廚監食者**法**皆**當**死，心又不忍也。《論衡・福虛篇》

（18）今反虜無慮三萬人，**法當**倍用六萬人。《漢書・馮奉世傳》

（19）君者，**法當**衣赤，火之行也。《太平經・天讖支干相配法第一百五》

以上例句中的「法當 VP」都表示按照某種法律規則應當 VP。

最後，「當」比「宜」更常用於疑問句。在我們所考察的先秦到六朝的語料中，「當」用於疑問句的用例共出現 23 次，而「宜」共出現 1 次。例如：

（20）即宮車一日晏駕，非大王**當**誰立者！《史記・淮南衡山列傳》

（21）世之說稱者，竟**當**何由？救水旱之禍，審**當**何用？《論衡・明雩篇》

（22）謂左右曰：「館**當**以何為名？」侍中繆襲曰：「……此館之興，情鍾舅氏，宜以渭陽為名。」《世說新語・言語》

（23）又問：「東宮舊事『六色罽緤』，是何等物？**當**作何音？」《顏氏家訓・書證》

其原因可能不僅是一種。我們認為，其中一個原因可能與「當、宜」的義務源有關。「當」的主要義務源是普遍規則，「宜」的主要義務源是普遍信念。前面指出，普遍規則具有權威性，普遍信念沒有權威性。此外，規則比信念更具體、更明確。因此，與義務源為普遍信念的「宜」所表達的事件相比，義務源為普遍規則的「當」所表達的事件更有權威、更具體、更明確。一般來說，當說話人問對方應採取何種行為時，說話人一般想聽到來自權威信息的、具體的和明確的答案。說話人使用「當」來提問，可能就是這種意圖的表現。

3.「當、宜」不僅表達說話人對命題的態度，即表示義務義以外，而且表達說話人對聽話人的態度。即，「當、宜」既能表現主觀性，還能表現交互主觀性。這就表明，「當、宜」的主觀性都進一步得到了增強，以至於具有了交互主觀性的意義。而它們所表達的對聽話人的態度卻不同。汪維輝（2000：315）指出，「當」表按理應該怎麼樣，語氣較硬，而「宜」指以怎麼做為好，是一種委婉的建議。我們同意汪文的分析。「當」是用來傳達強硬的態度，而「宜」是用來傳達委婉的態度。「當、宜」都有助於加強或和緩語氣，即其使用都是出於對聽話人「面子」的考慮，不過其中只有「宜」才有「維護」聽話

人面子的作用。請比較看《世說新語》中「當、宜」的用例：

（24）朔曰：「此非唇舌所爭，爾必望濟者，將去時但<u>當</u>屢顧帝，慎勿言！」《世說新語・規箴》

（25）韓康伯時為丹陽尹，母殷在郡，每聞二吳之哭，輒為淒惻。語康伯曰：「汝若為選官，<u>當</u>好料理此人。」《世說新語・德行》

（26）桓果語許云：「阮家既嫁醜女與卿，故當有意，卿<u>宜</u>察之。」《世說新語・賢媛》

（27）後示張公，張曰：「此二京可三。然君文未重於世，<u>宜</u>以經高名之士。」《世說新語・文學》

以上例句中的「當、宜」都出自同一文獻，它們都表示主觀義務義，同時也表現出交互主觀性。

以上例句都是說話人對聽話人強加義務的語境，義務主體是說話人，行為主體是聽話人（如「你應該回家」）。此外，「當、宜」還可以用於說話人對自己強加義務的語境，此時義務、行為主體都是說話人（如「我應該回家」）。在主觀義務義「當、宜」之中，「當」更常用於這個語境，如例（28）～（29）。「宜」也可以用於這個語境，但有一個使用條件，就是「宜」所述事件一定與聽話人有關聯，即其事件是需要聽話人參與或諒解的事件，如例（30）～（31）：

（28）罷朝，怒謂長史曰：「吾<u>當</u>先斬以聞，乃先請，為兒所賣，固誤。」丞相遂發病死。《史記・袁盎晁錯列傳》

（29）大將軍至石頭，問丞相曰：「周侯可為三公不？」丞相不答。又問：「可為尚書令不？」又不應。因云：「如此，唯<u>當</u>殺之耳！」復默然。《世說新語・尤悔》

（30）昭王至，聞其與宦者爭言，遂延迎，謝曰：「寡人<u>宜</u>以身受命久矣，會義渠之事急，寡人旦暮自請太后；今義渠之事已，寡人乃得受命。竊閔然不敏，敬執賓主之禮。」范睢辭讓。《史記・范睢蔡澤列傳》

（31）方共對飲，劉便先起，云：「今正伐荻，不<u>宜</u>久廢。」張亦無以留之。《世說新語・任誕》

以上例句中的「當、宜」都用於說話人對自己強加義務的語境。另外，它們都用在對話場景中。但例（28）～（29）中「當」所述的事件都與聽話人沒有關聯。如例（28）的說話人後悔地對聽話人說「吾當先斬以聞」（我本該先殺了他再報告皇上），「先斬以聞」顯然與聽話人無關。同樣的，例（29）中「唯當殺之耳」（只該殺了他罷了）的「殺之」是不需要聽話人的諒解或參與的。例（30）～（31）中的「宜」則不然。如例（30）的說話人對聽話人說「寡人宜以身受命久」（我本該早就接受您的指教了），它實際上表達的意思是「我該接受您的指教了」，這需要有聽話人的參與才得以實現；例（31）中的說話人對聽話人說「今正伐荻，不宜久廢」（今天正割蘆荻，不應停工太久），它實際上表達的意思是「我該走了」，聽話人是客人，而說話人先要走，這是需要聽話人諒解的。即例（30）～（31）中的說話人都在要求聽話人參與或諒解自己要做的事情。在此情況下，說話人使用「宜」，就可以委婉地表達這種意圖。這大概就是此處用「宜」而不用「當」的原因所在。可見，「宜」在義務主體和行為主體均為說話人的語境中也在一定程度上表現出交互主觀性的特徵。

5.1.2 「當、宜」的認識情態用法對比

認識情態「當、宜」在先秦到六朝時期的使用情況見下表：

表 5.2 「當、宜」的認識情態用法比較

文獻 語義	先　秦 10 部		西　漢 史　記		東　漢 論　衡		六　朝 3 部	
	當	宜	當	宜	當	宜	當	宜
客觀義	·	5 （33.3%）	20 （71.4%）	3 （10.3%）	10 （23.8%）	37 （44.6%）	13 （15.7%）	·
主觀義	4 （100%）	10 （66.7%）	8 （28.6%）	26 （89.7%）	32 （76.2%）	46 （55.4%）	70 （84.3%）	·
合計	4 （100%）	15 （100%）	28 （100%）	29 （100%）	42 （100%）	83 （100%）	83 （100%）	·

由上表可見，認識情態「當、宜」的共同特點是，它們不僅表示客觀認識情態，而且表示主觀認識情態。二者之所以能夠表示客觀認識情態，在於二者都來源於客觀義務情態：「當」源於具有〔＋合法性〕的義務情態，「宜」源於具有〔＋合理性〕的義務情態。〔＋合法性〕、〔＋合理性〕不僅是促使義務

情態衍生出認識情態的因素，而且是使得認識情態能夠表示客觀義的因素。例如：

> （32）臣意告永巷長曰：「豎傷脾，不可勞，法當春嘔血死。」《史記・扁鵲倉公列傳》

> （33）虞君曰：「晉我同姓，不宜伐我。」《史記・晉世家》

以上例句中的「當、宜」都出自同一文獻，表示客觀認識情態。例（32）的「當」句是根據醫理做出的推斷，例（33）的「宜」句是根據事理做出的推斷。

認識情態「當」「宜」主要有以下幾個不同特點：

1.「宜」從先秦到六朝主觀認識情態用法一直最為常用，而「當」雖然在先秦已有此用法，但是用例甚少，它從東漢開始才比較常用。例如：

> （34）天行三百六十五度，積凡七十三萬里也，其行甚疾，無以為驗，當與陶鈞之運，弩矢之流，相類似乎！《論衡・說日篇》

> （35）雖為武王所擒，時亦宜殺傷十百人。《論衡・語增篇》

以上例句中的「當、宜」都出自同一文獻，表示主觀認識情態。

2.「宜」不僅表達說話人對命題的態度，而且表達說話人對聽話人的態度。即，「宜」具有和緩語氣的作用，表現交互主觀性。比如在《史記》中，主觀認識情態「當」共有8例，其中只有4例用於對話場景，如例（36）；主觀認識情態「宜」共有25例，這些用例全部都用在對話場景，如例（37）。「宜」常用於對話場景這一事實已表明，「宜」滿足具有交互主觀性的基本條件。因為對話場景是最能夠表現交互主觀性的語用環境。如：

> （36）師光喜曰：「公必為國工。……胥與公往見之，當知公喜方也。其人亦老矣，其家給富。」《史記・扁鵲倉公列傳》

> （37）文帝不樂，從容問通曰：「天下誰最愛我者乎？」通曰：「宜莫如太子。」《史記・佞倖列傳》

以上例句中的「當、宜」都用於對話場景中。例（37）中的說話人使用「宜」，是為了使自己的語氣緩和，以弱化自己的推斷承諾。可見，此處的「宜」已經是一個交互主觀性標記。

　　3.「當」用於疑問句和反問句。在我們所考察的先秦到六朝的語料中，「當」用於疑問句和反問句的用例各有 9 例和 6 例，「宜」則沒有。例如：

（38）夫儒生能說一經，自謂通大道以驕文吏；文吏曉簿書，自謂文無害以戲儒生。各持滿而自藏，非彼而是我，不知所為短，不悟於己未足。……文吏自謂知官事，曉簿書。問之曰：「曉知其事，<u>當</u>能究達其義，通見其意否？」文吏必將罔然。《論衡・謝短篇》

（39）王子猷詣謝萬，林公先在坐，瞻矚甚高。王曰：「若林公鬚髮並全，神情<u>當</u>復勝此不？」謝曰：「唇齒相須，不可以偏亡。鬚髮何關於神明！」林公意甚惡，曰：「七尺之軀，今日委君二賢。」《世說新語・排調》

（40）安豐曰：「婦人卿婿，於禮為不敬，後勿復爾。」婦曰：「親卿愛卿，是以卿卿；我不卿卿，誰<u>當</u>卿卿？」《世說新語・惑溺》

（41）語人曰：「少年時讀論語、老子，又看莊、易，此皆是病痛事，<u>當</u>何所益邪？」《世說新語・讒險》

例（38）～（39）中的「當」用於疑問句，例（40）～（41）中的「當」用於反問句。

　　先看例（38）～（39）。這些例句都是反覆問句，這些反覆問句的共同特點是，說話人已經有了自己的意見，用問句的形式徵求對方的意見。例（38）～（39）表達的說話人的意見都比較主觀，如例（38），說話人根據「曉知其事」（懂得官事）推出「能究達其義，通見其意」（能夠通曉公文的道理，透徹瞭解公文的意義），懂得官事不一定通曉有關官事或公文的所有道理，因而其結論比較主觀；例（39），說話人認為如果「林公鬚髮並全」（林公鬍鬚頭髮都齊全），就會「神情復勝此」（神態風度比現在更強），這顯然是一個主觀的判斷。除了「當」以外，「宜」也表達主觀認識情態，那麼這裡不用「宜」而用「當」的原因是什麼呢？

　　「當」所在的疑問句有一個共同點，就是它們表面上看是疑問句，但說話人其實沒有求知的要求，如例（38），說話人知道聽話人「文吏」不會「能究

達其義，通見其意」，所以後面說「文吏必將罔然」（文吏聽了一定會發呆），而他非要這麼發問，是為了使看不起「儒生」的那些「文吏」認識到他們也有短處；例（39），說話人其實不在乎「林公鬚髮並全」是否就會「神情復勝此」，而他這麼發問，是為了嘲笑「瞻矚甚高」（目光神態高傲）的「林公」。在「當、宜」中，「宜」具有和緩語氣的作用，「當」則沒有。既然說話人不需要向聽話人尋求解答，說話人也就沒有必要照顧聽話人的面子而使自己的語氣緩和。在這種情況下，使用「當」比使用「宜」更為合適。

再看例（40）～（41）。這些例句都是反問句，而反問句是無疑而問的不需要對方作出回答的問句。例（40）～（41）與例（38）～（39）在這一點上有相通之處。另外，反問句具有加強語氣的作用，因此，反問句與具有和緩語氣作用的「宜」並不相容。

總之，我們認為「宜」具有的交互主觀性這一特徵在一定程度上限制了它像「當」那樣自由地出現在疑問句和反問句。這大概就是在疑問句和反問句中只見「當」而不見「宜」的原因所在。

5.2　必然類情態用法對比

5.2.1　「必、須」的義務情態用法對比

義務情態「必、須」在先秦到六朝時期的使用情況見下表：

表 5.3　「必、須」的義務情態用法比較

文獻〔註2〕 形式	先秦—西漢 8部、史記		東　漢 論　衡		六　朝 4 部	
	必	須	必	須	必	須
肯定式	53（73.6%）	.	4（40%）	15（65.2%）	7（31.8%）	58（89.2%）
否定式	.	.	2（20%）	5（21.7%）	5（22.7%）	5（7.7%）

〔註2〕先秦 8 部文獻為：《詩經》、《左傳》（隱公元年至文公十八年）、《論語》、《墨子》、《孟子》、《莊子》、《荀子》、《韓非子》（初見秦第一至姦劫弒臣第十四）；《史記》考察範圍限於本紀和世家；《論衡》考察範圍限於逢遇篇第一至狀留篇第四十；六朝 4 部文獻為：《抱朴子內篇》、《世說新語》、《百喻經》、《顏氏家訓》。

| 反問式 | 19
（26.4%） | · | 4
（40%） | 3
（13%） | 10
（45.5%） | 2
（3.1%） |
| 合計 | 72
（100%） | · | 10
（100%） | 23
（100%） | 22
（100%） | 65
（100%） |

由上表可見，義務情態「必」的產生早於義務情態「須」。「必」已在先秦產生，「須」在東漢以後才開始出現。到了六朝時期，「須」已經成為比「必」更常用的義務情態詞。另外，「須」一般用於肯定，而「必」主要用於反問。

義務情態「必、須」來源不相同，「必」（肯定式）的來源是條件必然義，「須」的來源是等待義。但是，它們都經歷了大致相同的演變過程。「必、須」所述事件 p 是另一個事件 q 的必要條件。當 p 有了強制性特徵時，這個 p 就成為能夠實現 q 的唯一條件。在此情況下，兩者就產生義務情態用法。正因為如此，義務情態「必、須」都表示強義務義，也就是指其所述事件 p 是為實現另外某個事件 q 不可缺少的必要條件。此外，它們往往與 q 這一條件結果一起出現。例如：

（1）欲求芝草，入名山，**必**以三月、九月，此山開出神藥之月也。
　　《抱朴子‧內篇‧仙藥》

（2）或曰：「聖人之道，不得枝分葉散，**必**總而兼之，然後為聖。
　　《抱朴子‧內篇‧辨問》

（3）孝為百行之首，猶**須**學以修飾之，況餘事乎！《顏氏家訓‧
　　勉學》

（4）作藥**須**成乃解齋，不但初作時齋也。《抱朴子‧內篇‧金丹》

以上例句中的「必、須」都表示義務情態。例（1）～（2）的「必」構成「欲 q 必 p」、「必 p 然後 q」的形式，例（3）～（4）的「須」構成「須 p 以 q」、「須 p 乃 q」的形式，其中的 q 都表示條件結果。

義務情態「必」「須」主要有以下幾個不同特點：

1. 「須」還表示非主觀義務義。例如：

（5）桓宣武北征，會**須**露布文，喚袁倚馬前令作。《世說新語‧文
　　學》

（6）目睹現世貴賤貧窮，皆是先業所獲果報，不知推一以求因果，
　　方懷不信，**須**己自經。《百喻經》（4／0554a）

（7）自古明王聖帝，猶<u>須</u>勤學，況凡庶乎！《顏氏家訓・勉學》

以上例句中的「須」都表示義務情態，但不具有主觀性。以例（5）為例，「桓宣武北征，會須露布文」表示過去「桓宣武」有要實現「露布文」的義務，這個義務顯然不是說話人施加的，而是當時「桓宣武」所處的外部環境施加的。其餘兩例也可以做類似的解釋。

「須」的來源是等待義動詞，等待義與主語的動作狀態有關，因而此義不具有主觀性。這可能使得「須」在衍生出義務情態用法以後也可以表示非主觀義務情態。可以作為旁證的是，在應然類中，「當」也表示非主觀義務情態，這個「當」來源於承當義動詞，承當義也與主語的動作狀態有關，因而也不具有主觀性。

2.「須」還與應然類義務情態詞如「當、宜、應」等連用。「當須」在《論衡》中有 1 例，在我們所考察的六朝四部文獻中，「當須」和「須當」各有 4 例和 1 例。〔註3〕據柳士鎮（1992a：130），六朝還出現「宜須」和「應須」，所舉例句均出自《三國志》、《南齊書》和《魏書》。據統計，在此三部文獻中，「當須」有 19 例、「宜須」有 10 例、「應須」有 4 例。各舉一例如下：

（8）高祖曰：「若朕言非，卿等<u>當須</u>庭論，如何入則順旨，退有不從？」《魏書・咸陽王傳》

（9）詔昶曰：「……今水雨盛行，<u>宜須</u>防守。卿可深思擬捍之規，攘敵之略，使還具聞。」《魏書・盧昶傳》

（10）詔徐、兗、光、南青、荊、洛六州纂嚴戎備，<u>應須</u>赴集。《魏書・高祖紀》

六朝時期，情態詞的連用是比較常見的。而在「必、須」中，只有「須」與其他義務情態詞連用，主要有兩種原因：一是「須」比「必」更為常用，二是，正如前面所說，「須」一般用於肯定，而「必」主要用於反問。

3.「須」的否定式不但表示免除義，而且表示勸止義。例如：

（11）若能誠孝在心，仁惠為本，須達、流水，<u>不必</u>剃落鬚髮。《顏氏家訓・歸心》

〔註3〕據李明（2016：128），從六朝到唐五代，「須當」少見，而「當須」多見。宋代時期，「須當」取代「當須」成為主要的運用形式。

（12）能守一者，行萬里，入軍旅，涉大川，不須卜日擇時。《抱朴

子・內篇・地真》

（13）顯達謂其子曰：「麈尾扇是王謝家物，汝不須捉此自逐。」

《南齊書・陳顯達傳》

例（11）的「不必」表示免除義，例（12）～（13）的「不須」分別表示免除

義和勸止義。

據李明（2016：102），「須、要、用、假」的否定式表示勸止義的用法是

後起的。「必」的產生早於「須」，它從先秦一直沿用至六朝時期。那麼，為什

麼「必」的否定式沒有發展出表示勸止義的用法的呢？「必」的否定式有一個

與「須、要、用、假」的否定式不同的地方，就是它除了表示義務情態（不必

要）以外，還表示認識情態（不一定）。而且，從先秦到六朝，認識情態義「不

必」的使用頻率一直遠高於義務情態義「不必」。據統計，二者在先秦八部文

獻中各有 17 例和 2 例，在兩漢文獻（《史記》《論衡》）中各有 8 例和 2 例，在

六朝四部文獻中各有 20 例和 5 例。據推測，認識情態義「不必」的頻繁使用

在一定程度上阻礙了義務情態義「不必」的發展。

4.「必、須」都用於反問，不同的是，只有「必」的反問式還可以後接體詞

性成分。例如：

（14）太丘曰：「如此，但糜自可，何必飯也？」《世說新語・夙惠》

（15）羊曼曰：「人久以此許卿，何須復爾？」《世說新語・企羨》

以上例句中的義務情態「必、須」都出自同一文獻，都以反問形式出現。例

（14）的「何必」後成分是「飯」，是體詞性成分，例（15）的「何須」後成

分是「復爾」，是謂詞性成分。

義務情態「必」有兩個來源，肯定式「必」的來源是條件可能義，反問式

「必」的來源是主語堅決義。在先秦時期，當主語堅決義「必」用於反問時，

它還可以後接體詞性成分，如例（16）。這可能使得它在衍生出義務情態用法

以後也仍可以後接體詞性成分。這種用例早在先秦已經出現，如例（17）。例

如：

（16）子反欲取之，巫臣曰：「是不祥人也！……天下多美婦人，何

必是？」《左傳・成公 2 年》

（17）墨子曰：「……越王不聽吾言、不用吾道，而受其國，是以義
翟也。義翟何<u>必</u>越，雖於中國亦可。」《呂氏春秋·高義》

以上例句中的「何必」都出自先秦文獻。例（16）中「何必」的「必」是主語
堅決義，例（17）中「何必」的「必」是義務情態義。

5.2.2 「必、定」的認識情態用法對比

認識情態「必、定」在先秦到六朝時期的使用情況見下表：

表 5.4　「必、定」的認識情態用法比較

文獻 事件 類型	先秦—西漢 8 部、史記		東　漢 論　衡		六　朝 4 部	
	必	定	必〔註4〕	定	必	定
表類事件	493 （87.3%）	.	72 （87.8%）	1 （50%）	65 （74.7%）	.
表例事件	72 （12.7%）	.	10 （12.2%）	1 （50%）	22 （25.3%）	6 （100%）
合計	565 （100%）	.	82 （100%）	2 （100%）	87 （100%）	6 （100%）

由上表可見，認識情態「必」的產生早於認識情態「定」。「必」在先秦已
經出現，「定」在東漢以後才開始出現。而且，從東漢到六朝，「必」的使用頻
率一直高於「定」。另外，認識情態詞所述事件可以分為表類事件（如「每個
人都會生病的」）和表例事件（如「要是不吃了，你會生病的」）兩種，「必」
所述事件一般是表類事件，而「定」所述事件一般都是表例事件。〔註5〕

認識情態「必」的來源是動力情態的條件必然義，條件必然「必」來源於
確定不移義形容詞，如「貧家而學富家之衣食多用，則速亡<u>必</u>矣。（《墨子·貴
義》）」；認識情態「定」的來源是確定義動詞，它來源於固定義形容詞，如「用
氣為性，性成命<u>定</u>。（《論衡·無形篇》）」。「必」的確定不移義與「定」的固定
義都具有〔＋固定性〕的特徵，該特徵經過主觀化過程變為〔＋肯定性〕的特

〔註4〕「必」的考察範圍限於逢遇篇第一至狀留篇第四十。

〔註5〕在 4.1.1.2 節，本文將動力情態「必」所在的句子分為指物主語句和指類主語句，前
　　者如「子與人歌而善，<u>必</u>使反之，而後和之。」（《論語·述而》），後者如「食能以
　　時，身<u>必</u>無災」（《呂氏春秋·盡數》），並指出指類主語句中的「必」兼具認識情態
　　義，屬於客觀認識情態。這個客觀認識情態「必」就是上表中的表類事件的「必」。

徵。正因為「必、定」都具有〔＋肯定性〕的特徵，所以它們都表示有充足把握的推斷，即「確定無疑」義。例如：

（18）我若不得，<u>必</u>死無疑。《百喻經》（4／0554c）

（19）不者，<u>定</u>在死伍之中不疑也。《太平經・不承天書言病當解謫誡第二百二》

以上例句中的「必、定」後面還出現「無／不疑」。可以看出，兩者都表達說話人對命題的確信無疑的態度。

條件必然「必」表達表類事件，如「夫知者<u>必</u>量其力所能至而從事焉」（《墨子・公孟》）」，而確定義動詞「定」的謂詞性賓語指涉表例事件，如「聞函道中有屐聲甚厲，<u>定</u>是庾公。（《世說新語・容止》）」。前面指出，認識情態「必」所述事件一般是表類事件，認識情態「定」所述事件一般都是表例事件。這大概源於「必、定」的來源義表達不同的事件。

此外，認識情態「必」「定」的差異主要表現在句法方面，具體如下：

1. 與「定」相比，「必」還常以否定和反問形式出現。例如：

（20）阿萬欲相與共萃王恬許，太傅云：「恐伊不<u>必</u>酬汝意，不足爾！」《世說新語・簡傲》

（21）今周、孔委曲其彩色，分別其物名，經列其多少，審實其有無，未<u>必</u>能盡知，況於遠此者乎？《抱朴子・內篇・辨問》

（22）復歎曰：「羊叔子何<u>必</u>減顏子！」《世說新語・賞譽》

（23）袁虎率而對曰：「運自有廢興，豈<u>必</u>諸人之過？」《世說新語・輕詆》

例（20）～（21）中的否定式「必」（「不必、未必」）和例（22）～（23）中的反問式「必」（「何必、豈必」）都表示認識情態。

2.「必」還與應然類認識情態詞「當」連用。例如：

（24）唯宜王者更峻其法制，犯無輕重，致之大辟，購慕巫祝不肯止者，刑之無赦，肆之市路。不過少時，<u>必當</u>絕息。《抱朴子・內篇・道意》

（25）荀中郎在京口，登北固望海云：「雖未睹三山，便自使人有凌雲意。若秦、漢之君，<u>必當</u>襄裳濡足。」《世說新語・言語》

以上例句中的「必」和「當」都表示認識情態。例（24）中的「當」表示預測蓋然義，例（25）中的「當」表示非預測蓋然義。

由上可見，與「必」相比，「定」的用法比較有限，這表明「定」在六朝尚未發展成熟，主要原因是它出現很晚，使用頻率也一直很低。

3. 當「必、定」表示對體詞性成分的判斷時，「定」後體詞性成分一定與繫詞「是」共現，即構成「定是 NP」的形式，而「必」一般都構成「必 NP」的形式。據統計，「必是 NP」在《史記》中僅有 1 例。〔註6〕例如：

（26）人問之，答曰：「樹在道邊而多子，此**必**苦李。」取之，信
　　　然。《世說新語・雅量》

（27）下士先死後蛻，謂之「尸解仙」。今少君**必**尸解者也。《抱朴
　　　子・內篇・論仙》

（28）鄱陽哀王去年閏三月薨，月次節物，則**定是**四月之分，應以
　　　今年四月末為祥。《宋書・志・第五》

（29）齊朝有一兩士族文學之人，謂此貴曰：「今日天下大同，須為
　　　百代典式，豈得尚作關中舊意？明公**定是**陶朱公大兒耳！」
　　　《顏氏家訓・風操》

以上例句中的「必、定」都表示對體詞性成分的推斷。而例（26）～（27）中的「必」構成「必 NP」的形式，例（28）～（29）中的「定」構成「定是 NP」的形式。

兩者產生這種差異的原因，目前還不太清楚。據初步推測，是由於認識情態「必」產生於沒有繫詞的時期，從這個時期開始使用的「必 NP」成為了一種固定形式，一直沿用至六朝時期。

〔註6〕如：襄子至橋，馬驚，襄子曰：「此**必是**豫讓也。」（《史記・刺客列傳》）此例在《戰
　　　國策・趙策一》中記為：襄子至橋而馬驚。襄子曰：「此**必**豫讓也。」

第六章 結 語

6.1 與情態語義地圖的比較

　　van der Auwera & Plungian（1998）以 Bybee et al.（1994）所提供的情態演變路徑為起點，整合其他相關材料，構建了情態語義地圖。本節將應然、必然類情態詞（「當、宜」和「必、須、定」）的語義演變路徑與 van der Auwera & Plungian（1998）的語義地圖進行比較。由於 van der Auwera & Plungian（1998）的情態分類與本文的有所不同，在本節討論之前，先介紹一下 van der Auwera & Plungian（1998）的情態分類。

　　van der Auwera & Plungian（1998）將情態界定為表達與可能性（possibility）和必然性（necessity）有關的概念，其中必然性涵蓋本文的應然性（如英語情態詞 *should*）和必然性（如英語情態詞 *must*），並依據事件與參與者的關係將情態分為四個類型：

　　一、參與者內在情態（participant-internal modality）：事件的可能性和必然性取決於參與者的內在屬性，其中可能性涉及參與者的能力，如例（1）；必然性涉及參與者的內在需要，如例（2）。

　　（1）Boris can get by with sleeping five hours a night.（Boris 每晚睡 5 個小時就能過活了）

（2）Boris needs to sleep ten hours every night for him to function

properly.（Boris 每晚要睡 10 個小時才能有效工作）

據本文的情態分類，動力情態和義務情態的差異在於動作行為的強制性，而不在於促成條件的性質，雖然參與者內在可能性和必然性促成條件相同，但是前者沒有強制性，後者有強制性。如例（1）的「睡 5 個小時」沒有強制性，而例（2）的「睡 10 個小時」具有強制性，此句的衍推義是「Boris 如果不睡 10 個小時則不能有效工作」。因此，參與者內在可能性屬於動力情態，參與者內在必然性屬於義務情態。

　　二、參與者外在情態（participant-external modality）：事件的可能性和必然性取決於外在於參與者的條件。例（3）是外在條件的可能性，例（4）是外在條件的必然性。

（3）To get to the station, you can take bus 66.（到車站去，你可以坐

66 路汽車。）

（4）To get to the station, you have to take bus 66. （到車站去，你得

坐 66 路汽車。）

參與者外在情態的促成條件是物質條件，如以上例句中「can / have to」（可以／得）所述的行為都是「take bus 66」（坐 66 路汽車），「take bus 66」（坐 66 路汽車）是使得主語實現「get to the station」（到車站）的物質條件。這些物質條件具有強制性。如例（3）的衍推義是「如果不坐 66 路汽車，則可能到不了車站」，「坐 66 路汽車」具有相對強制性；例（4）的衍推義是「如果不坐 66 路汽車，則必然到不了車站」，「坐 66 路汽車」具有絕對強制性。在本文的情態體系裏，以上例句中的參與者外在情態都屬於義務情態。

　　雖然 van der Auwera & Plungian（1998）沒有舉出例子，但他們所言的「參與者外在情態」還包括表達「事件的實現性」的概念，即動力情態的條件可能。因為他們在後文指出，「Bybee et al.（1994：178）使用的『根可能性（root possibility）』所表示的意義在很大程度上是我們所說的『參與者外在可能性』」，Bybee et al.使用的「根可能性」相當於本文的條件可能。條件可能的例如「坐 66 路汽車，你可以到車站」。「坐 66 路汽車」是使得主語實現「到車站」的物質條件，「到車站」不具有強制性。總之，參與者外在情態包括兩種

情態類型：動力情態的條件可能和義務情態的許可／義務。

三、義務情態（deontic modality）：參與者外在情態的一個次類。事件的可能性和必要性取決於外在於參與者的條件，條件限為有權威的人（一般是說話人）或者社會倫理規範。例（5）是外在條件的可能性，例（6）是外在條件的必然性。

（5）John may leave now.（John 現在可以離開）

（6）John must leave now.（John 現在必須離開）

它屬於本文的義務情態。促成條件是有權威的人（稱為「說話人」），這就意味著義務源具有個別性，促成條件是社會倫理規範（稱為「社會條件」），這就意味著義務源具有普遍性。義務源具有個別性的情態是主觀義務情態，義務源具有普遍性的情態是客觀義務情態。

四、認識情態（epistemic modality）：說話人對命題的判斷，這與本文的認識情態相對應。例（7）是說話人對命題的可能性判斷，例（8）是說話人對命題的必然性判斷。

（7）John may have arrived.（John 可能已經到了）

（8）John must have arrived.（John 一定已經到了）

van der Auwera & Plungian（1998）與本文的情態類型對照表如下：

表 6.1　van der Auwera & Plungian（1998）與本文的情態類型對照表

van der Auwera & Plungian（1998）的情態類型			本文的情態類型
參與者內在情態	可能性	可能性	動力情態（內在條件）
	必然性	應、必然性	義務情態（內在條件）
參與者外在情態	可能性	可能性	動力情態（外在條件：物質條件）
			義務情態（外在條件：物質條件）
	必然性	應、必然性	義務情態（外在條件：物質條件）
義務情態	可能性	可能性	義務情態（外在條件：社會條件、說話人）
	必然性	應、必然性	
認識情態	可能性	可能性	認識情態
	必然性	應、必然性	

下文圖 6.1 是 van der Auwera & Plungian（1998）的情態語義地圖。為了便

於比較，我們將 van der Auwera & Plungian（1998）的各個情態類型名稱改為本文所用的名稱：

圖 6.1　van der Auwera & Plungian（1998：98）的情態語義地圖

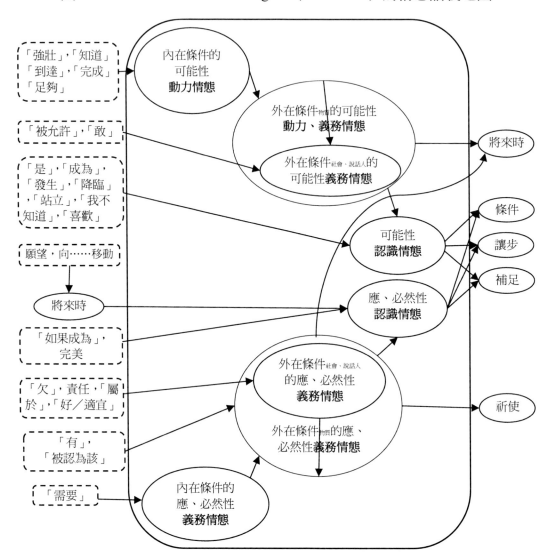

注：該語義地圖共有三個部分。左邊部分是「前情態域」（preomodal domain），代表各種情態義的詞彙性來源義；右邊部分是「後情態域」（postmodal domain），代表各種從情態義演變出來的功能性語義；中間部分是「情態域」（modal domain）。

　　本文先簡要回顧應然類和必然類情態詞的演變過程。

1. 應然類情態詞：「當、宜」

　　「當」有兩種情態義：義務情態和認識情態。「當」的義務情態有兩個來源：承當義和適合義，由承當義演變為非主觀（非典型）義務情態，由適合義演變為主觀（典型）義務情態。「當」的非主觀義務情態進一步演變為將來時，

主觀義務情態進一步演變為認識情態;「宜」有兩種情態義:義務情態和認識情態。「宜」首先從合理義演變為義務情態,然後從義務情態演變為認識情態。「當、宜」有一個共同點,就是認識情態的來源是客觀義務情態,而不是主觀義務情態。唯一的區別是,「當」的客觀義務情態的義務源與某種規矩或法則有關,即具有〔＋合法性〕,「宜」的客觀義務情態的義務源與事理有關,即具有〔＋合理性〕。

2. 必然類情態詞:「必、須、定」

「必」有三種情態義:動力情態、義務情態和認識情態。「必」的動力情態來源於確定不移義。動力情態不僅演變為義務情態,也演變為認識情態。「必」的義務情態有兩個來源:動力情態和堅決義。由動力情態而來的是義務情態的肯定用法,由堅決義而來的是義務情態的反詰用法;「須」表示義務情態,此義來源於等待義;「定」表示認識情態,此義來源於確定義(料定義)。

應然類情態詞(「當、宜」)和必然類情態詞(「必、須、定」)的演變路徑可以總結如下:

圖 6.2　應然、必然類情態詞的演變路徑圖

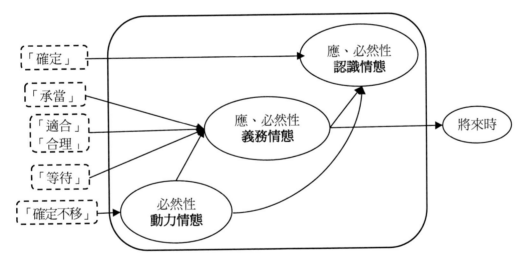

下面分析應然、必然類情態詞的演變路徑與 van der Auwera & Plungian (1998)的情態語義地圖之間的異同。

1. 相同點

一、漢語裏也存在「義務情態→將來時」的路徑。根據經過該路徑的「當」的演變情況來看,「義務情態→將來時」中的義務情態應是非主觀義務情態。

這一點已得到跨語言的驗證，詳見 3.1.3.2。

　　二、漢語裏也存在「義務情態→認識情態」的路徑。根據經過該路徑的「當、宜」的演變情況來看，「義務情態→認識情態」中的義務情態應是客觀義務情態，而不是主觀義務情態。國內外一些學者已注意到了這一點。李明（2003：231）考察一些必然類情態詞如「須、必須、索、得」等的演變情況後得出如下結論：「漢語中存在著『客觀必要＞主觀必要』以及『客觀必要＞必然』兩條發展路線，但『主觀必要』不太可能發展出必然義」。Traugott & Dasher（2002：130）認為，英語情態詞 must 從義務情態演變為認識情態的關鍵條件是義務情態具有「廣域的普遍性」（wide scope generalized）特徵，此處的「普遍性」是指義務源（source of authority）具有普遍性。義務源具有普遍性的義務情態，便是客觀義務情態。

　　三、漢語裏也存在與責任（duty）、「好／適宜」（「be good／proper」）有關的義務情態來源。「當」的非主觀義務情態來源於承當義，承當義「當」表示「A 承擔做 B 的任務」，這就等於說「A 負有做 B 的責任」；「當」和「宜」的主觀義務情態分別來源於適合義和合理義，兩義都包含「符合某個標準」的意義。

2. 不同點

　　一、漢語裏還存在「動力情態→義務情態」的路徑。這條路徑一般被認為是可能類情態詞經過的路徑，如漢語的「能、得」（李明 2016：164～166；巫雪如 2018：509、512）、英語的 can、may（Bybee et al. 1994：187～194）等等。根據本文對「必」的考察，必然類情態詞和可能類情態詞可能在這一點上是相通的。除了「必」以外，「要」也似乎從動力情態演變為義務情態。李明（2016：75）指出，義務情態詞「要」來源於副詞義「終究、總歸、總之、無論如何」等。李文所言的副詞義「終究、總歸、總之、無論如何」等大致相當於本文的動力情態義。所舉例句如下：

（9）黃泉下兮幽深，人生要死，何為苦心！《漢書・武五子傳》
（李明 2016：77）

（10）若先得聞諸妙法者，要相開悟，無得吝惜。《過去現在因果經》（3／652a）（李明 2016：81）

例（9）的「要」表示動力情態的條件必然，例（10）的「要」表示義務情態的強義務。現代漢語中「要」只表示義務情態，不表示動力情態。據李明（2016：114），義務情態詞「要」在唐代盛行以後，義為「終究、無論如何」等的「要」基本就消失了。

二、漢語裏還存在「動力情態→認識情態」的路徑。這條路徑一般被認為是可能類情態詞經過的路徑，如漢語的「能、得、肯、解」（李明2016：162～164）〔註1〕、英語的 *may*（Bybee et al. 1994：197～199）等等。根據本文對「必」的考察，必然類情態詞和可能類情態詞可能在這一點上是相通的。除了「必」以外，「會」也從動力情態演變為認識情態。范曉蕾（2017）以語義地圖模型（Semantic Map Model）為理論工具通過跨方言／語言的共時比較構擬了「會」的情態義演變途徑，核心為「心智慧力→條件必然→認識蓋然」。「條件必然」和「認識蓋然」分別屬於動力情態和認識情態。范文指出，「語言中有情態義只包括條件必然和認識蓋然的詞，馬來語 akan、廣府粵語『會』及四川、湖北、徽南地區的官話方言助動詞『得』皆如此，它們一般不表能力等義。這些詞可支持語義關聯『條件必然—認識蓋然』」，「條件必然和認識蓋然是客觀必然和主觀必然的差異」。（2017：119）

三、漢語裏還存在等待義的義務情態來源（「須」）和確定義的認識情態來源（「定」）。

四、漢語裏不存在「內在條件的義務情態→外在條件的義務情態」的路徑。以東漢時期產生的義務情態「須」為例，「須」在此期不但有促使條件為內在條件的用例（例11），也有外在條件的用例（例12）。如：

（11）天地事物，人所重敬，皆力劣知極，<u>須</u>仰以給足者也。《論衡・程材篇》

（12）然<u>須</u>拜謁以尊親者，禮義至重，不可失也。《論衡・非韓篇》

以上例句中的「須」都出自同一文獻。例（11）表示由於人「力劣知極」（能力低下智慧不夠）所以「須仰以給足」（須要依仰天地間的事物來充足），主語「人」的屬性是促使主語「仰」的條件。即，此句的「須」的促成條件是內

〔註1〕 李明（2016：163）指出，在義為認識可能的「能、得、肯、解」中，「能、得」是附著於反詰語氣之上的。

在條件；例（12）表示因為「禮義至重」所以「須拜謁以尊親」。這裡，促使主語「拜謁以尊親」的條件是「禮儀」這一社會條件。即，此句的「須」的促成條件是外在條件。

van der Auwera & Plungian（1998）以英語的義務情態詞 *need* 為例提出「內在條件的義務情態→外在條件的義務情態」的路徑。但是，這其實不是 Bybee et al.（1994）所提出的路徑，他們所提出的與內在、外在條件有關的路徑是「能力（ability）→根可能性（root possibility）」（1994：240），「能力」和「根可能性」屬於本文的可能性動力情態，前者是內在條件的可能義，後者是外在條件的可能義。根據 Loureiro-Porto（2008：113）的研究，從歷史上看，*need* 的義務情態從外在條件演變為內在條件。Narrog（2012：214）指出，在英語、德語和日語中都不存在從內在條件演變為外在條件的應、必然類情態詞。他進一步指出，應、必然類沒有像 *can* 那樣專門表達內在條件的情態詞，*need* 也不例外，這就是可能類情態詞與應、必然類情態詞不同的地方。這主要是因為，內在需要和外在需要無論從語用上還是概念上都是很難區分的（2012：220）。據本文的考察，漢語的情況也是如此，無論是應然類（「當、宜」）還是必然類（「必、須」），都沒有像表達能力的「能」那樣專門表達內在條件的情態詞。

五、漢語裏不存在「外在條件_{社會、說話人}的義務情態→外在條件_{物質}的義務情態」的路徑。在社會條件、物質條件和說話人三種條件中，說話人的普遍性低於社會條件、物質條件。因此，促成條件是說話人的義務情態的主觀性高於促成條件是社會、物質條件的義務情態。我們上面已經舉了「須」的促使條件是物質條件和社會條件的例子（例11～12），下面看「須」的促成條件是說話人的例子：

（13）真草書跡，微**須**留意。《顏氏家訓・雜藝》

例（13）中「須」的促成條件是說話人。也就是說，此句的義務源是一種個體原則。因此，例（13）中「須」的主觀性高於例（11）～（12）中的「須」。從主觀化角度看，除了漢語以外，其他語言也應沒有經過「外在條件_{說話人}的義務情態→外在條件_{物質}的義務情態」的路徑的情態詞。

例（11）中「須」的促使條件物質條件，例（12）中「須」的促使條件社

會條件，二者在主觀性上沒有很大的差異。我們認為，「外在條件社會的義務情態」和「外在條件物質的義務情態」之間應無衍生關係。

　　總體而言，應然類情態詞的演變路徑與 van der Auwera & Plungian（1998）的情態語義地圖有更多的相同之處，必然類情態詞的演變路徑與之有更多的不同之處。

6.2　主要結論及展望

　　本文考察了上古及中古漢語的應然類情態詞（「當、宜」）和必然類情態詞（「必、須、定」）的演變情況。在考察過程中，還分析了每個情態詞所具有的非情態義，如「當」的將來時和「必」的堅決義等，以便準確瞭解每個情態義的產生條件和發展脈絡。其次，對比分析了應然類情態詞和必然類情態詞在語義和用法上的異同。最後，將考察結果置於跨語言的比較中，探討了漢語情態詞與其他語言間的共性和特性。本文的主要結論如下：

　　（1）從情態方面，必然類情態詞「必」除了表達義務情態和認識情態以外，還表達動力情態。這一點已有研究尚未論及。我們進一步指出，「必」的動力情態分別是義務情態和認識情態的來源。

　　（2）從歷時方面，「當」和「必」的義務情態都有兩個來源。「當」的義務情態的來源是承當義和適合義。從承當義演變為非主觀（非典型）義務情態，從適合義演變為主觀（典型）義務情態。「當」的將來時便源於非主觀義務情態，「當」的認識情態便源於主觀義務情態。「必」的義務情態來源是動力情態和堅決義。來源於動力情態的「必」用於肯定式，來源於堅決義的「必」用於反問式。

　　（3）從功能對比方面，義務情態「當、宜」和「必、須」主要在語義和語用上有差異，認識情態「必、定」主要在句法上有差異。具體如下：

　　一、義務情態「當、宜」中，「當」主要表示合法性事件，「宜」主要表示合理性事件。這表明二者都保留來源義的特徵。因為「當」的義務情態來源於具有〔＋合法性〕特徵的適合義，「當」的義務情態來源於具有〔＋合理性〕特徵的合理義。此外，「當、宜」不僅表達說話人對命題的態度，也表達說話人對聽話人的態度。也就是說，二者既有主觀性，也具有交互主觀性。不過，二者所表達的對聽話人的態度有明顯不同。「當」用來傳達強硬的態度，以體

現說話人的權威性，「宜」用來傳達委婉的態度，以維護聽話人的面子。正因為如此，「當」常用於對下級或晚輩說話的語境，「宜」常用於對上級說話的語境。

二、義務情態「必、須」中，「須」除了表示主觀義務情態以外，還表示非主觀義務情態，其原因與「須」的來源等待義有關。此外，從邏輯上講，必然類義務情態的否定義是免除義，而「不須」除了表免除義以外，還用於表達勸止。

三、認識情態「必、定」中，在後面出現體詞性成分（NP）時，「定」後體詞性成分一定與繫詞「是」共現（即「定是 NP」），「必」一般直接後接體詞性成分（即「必 NP」）。這可能是因為「定」從東漢以後才開始使用，而「必」產生於先秦，從先秦開始使用的「必 NP」成為了一種固定形式，一直沿用至六朝時期。

由於時間和能力有限，本文存在著以下兩個方面的局限性：

（1）在中古漢語中，應然類情態詞除了有「當、宜」以外，還有「應、合」；必然類情態詞除了有「必、須、定」以外，還有「要」。「應、合、要」的演變情況如何，「應、合」跟「當、宜」等應然類情態詞有什麼異同，「要」跟「必、須、定」等必然類情態詞有什麼異同，也是後續值得進一步探討的問題。

（2）在中古漢語中，應然、必然類情態詞經常連用。有些是應然類和必然類情態詞之間連用的，如「當須—須當」「宜須」「應須」「要應」「要當」「要宜」等，有些是同一類情態詞之間連用的，如「當應—應當」「宜當—當宜」「宜應」「應合」「要須」等。這些雙音節情態詞之間在用法上有哪些差別呢？這個問題的解答，當能幫助我們對單音節情態詞之間的異同做出更細緻的描寫。

參考文獻

一、語料和工具書

1. 《詩經譯注》（修訂本），周振甫譯注，北京：中華書局，2010。
2. 《左傳》，郭丹、程小青、李彬源譯注，北京：中華書局，2012。
3. 《論語譯注》，楊伯峻譯注，北京：中華書局，2006。
4. 《國語》，陳桐生譯注，北京：中華書局，2013。
5. 《孟子譯注》，楊伯峻譯注，北京：中華書局，2008。
6. 《墨子》，方勇譯注，北京：中華書局，2011。
7. 《莊子》，方勇譯注，北京：中華書局，2010。
8. 《荀子》，方勇、李波譯注，北京：中華書局，2011。
9. 《韓非子》，高華平、王齊周、張三夕譯注，北京：中華書局，2010。
10. 《呂氏春秋》，陸玖譯注，北京：中華書局，2011。
11. 《戰國策》，繆文遠、繆偉、羅永蓮譯注，北京：中華書局，2012。
12. 《史記》，〔漢〕司馬遷撰、〔宋〕裴駰集解、〔唐〕司馬貞索隱、〔唐〕張守節正義，
    北京：中華書局，2014。
13. 《論衡校釋》，黃暉校釋，北京：中華書局，2018。
14. 《抱朴子內篇》，張松輝譯注，北京：中華書局，2011。
15. 《抱朴子外篇》，張松輝、張景譯注，北京：中華書局，2013。
16. 《百喻經》，張紹良譯注，北京：中華書局，1993。
17. 《世說新語》，朱碧蓮、沈海波譯注，北京：中華書局，2011。
18. 《顏氏家訓》，檀作文譯注，北京：中華書局，2011。

19. 《說文解字注》，〔東漢〕許慎撰，〔清〕段玉裁注，上海：上海古籍出版社，1981。

20. 《王力古漢語字典》，王力主編，北京：中華書局，2000。

21. 北京大學 CCL 語料庫：http://ccl.pku.edu.cn/corpus.asp。

二、專著和期刊

1. 白曉紅，1997，先秦漢語助動詞系統的形成，《語言研究論叢》第 7 輯。

2. 蔡鏡浩，1990，《魏晉南北朝詞語例釋》，江蘇：江蘇古籍出版社。

3. 蔡維天，2010，談漢語模態詞的分布與詮釋之對應關係，《中國語文》第 3 期。

4. 丁海燕、張定，2012，漢語形源助動詞形成的句法機制，《古漢語研究》第 3 期。

5. 董秀芳，2011，《詞彙化：漢語雙音詞的衍生和發展》（修訂本），北京：商務印書館。

6. 段業輝，2002，《中古漢語助動詞研究》，南京：南京師範大學出版社。

7. 范曉蕾，2009，《從漢語方言中的多義情態詞看「能性」情態概念的語義關聯》，北京大學碩士學位論文

8. 范曉蕾，2014，以「許可—認識可能」之缺失論語義地圖的形式和功能之細分——兼論情態類型系統之新界定，《世界漢語教學》第 1 期。

9. 范曉蕾，2016，助動詞「會」情態語義之共時構擬——基於跨語言／方言的比較研究，《語言暨語言學》第 2 期。

10. 范曉蕾，2017，基於漢語方言的慣常範疇研究，《當代語言學》第 4 期。

11. 高育花，2002，中古漢語副詞「定」探微，《西北師大學報》第 2 期。

12. 谷峰，2010，《先秦漢語情態副詞研究》，南開大學博士學位論文。

13. 谷峰，2011，上古漢語「誠」、「果」語氣副詞用法的形成與發展，《中國語文》第 3 期。

14. 郭銳，1997，過程與非過程——漢語謂詞性成分的兩種外在時間類型，《中國語文》第 3 期。

15. 郭昭軍、尹美子，2008，現代漢語必要類動詞比較研究，《漢語學報》第 1 期。

16. 郭昭軍，2011，「該」類助動詞的兩種模態類型及其選擇因素，《南開語言學刊》第 2 期。

17. 賀陽，1992，試論漢語書面語的語氣系統，《中國人民大學學報》第 5 期。

18. 江藍生，1990，疑問副詞「可」探源，《古漢語研究》第 3 期。

19. 姜夢、崔宰榮，2017，助動詞「好」的語法化過程，《漢語學習》第 6 期。

20. 蔣紹愚，2015，《漢語歷史詞彙學概要》，北京：商務印書館。

21. 蔣嚴、潘海華，1998／2005，《形式語義學引論》（修訂本），北京：中國社會科學出版社。

22. 金穎，2011，《漢語否定語素複合詞的形成演變研究》，廣州：廣東人民出版社。

23. 李傑，2004，《〈韓非子〉助動詞研究》，山東師範大學碩士學位論文。

24. 李明，2003，漢語表必要的情態詞的兩條主觀化路線，《語法研究和探索（十二）》，北京：商務印書館。

25. 李明，2016，《漢語助動詞的歷史演變研究》，北京：商務印書館。

26. 李命定，2018，「應該」與「該」的語義及用法比較，《現代語文》第 4 期。

27. 李素英，2013，《中古漢語語氣副詞研究》，濟南：山東大學出版社。

28. 劉丞，2014，《非句法結構反問形式的演化及其動因與機制──基於構式功能轉化》，上海師範大學博士學位論文。

29. 劉丹青，2008，《語法調查研究手冊》，上海：上海教育出版社。

30. 劉利，2000，《先秦漢語助動詞研究》，北京：北京師範大學出版社。

31. 柳士鎮，1992a，《魏晉南北朝歷史語法》，南京：南京大學出版社。

32. 柳士鎮，1992b，魏晉南北朝期間的動詞時態表示法，載《近代漢語研究》（胡竹安、楊耐思、蔣紹愚編），商務印書館。

33. 劉雲，2010，《類型學視野下的漢語認識情態副詞語法化研究》，北京大學博士學位論文。

34. 龍國富，2010，動詞的時間範疇化演變：以動詞「當」和「將」為例，《古漢語研究》第 4 期。

35. 魯川，2003，語言的主觀信息和漢語的情態標記，《語法研究和探索（十二）》，北京：商務印書館。

36. 羅耀華、孫敏，2010，「何必／何苦」的詞彙化與語法化，《漢語學習》第 2 期。

37. 呂叔湘，1982，《中國文法要略》，北京：商務印書館。

38. 穆湧，2016，《近代漢語四組情態動詞演變研究》，清華大學博士學位論文。

39. 彭利貞，2007，《現代漢語情態研究》，北京：中國社會科學出版社。

40. 彭再新、劉紅花，2002，《詩經》中「宜」字的意義和用法，《懷化學院學報》第 1 期。

41. 齊滬揚，2002，論現代漢語語氣系統的建立，《漢語學習》第 2 期。

42. 沈家煊，2003，複句三域「行、知、言」，《中國語文》第 3 期。

43. 石毓智、白解紅，2007a，將來時標記向認識情態功能的衍生，《解放軍外國語學院學報》第 1 期。

44. 石毓智、白解紅，2007b，將來時的概念結構及其詞彙來源，《外語教學與研究》第 1 期。

45. 太田辰夫著，蔣紹愚、徐昌華譯，1958／2003，《中國語歷史語法》（修訂譯本），北京：北京大學出版社。

46. 覃湘庸，2008，《〈六度集經〉助動詞研究》，浙江大學碩士學位論文。

47. 王繼紅、陳前瑞，2015，「當」的情態與將來時用法的演化，《中國語文》第 3 期。

48. 王力，1943／2014，《中國現代語法》（《王力全集》第 7 卷），北京：中華書局。

49. 王敏、楊坤，2010，交互主觀性及其在話語中的體現，《外語學刊》第 1 期。

50. 王淑怡，2006，《〈淮南子〉助動詞研究》，西南大學碩士學位論文。

51. 王雯、葉桂郴，2006，從情態範疇到將來範疇——試論漢譯佛經中將來時標誌「當」的語法化，《現代語文》第 6 期。

52. 王曉凌，2007，《論非現實語義範疇》，復旦大學博士學位論文。

53. 王怡然，2017，《漢語單音節揣測類語氣副詞的歷時考察》，北京外國語大學碩士學位論文。

54. 汪維輝，2000，《東漢—隋常用詞演變研究》，南京：南京大學出版社。

55. 吳春生、馬貝加，2008，「須」的語法化，《溫州大學學報（社會科學版）》，第 3 期。

56. 吳志雲，2010，《語氣副詞「確實」的多角度研究》，廣西師範大學碩士學位論文。

57. 巫雪如，2018，《先秦情態動詞研究》，上海：中西書局。

58. 巫雪如，2014，上古至中古「當」之情態語義與未來時發展重探，《臺大中文學報》第 46 期。

59. 肖奚強，2007，略論「的確」「實在」句法語用差異，《語言研究》第 2 期。

60. 徐盛桓，2004，邏輯與實據——英語 IF 條件句研究的一種理論框架，《現代外語》第 4 期。

61. 徐晶凝，2008，《現代漢語話語情態研究》，北京：崑崙出版社。

62. 徐李潔，2003，論「IF」真實條件句的「條件」，《現代外語》第 2 期。

63. 徐李潔，2008，英語 IF 條件句主觀化模式的建構，《外國語》第 1 期。

64. 徐銤銀，2019，先秦情態副詞「必」的語義演變——兼論兩種「必」構式的語義特點，《中國語文學論集》第 114 號。

65. 許娜，2008，《再肯定連接成分（「的確、確實、真的」）研究》，南昌大學碩士學位論文。

66. 楊伯峻、何樂士，1992／2001，《古漢語語法及其發展（上）》（修訂本），北京：語文出版社。

67. 楊榮祥，1999，現代漢語副詞次類及其特徵描寫，《湛江師範學院學報》第 1 期。

68. 姚振武，2003，《晏子春秋》的助動詞系統，《中國語文》第 1 期。

69. 尹玉龍，2012，淺析「合」字的語法化過程，《邢臺學院學報》第 3 期。

70. 張楚楚，2012，情態與非情態，《西安外國語大學學報》第 2 期。

71. 張楚楚，2013，情態與非情態的認知解讀——評價與情態的區別探析，《天津外國語大學學報》第 6 期。

72. 張定，2013，語義圖模型與漢語幾個情態詞的語義演變，《漢語史學報》第 13 輯。

73. 張海媚，2015，常用詞「合」對「當、應」的歷時替換及其消退考，《語言研究》第 2 期。

74. 張田田，2013，試論「何必呢」的標記化──兼論非句法結構「何必」的詞彙化，《語言科學》第 3 期。

75. 張興，2009，語言的交互主觀化與交互主觀性──以日語助動詞「だろう」為例，《解放軍外國語學院學報》第 4 期。

76. 張秀松，2014，追問標記的語源模式的跨語言考察，《外國語》第 4 期。

77. 張則順，2012，現代漢語確信情態副詞的語用研究，《語言科學》第 1 期。

78. 張則順、肖君，2015，副詞「一定」的情態意義和相關功能研究，《漢語學習》第 1 期。

79. 周法高，1961，《中國古代語法：造句編（上）》，臺北：「中央研究院」歷史語言研究所。

80. 朱冠明，2005，情態動詞「必須」的形成和發展，《語言科學》第 3 期。

81. 朱冠明，2008，《〈摩訶僧祇律〉情態動詞研究》，北京：中國戲劇出版社。

82. Austin, J. L. 1962. How to Do Things with Words. Oxford: Oxford University Press.

83. Bavin, Edith L. 1995. The Obligation Modality in Western Nilotic Languages. In Bybee and Fleischman(eds). 107~134.

84. Bybee, Joan L. and William Pagliuca. 1987. The evolution of future meaning. In Giacalone Ramat, Onofrio Carruba and Guiliana Bernini(eds). *Papers from the VIIth International Conference on Historical Linguistics* (Current Issues in Linguistic Theory 48). Amsterdam: John Benjamins. 108~122.

85. Bybee, Revere Perkins and William Pagliuca. 1994. *The Evolution of Grammar: Tense, Aspect and Modality in the Languages of the World*. Chicago: University of Chicago Press.

86. Bybee, and Suzanne Fleischman(eds). 1995. *Modality in grammar and discourse*. Amsterdam: John Benjamins.

87. Celle, Agnes. 2009 Hearsay adverbs and modality. In Raphael Salkie, Pierre Busuttil and Johan van der Auwera(eds), *Modality in English*, 269~293. Berlin: Mouton de Gruyter.

88. Coates, Jennifer. 1983. *The Semantics of the Modal Auxiliaries*. London: Croom Helm.

89. Comrie. 1985. *Tense*. Cambridge: Cambridge University Press.

90. Dahl, Östen. 1995. The marking of the episodic/generic distinction in tense-aspect system. In Gregory Carlson and Francis J. Pelletier(eds). *The Generic Book*, 412~427. Chicago: The University of Chicago Press.

91. Halliday, M. A. K. 1994. *An Introduction to Functional Grammar*, 2nd edn, London: Arnold.

92. Heine, Bernd and Tania Kuteva. 2002. *World Lexicon of Grammaticalization*. Cambridge: Cambridge University Press.

93. Huddleston, Rodney. 2002. The verb. In Rodney Huddleston and Geoffrey K. Pullum, *The Cambridge Grammar of the English Language*, 71~213. Cambridge: Cambridge University Press.

94. Jespersen, Otto. 1924. *The Philosophy of Grammar*. Chicago: University of Chicago Press.

95. Kratzer, Angelika. 1981. The notional category of modality. In Hans-Jurgen Eikmeyer and Hannes Rieser(eds), *Words, Worlds, and Contexts: New Approaches in Word Semantics*, 38~74. Berlin: de Gruyter.

96. Kratzer, Angelika. 1991. Modality. In von Stechow, A. and Wunderlich, D.(eds), *Semantik: ein internationales Handbuch der zeitgenössischen Forschung*, 639~650. Berlin: de Gruyter.

97. Langacker, Ronald W. 1990. Subjectification. *Cognitive Linguistics* 1.1, 5-38.

98. Langacker, Ronald W. 1991. *Foundations of Cognitive Grammar*, vol. 2: *Descriptive Application*. Stanford, Calif.: Stanford University Press.

99. Loureiro-Porto, Lucía, 2008. The convergence of two need verbs in Middle English. In Richard Dury et al.(eds), *English Historical Linguistics, 2006*, vol. 2: *Lexical and Semantic Change*, 97~116. Amsterdam: Benjamins.

100. Lyons, John. 1977. *Semantics*. Vol. 2. Cambridge: Cambridge University Press.

101. Lyons, John. 1995. *Linguistic Semantics: An Introduction*. Cambridge: Cambridge University Press.

102. Meisterernst. 2011. "From obligation to future? A diachronic sketch of the syntax and the semantics of the auxiliary verb dāng 當". *Cahiers de Linguistique Asie Orientale* 40.2: 137~188.

103. Narrog, Heiko. 2012. *Modality, Subjectivity, and Semantic Change: A Cross-Linguistic Perspective*. Oxford: Oxford University Press.

10.4 Nordlinger, Rachel, and Elizabeth Closs Traugott. 1997. Scope and the development of epistemic modality: evidence from *ought to*. *English Language and Linguistics* 1.2, 295~317.

105. Nuyts, Jan. 2001. *Epistemic Modality, Language, and Conceptualization*. Amsterdam: Benjamins.

106. Nuyts, Pieter Byloo, and Janneke Diepeveen. 2010. On deontic modality, directivity, and mood: the case of Dutch *mogen* and *moeten*. *Journal of Pragmatics* 42.1, 16~34.

107. Palmer, F. R. 1979/1990. *Modality and the English Modals*, 2nd edn. London: Longman.

108. Palmer, F. R. 1986. *Mood and Modality*. Cambridge: Cambridge University Press.

109. Palmer, F. R. 2001. *Mood and Modality*, 2nd edn. Cambridge: Cambridge University Press.

110. Perkins, Michael R. 1983. *Modal Expressions in English*. Norwood, NJ: Ablex.

111. Quirk, Randolph, Sidney Greenbaum, Geoffrey Leech, and Jan Svartvik. 1985. *A Comprehensive Grammar of the English Language*. London: Longman.

112. Saeed, John. 2016. *Semantics*, 4th edn. London: Blackwell.

113. Searle. 1969. *Speech acts: An essay in the philosophy of language*. Cambridge: Cambridge University Press.

114. Sweetser, Eve E. 1990. *From Etymology to Pragmatics: Metaphorical and Cultural Aspects of Semantic Structure*. Cambridge: Cambridge University Press.

115. Talmy, Leonard. 1988. Force Dynamics in Language and Cognition. *Cognitive Science* 12, 49~100.

116. Traugott, Elizabeth Closs. 1989. On the rise of epistemic meanings in English: an example of subjectification in semantic change. *Language* 65.1, 31~55.

117. Traugott, Elizabeth Closs. 1995. Subjectification in grammaticalisation. In Stein, D. & S. Wright(eds). *Subjectivity and Subjectivisation: Linguistic Perspectives*. Cambridge: Cambridge University Press. 31~54.

118. Traugott, Elizabeth Closs. 2003. From subjectification to intersubjectification. In Raymond Hickey (ed.), Motives for Language Change, 124~39. Cambridge: Cambridge University Press.

119. Traugott, Elizabeth Closs. and Richard B. Dasher. 2002. *Regularity in Semantic Change*. Cambridge: Cambridge University Press.

120. Van der Auwera and Vladimir A. Plungian. 1998. Modality's semantic map. *Linguistic Typology* 2.1, 79~124.

121. Van linden, An. 2012. *The development of deontic and evaluative meanings in English adjectival constructions*. Berlin: Mouton de Gruyter.

122. Verstraete, Jean-Christophe. 2001. Subjective and objective modality: interpersonal and ideational functions in the English modal auxiliary system. *Journal of Pragmatics* 33, 1505~28.

123. Heine, Bernd and Tania Kuteva 著，2007，《語法化的世界詞庫》（World lexicon of grammaticalization），北京：世界圖書出版公司。